# SCHMUTZIGES VERLANGEN

EINE WEIHNACHTSROMANZE -
UNANSTÄNDIGES NETZWERK BUCH DREI

MICHELLE L.

# INHALT

1. Nina — 1
2. Ashton — 9
3. Nina — 16
4. Ashton — 24
5. Nina — 32
6. Ashton — 40
7. Nina — 48
8. Ashton — 55
9. Nina — 62
10. Ashton — 69
11. Nina — 77
12. Ashton — 84
13. Nina — 91
14. Ashton — 99
15. Nina — 107
16. Ashton — 114
17. Nina — 123
18. Ashton — 129
19. Nina — 137
20. Ashton — 145
21. Nina — 152
22. Ashton — 160
23. Nina — 168
24. Ashton — 176
25. Nina — 184
26. Ashton — 192
27. Nina — 199
28. Ashton — 207
29. Nina — 215
30. Ashton — 223

Veröffentlicht in Deutschland:

Von: Michelle L.

© Copyright 2020 – Michelle L.

ISBN: 978-1-64808-194-1

**ALLE RECHTE VORBEHALTEN.** Kein Teil dieser Publikation darf ohne der ausdrücklichen schriftlichen, datierten und unterzeichneten Genehmigung des Autors in irgendeiner Form, elektronisch oder mechanisch, einschließlich Fotokopien, Aufzeichnungen oder durch Informationsspeicherungen oder Wiederherstellungssysteme reproduziert oder übertragen werden. storage or retrieval system without express written, dated and signed permission from the author

**Inhaltsverzeichnis**

❦ Erstellt mit Vellum

# BLURBS

**Eine verlorene Liebe kann schwer zu überwinden sein, aber vielleicht kann sie mir helfen, meinen Weg zurück zu finden...**

Ihre Kehrseite hat zuerst meine Aufmerksamkeit erregt. Rund, fest, saftig. Diese Worte gingen mir durch den Kopf, als ich sie das erste Mal sah, während sie sich vor mir über den Tisch beugte.
Einige Jahre lang füllte sie meine Fantasien und nun füllte sie auch meine Träume.
Doch jemand anderes hatte eine lange Zeit in meinen Träumen gelebt. Ich wollte nicht, dass sie diese Person für immer aus meinem Leben verdrängte.
Sie wegzuschieben schien mir unvorstellbar. Egal, wie sehr ich mich anstrengte, meine Arme zogen sie immer wieder zurück zu mir.
Und als ich es endlich schaffte, loszulassen, fiel alles krachend über mir zusammen.
Bin ich verflucht? Dazu verdammt, mein Leben ohne die Liebe zu fristen? Oder kann sie den Fluch vertreiben?

# 1

## NINA

Ich atmete den ausgezeichneten Duft des Espressos ein, den ich gerade in der Hammacher Schlemmer Four Specific Brew Barista Maschine gemacht hatte, die meine Freundin und Kollegin, Lila Cofield, mir gekauft hatte, um den flüssigen Himmel zu erschaffen. So nannten sie und meine andere Kollegin, Julia Wolfe, alles, was ich für unsere spätmorgendlichen Treffen bei WOLF, der Nachrichtenagentur, für die wir alle arbeiteten, kochte.

Wir trafen uns jeden Wochentag gegen zehn in Lilas Büro, um über alles Mögliche zu quatschen, während wir an einem Getränk mit hoher Drehzahl nippten, um den Tag über voll Energie zu sein. Naja, zumindest bis zum Mittag jedenfalls.

Wir arbeiteten seit etwas mehr als zwei Jahren zusammen und kannten einander bis ins Detail. Julia hatte den Besitzer der Agentur, Artimus Wolfe, geheiratet, kurz nachdem sie seine Assistentin geworden war. Lila war einer der Anker der Morgennachrichten, und sie und ihr Nachrichtenpartner, Duke Cofield, hatten etwas miteinander angefangen, als sie begannen zusammenzuarbeiten. Nach einer zweijährigen Beziehung haben sie vor ein paar Monaten geheiratet.

Dann war da noch ich. Nina Kramer, Bedienerin des Teleprompters, Social-Media-Assistentin für Lila und so Single, wie man es nur sein kann.

Ich hatte einen Mann im Auge, der auch in unserer Agentur arbeitete. Aber nachdem bereits zwei Jahre vergangen waren, in denen wir nur gute Freunde geworden waren, hatte ich bereits fast die Hoffnung verloren, dass sich zwischen uns noch etwas entwickeln könnte.

Die Bürotür öffnete sich und Lila und Julia kamen mit schnuppernden Nasen herein. "Ist er bald fertig, Nina?" Lila schaute an mir vorbei zur Kaffeemaschine.

"Fast." Ich bereitete die Tassen vor und stellte sie auf den Tisch, als der letzte Rest Espresso herausgekommen war. "Setzt euch und ich serviere."

Julia und Lila setzten sich einander gegenüber auf die beiden Sofas. Wir hatten ein kleines Dreieck aufgebaut und ich saß immer auf dem Stuhl an der Ecke zwischen den Sofas. Das machte die Gruppenunterhaltung einfacher.

Der runde Kaffeetisch in der Mitte war für uns alle da. Julia hatte Blaubeermuffins mitgebracht und richtete sie nett auf einer Spitzenserviette an. "Ich habe die hier in der Bäckerei um die Ecke geholt. Habe sie noch nicht probiert. Ich hoffe, sie sind so lecker, wie sie aussehen."

Lila zwinkerte Julia zu, während sie sich mit einer Hand durch den blonden Pferdeschwanz fuhr. "Ich bin sicher, dass sie lecker sind, Julia. Also, was sind die großen Neuigkeiten, von denen du gesprochen hast, als wir zu meinem Büro kamen? Ich muss zugeben, ich bin ziemlich neugierig."

Ich füllte die Tassen mit einer Mischung aus Kaffee, Espresso und Karamell-Crème, dann stellte ich sie vor meinen Freundinnen auf den Tisch. „Bitte sehr, Mädels. Also, was sind die Neuigkeiten, Julia? Ich bin auch neugierig."

Julia griff nach der Tasse und roch lange am Kaffee, bevor sie zum Sprechen ansetzte. Lila und ich tauschten einen Blick aus, sie hatte die Augenbrauen hochgezogen und ihre blauen Augen glitzerten wie immer, wenn sie entschlossen war, Antworten zu finden. Ganz die Journalistin, unsere Lila.

Wir richteten beide unsere Augen auf Julia. Ihre Dunklen Haare waren zusammengebunden, ihre großen braunen Augen schienen uns anzulachen. „Ihr beiden! Es ist wirklich nichts."

„Du kannst nicht sagen, dass du große Neuigkeiten hast, und dann nichts erzählen, Julia. Los. Spuck es aus."

„Okay", gab sie nach, „Artimus und ich wollen versuchen, ein Baby zu bekommen."

Ich war platt.

Lila jubelte, als sie aufsprang und Julia um den Hals fiel. „Ich freue mich so sehr für euch zwei!"

Nicht, dass ich mich nicht für sie und Artimus gefreut hätte, aber ich fühlte mich außen vor.

Und gerade, als ich mich dazu aufgerafft hatte, auch aufzustehen und mich zu der Umarmung zu gesellen, platzte Lila heraus: „Duke und ich versuchen es auch!"

„Ah!", schrien die beiden und sprangen auf und ab.

Jetzt fühlte ich mich wirklich außen vor. Ich saß still da und versuchte, egoistische Gedanken aus meinem Kopf zu verbannen, doch sie wollten einfach nicht weggehen.

Wieso habe ich so lange darauf gewartet, dass Ashton Lange kapiert, dass wir zusammengehören?

Meine beiden besten Freundinnen wurden Mütter. Oder versuchten es zumindest.

Sie beide waren verheiratet und nun arbeiteten sie beide daran, ihre Familien mit den Männern, die sie liebten, zu vergrößern. Und was machte ich?

Kaffee. Den Teleprompter bedienen. Tweets für Lila beantworten. Und sonst nichts!

Mein sozialer Kalender schien zu voll damit zu sein, auf

Ashton Lange zu warten, damit er endlich auf mich zukam. Jetzt wurde mir langsam klar, wie dumm ich gewesen war.

Die plötzliche Stille ließ mich zu meinen Freundinnen aufblicken, die mich anstarrten. Julia schaute zurück zu Lila. „Vielleicht war es nicht das beste Timing, um es zu erzählen", sagte sie mit bedrücktem Gesicht.

Dann wurde ich der Mittelpunkt der Umarmungen und Aufmerksamkeit. Ich fühlte mich dadurch nur noch schlechter. „Hört auf, Leute. Es geht mir gut."

Sie ließen mich los und setzten sich wieder hin. Lila tätschelte mir das Bein. „Es geht dir nicht gut. Und das muss einfach gesagt werden. Es wird Zeit, Butter bei die Fische zu machen."

Julia nickte. „Wird es wirklich. Dein Warten auf Ashton scheint nicht zu funktionieren, Nina. Schau, er ist ein toller Typ, aber er hat tiefgreifende Probleme."

Ich nahm meine Kaffeetasse und mir war klar, dass sie Recht hatte. „Es sieht so aus, als käme er einfach nicht über den Verlust seiner Verlobten hinweg. Ich meine, es ist mittlerweile Jahre her. Wenn seine Trauer oder Schuldgefühle, oder was auch immer es ist, bis jetzt noch nicht weg sind, dann werden sie es wahrscheinlich nie sein."

Ashton Lange, der Lieblingsproduzent des Senders, war vor langer Zeit verlobt gewesen. Vier Jahre waren vergangen, seit ein Unfall jener Frau das Leben genommen hatte. Ashton saß am Lenkrad, wurde mir gesagt. Nicht, dass er mir je etwas davon erzählt hätte. Andere hatten es getan.

Ashton und ich hatten ein recht enges Verhältnis. Wir waren sehr gute Freunde. Ich dachte immer, dass das eines Tages zu mehr führen könnte. Zwei Jahre später war ich mir dessen nicht mehr so sicher.

Julia schnalzte mit der Zunge und lenkte meine Aufmerksam weg von den cremigen Tiefen in meiner Kaffeetasse. „Bevor du jetzt einfach entscheidest, dass Ashton deine Zeit nicht wert ist, lass mich etwas fragen. Was zieht dich an ihm an?"

Das war einfach zu beantworten. „Seine Art. Er ist lieb, aufmerksam, kümmert sich, einfach perfekt." Ich setzte meine Tasse ab, zog meine High Heels aus und zog meine Füße unter mich. „Und er ist so süß. Die blonden Locken, die ihm auf die Schultern fallen – es fällt mir schwer, nicht mit den Händen hindurchzufahren. Und wenn er sie in einem Knoten im Nacken trägt, wollen meine Lippen diesen nackten Hals küssen, an ihm hoch und runter gleiten."

Lila lachte. „Oh Liebes, dich hat es ganz schön erwischt."

„Das hat es wirklich!", stimmte Julia ihr zu, dann nippte sie an ihrem Kaffee. „Was zieht dich noch an ihm an, Nina?"

Seine Augen kamen mir in den Sinn. „Diese leuchtend blauen Augen funkeln, wenn er Witze macht. Und dann natürlich dieser Körper – groß, muskulös – und seine Fähigkeit, vollkommen sexy zu sein, zusätzlich zu allen anderen Attributen. Er ist das komplette Paket. Zumindest für mich."

Julia richtete sich auf und ich sah förmlich, wie sie nachdachte, während sie mit großen, dunklen Augen und zusammengepressten Lippen vor sich hinstarrte. „Okay, also lasst uns alles genau besprechen, damit wir dir dabei helfen können, wie du einen Anfang mit diesem Mann finden kannst, in den du offensichtlich über beide Ohren verliebt bist."

„Verliebt?" Ich schüttelte den Kopf. „Soweit würde ich nicht gehen. Ich gebe zu, dass ich unglaublich von Ashton angezogen bin, aber ich würde nicht sagen, dass ich in ihn verliebt bin. Wir haben uns noch nicht einmal geküsst. Oder überhaupt ein Date gehabt."

Lila schüttelte den Zeigefinger. „Ihr beide esst fast jeden Tag zusammen zu Mittag. Und manchmal auch zu Abend. Also meiner Meinung nach ist das ein Date."

„Meiner Meinung nach nicht." Ich legte den Kopf zurück auf die Stuhllehne, während ich mir vorstellte, wie das Ende eines Dates mit Ashton wäre. „Meine Vorstellung von einem Date ist, dass es mit einem Kuss endet. Nicht mit einem ‚Bis dann, Nina', wie unsere Mittag- oder Abendessen immer enden."

Julia stimmte zu. „Ich verstehe schon, was sie meint. Okay, lass mich dir helfen, die Sache klar zu sehen, Nina. Du willst diesen Mann seit mittlerweile zwei Jahren. Deine einzige Rivalin ist seine tote Verlobte. Er hatte keine Beziehung, seit ich ihn kenne, was so lange ist, wie ich bei WOLF arbeite. Ich denke, das ist ein gutes Zeichen, oder?"

Ich musste zugeben, dass es nicht schlecht klang: „Es ist kein schlechtes Zeichen, schätze ich. Aber das Zeichen ist auch schon seit ein paar Jahren da und bisher hat es mir kein bisschen geholfen."

Lila stellte sich hin und stemmte mit entschlossenem Blick die Hände in die Hüften, als hätte sie einen Plan. „Okay, du wirst Folgendes tun. Du wirst die Sache in Bewegung bringen, Nina. Keine Warterei mehr. Du musst aktiv werden."

Julia stimmte ihr zu. „Ja, ergreif die Initiative, Nina." Auch sie stand auf. „Nun, was würde eine proaktive Frau tun, wenn sie einem Mann, den sie will, zeigen wollte, dass sie es wert ist, die Erinnerung an eine verlorene Liebe hinter sich zu lassen?"

Sie schauten mich beide an, als hätte ich die Antwort auf diese Frage. Meine Augen wanderten von einer zur anderen. „Meint ihr das ernst? Ich habe keine Ahnung, sonst wären wir nicht hier, bei einem Vortrag von zwei Frauen, die anscheinend alles durchschaut haben."

Lila schaute Julia an und fragte: „Glaubst du, dass du alles durchschaut hast, Julia?"

Sie schüttelte den Kopf. „Ich weiß, dass ich das nicht habe. Aber immerhin wusste ich, was ich wollte. Ich wollte Artimus. Er wollte mich. Und wir haben es in die Tat umgesetzt."

„Ich weiß nicht, ob Ashton mich will." Ich kaute an meinem Fingernagel, während ich darüber nachgrübelte. „Was, wenn nicht?"

Lila grunzte abwertend. „Ach was! Natürlich will er. Wir haben alle gesehen, wie er dich voller Lust anschaut und manchmal lächelt er einfach, wenn du vorbeigehst. Er steht auf dich und nicht nur ein bisschen. Ich denke, er hat nur Angst, wieder eine Frau zu verlieren, die er liebt. Du musst ihm zeigen, dass er keine Angst haben muss."

„Und wie soll ich das tun?" Ich hatte keine Ahnung, wie man jemandem dabei half, keine Angst mehr vor etwas zu haben, und erst recht nicht, keine Angst mehr vor dem Tod oder dem Verlust einer geliebten Person zu haben. Als sie beide mit den Schultern zuckten, wollte ich am liebsten aufspringen und den beiden an den Haaren ziehen. „Ahhh! Es ist unmöglich."

„Ist es nicht", sagte Julia ernst.

„Sie hat Recht", fügte Lila hinzu, „nichts ist unmöglich, außer du lässt es zu. Und das wirst du nicht, Nina."

„Werde ich nicht?" Ich war skeptisch und bemitleidete mich selbst ziemlich stark.

Julia stampfte mit dem Fuß auf. „Nein, verdammt noch mal, du wirst das nicht zulassen. Lasst uns brainstormen. Wie gewinnt man einen Mann fast immer für sich?"

Lila lächelte. „Sex."

Ich seufzte und schüttelte den Kopf. „Ich werde nicht einfach in sein Büro spazieren und ihm meinen Körper anbieten, Lila. Also lasst euch etwas anderes einfallen."

Julia schaute Lila an, als wäre sie verrückt geworden. „Komm schon, Lila. Sein realistisch. Wir wissen beide, dass Nina nicht so ein Mädchen ist. Sie ist nicht der Typ, der ihn verführt, indem sie nichts als einen Mantel trägt, bevor sie den fallen lässt und ihm ihren nackten Körper zeigt. Sie ist einfach nicht der Typ dafür, auch wenn das Ashton auf seine Knie zwingen und ihn sie auf einem Altar verehren lassen würde."

Ich musste lachen, weil das einfach lächerlich war. „Ihr habt anscheinend absolut keine Ahnung von diesem Mann."

Sie schauten mich beide an, als Lila sagte: „Du schon. Jetzt lass das sacken und lass dir zumindest eine Sache einfallen, die du tun kannst, um einen Kratzer in die Rüstung zu bekommen, die er um sein Herz hat."

Als ich aufstand, nahm ich mir vor, einen ernsthaften Versuch zu starten. Und meine Nase führte mich zu einer meiner Geheimwaffen, die jeder liebte. „Manche Frauen sagen, der Weg ins Herz eines Mannes führt durch den Magen."

Immerhin hatte ich endlich eine Idee.

## 2

## ASHTON

Ein umwerfender Duft umhüllte mich, als ich mich an meinen Schreibtisch in meinem Büro bei WOLF setzte, um über Beleuchtungsmethoden zu lesen. Der Geruch ließ mich aufblicken und ich sah Nina Kramer hereinkommen, die eine Tasse dampfenden Kaffees in ihren Händen hielt. „Hey du."

Ich schob die Papiere von mir und lehnte mich in meinem Stuhl zurück, um sie ganz zu betrachten. „Hey, Nina."

Ihr hellblondes Haar war mit einer Klammer zurückgenommen und ihre grünen Augen glitzerten, als sie die Tasse vor mir abstellte. „Ich habe dir etwas mitgebracht, was ich gebraut habe."

Es war überall bekannt, dass Nina den besten Kaffee machte. Sie und ihre Freundinnen, Lila und Julia, trafen sich jeden Morgen gegen zehn und alle wussten, dass Kaffee im Mittelpunkt stand.

Unser Chef, Artimus Wolfe, war angeblich der einzige Mann, der je eine Tasse des magischen Getränks angeboten bekommen hatte. Als Julias Ehemann genoss er wahrscheinlich gewisse Privilegien.

Und hier saß ich also und war der Empfänger dieses kleinen Wunders, das mir von der Macherin selbst überreicht wurde.

„Danke! Womit habe ich mir diese Ehre verdient?"

Nina setzte sich auf den Stuhl vor meinem Schreibtisch, was nicht ungewöhnlich war. Wir waren gute Freunde seit den Anfängen von WOLF. Ich war derjenige gewesen, der sie als Telepromptermädchen ausgewählt hatte. Da war etwas an ihr, das ich von Anfang an gemocht hatte.

Erstens war sie angenehm für die Augen. Für mich war sie ein zartes kleines Geschöpf. Mit 1,87m war ich eher groß, sodass sie mir mit ihren 1,65m recht klein erschien. Die Sommersprossen, die über ihre Wangen verstreut waren, ließen sie unglaublich niedlich erscheinen.

Aber Nina war auch sexy. Runde Hüften und ein Po, der sich von ihrer schmalen Taille abzeichnete. Ihre Brüste waren auch Weltklasse. Mindestens ein D-Körbchen. Aber diese Dinge versuchte ich alle nicht bei der täglichen Arbeit zu bemerken.

Ich liebte zudem, wie sie sich kleidete. Immer so professionell. Und so war es auch, als sie mit dem Kaffee vor mir saß. Beigefarbene High Heels ließen ihre Beine lang und schlank aussehen. Ein enganliegender marineblauer Rock schmiegte sich an ihre Kurven. Und eine zarte Spitzenbluse, die sie in den Rock gesteckt hatte, vervollkommnete das Outfit. Meine Augen klebten an den Hügeln weichen Fleisches unter dem Stoff. Ich zwang mich dazu, wegzuschauen, um ihr in die Augen zu sehen.

Wirklich, ich gab mir Mühe, nicht zu sehr auf ihren Körper zu starren.

Ihr Lächeln war strahlend, als sie sagte: „Ich dachte einfach, du möchtest vielleicht mal meinen Kaffee probieren."

Ich nahm in hoch, probierte einen Schluck und meine Geschmacksknospen tanzten vor Freude. „Der ist so gut, Nina. Ich hatte gehört, dass du mal Barista warst – und eine richtig gute. Aber ich dachte, dass das nur ein Gerücht war. In den zwei

Jahren, die wir zusammengearbeitet haben, habe ich nie eine Tasse des mysteriösen Getränks zu Gesicht bekommen."

Sie lachte und lehnte sich in dem Stuhl zurück, um es sich gemütlich zu machen. „Jetzt schon. Was denkst du?"

„Ich denke, ich bin bereits süchtig." Ich nahm noch einen Schluck und mir wurde klar, dass ich mit der Sucht nicht übertrieben hatte, der Kaffee war unglaublich gut. „Ich hoffe, du ziehst mich hiermit nicht nur auf, Mädchen."

„Nee, ich denke, ich kann dir jeden Tag welchen vorbeibringen." Sie lehnte sich vor und flüsterte: „Aber du darfst es keiner Menschenseele verraten. Ich habe keine Lust, jeden Tag Kannen und Kannen für alle hier zu kochen. Das hier ist besonders und ich mache es nur für besondere Menschen."

Ich bin etwas Besonderes für sie?

Ich wusste, dass ich etwas Besonderes für sie war, aber nicht Kaffee-besonders. „Habe ich ein Glück." Ich nahm noch einen Schluck und seufzte dann. „Das ist wunderbar. Danke."

„Ich dachte letztens darüber nach, dass ich nicht so viel über dich weiß." Sie schaute über ihre Schulter zu der offenen Tür. „Macht es dir etwas aus, wenn ich die schließe, Ashton?"

Ich hatte keine Ahnung, was sie vorhatte, nickte jedoch. „Du kannst sie schließen."

Sie stand auf, schloss die Tür und setzte sich wieder. „Wir arbeiten schon ziemlich lange zusammen und trotzdem weiß ich fast nichts Persönliches über dich. Zum Beispiel deine Familie. Wo ist sie?"

„Meine Eltern sind von New Jersey, wo meine große Schwester und ich aufgewachsen sind, nach Georgia gezogen." Ich lehnte mich zurück und legte den Kopf auf meine zusammengefalteten Hände. „Meine Mutter hat die kleine Farm ihrer Großeltern dort geerbt. Meine Eltern haben vor ein paar Jahren ihr Haus verkauft und sind dorthingezogen. Meine Schwester, Annabelle, ist verheiratet und hat zwei Kinder. Sie leben auf

Hawaii. Ihr Mann ist der Manager von einem Hotel dort. Wir treffen uns einmal im Jahr am Hochzeitstag meiner Eltern auf der Farm. Abgesehen davon sprechen wir nur am Telefon, weil jeder sein eigenes Leben hat."

„Du wohnst alleine in deiner Wohnung in Manhattan, oder?", fragte sie. Ihre Lippen wurden zu einer geraden Linie und eine kleine Falte erschien über einer ihrer Augenbrauen. Es schien mir, als wäre sie über meine Wohnsituation besorgt.

„Ja, ich wohne alleine. Und wenn du jemanden kennst, der ein Zimmer sucht, ich bin nicht auf der Suche nach einem Mitbewohner. Ich mag mein Leben, wie es ist, und brauche sonst niemanden in meiner Wohnung. Ich mag das Alleinsein." Ich lehnte mich nach vorne, um meine Ellbogen auf dem Schreibtisch abzustützen, während ich sie anschaute.

Sie schüttelte den Kopf. „Ich kenne niemanden, der ein Zimmer sucht. Ich wollte es nur wissen. Weißt du, ich bin neugierig, Ashton. Ich weiß, dass du mal verlobt warst, und ich weiß auch, was passiert ist. Hat sie mit dir in der Wohnung gelebt und du willst einfach nicht, dass jemand in die Erinnerung eindringt?"

Mein Herz blieb stehen. Davon hatte ich nur meinen besten Freunden, Artimus und Duke, erzählt. Ich hätte erwarten sollen, dass sie ihren Ehefrauen von dem Unfall erzählen würden und sie wiederum ihrer besten Freundin, Nina. Aber wieso sie das jetzt ansprach, verstand ich nicht.

Ich fuhr mir durch die Haare und zog sie zurück, während ich darüber nachdachte, was ich sagen sollte. Letztendlich fiel mir etwas ein: „Nein, sie und ich haben nicht in der Wohnung gelebt. Ich musste aus unserer gemeinsamen Wohnung ausziehen. Ich konnte es nicht aushalten, dort ohne sie zu sein."

„Hattest du vor ihr Mitbewohner? Oder hast du zu Hause bei deinen Eltern gelebt?" Sie schaute mich fest an, als würde sie mich analysieren.

Ich war mir nicht sicher, ob ich es mochte oder nicht, doch mein Mund sprach weiter: „Ich lebte in einem Wohnheim an der Columbia-Universität, bevor ich mit ihr zusammengezogen bin."

„Du hattest also immer mit anderen Leuten gewohnt, bis sie starb, und seitdem lebst du allein." Sie schüttelte den Kopf. „Wie hältst du das aus? Ich meine, ich habe mein Leben lang mit anderen Menschen gewohnt. Ich kann mir nicht vorstellen, ganz alleine zu wohnen."

Ich hatte nicht vor, ihr zu erzählen, dass ich lieber allein leben wollte, als dass jemand erfuhr, dass ich immer noch Albträume von dem Unfall hatte, der meiner Verlobten das Leben gekostet hatte. Etwa einmal die Woche wachte ich schreiend auf. Das brauchte niemand zu hören.

Schulterzuckend sagte ich: „Mir gefällt es so, Nina."

Ein Lächeln bog ihre weichen, rosafarbenen Lippen. „Wie hast du sie kennengelernt, Ashton? Wie hast du diese Frau kennengelernt, die du darum gebeten hast, den Rest ihres Lebens mit dir zu verbringen?"

Niemand hatte mich seit ihrem Tod danach gefragt. Ich schaute tief in Ninas Augen, während ich ihr von jener Zeit in meinem Leben erzählte. „Einige meiner Freunde und ich waren die Osterferien über in Florida. Ihre Familie besaß das Hotel, in dem wir in Miami schliefen. Ihre Familie hatte sie erst wenige Monate zuvor aus Indien geholt und sie arbeiteten dort alle für ihren Onkel. Sie war Zimmermädchen und wir hatten alle Handtücher verbraucht. Ich suchte nach Nachschub und wurde vom Rezeptionisten zur Wäschekammer geschickt."

„War es Liebe auf den ersten Blick?", fragte Nina mit weit offenen Augen.

Ich lachte. „Ja, war es." Ich konnte ihr Gesicht vor mir sehen. „Sie war verschwitzt und zerzaust, als ich in die Wäschekammer kam und um vier Handtücher bat. Sie drehte sich nicht einmal um, bevor sie rief, dass ich warten müsste, weil sie noch im

Trockner waren. Dann drehte sie sich um und sah mich. Wir schauten uns lange einfach nur still an, dann entschuldigte sie sich.

Nina seufzte, dann sagte sie: „So ist also Liebe auf den ersten Blick. Interessant. Wie lange hat es gedauert, bis ihr ein Paar wurdet?"

„Gar nicht lange. Ich habe meine gesamten Osterferien mit ihr verbracht. Sie wollte zur Uni gehen. Als ich nach New York zurückkehrte, suchte ich mir einen Job und eine kleine Wohnung und dann zog sie zu mir. Wir lebten sechs Monate lang zusammen, bevor ich sie bat, mich zu heiraten. Sie wollte eine große Hochzeit. Ihre Familie war glücklich darüber und wollte alles bezahlen, wie es die Tradition der Hindus ist. Das Datum wurde für ein Jahr nach meinem Antrag festgelegt."

Nina sah traurig aus, als sie fragte: „Wie hieß sie, Ashton?"

Auch das hatte mich niemand seit ihrem Tod gefragt. Ich zögerte aus Angst, zusammenzubrechen, doch dann ließ ich es zu. „Natalia Reddy. Sie war wunderschön und lustig. Ein richtiger Freigeist. Ich liebte sie mehr, als ich je jemanden in meinem Leben geliebt hatte."

„Und dann wurdest du verletzt, wie du noch nie zuvor in deinem Leben verletzt worden warst", sagte Nina leise. „Hast du ein Bild von ihr?"

Ich zog mein Portemonnaie hervor und nahm das Einzige hervor, was ich noch von ihr besaß. „Das hier wurde nur wenige Tage vor dem Unfall aufgenommen." Ich schob es Nina zu.

Sie nahm es in die Hand und schaute es an. „Sie war wunderschön, Ashton. Es tut mir so leid, wie alles geendet ist."

„Es war nur wenige Wochen vor unserem Hochzeitstermin." Mein Magen zog sich zusammen, als ich mich daran zurückentsann. „Es begann zu regnen, der Tag war heiß gewesen. Die Polizei sagte, dass sich Öl auf der Straße angesammelt und dann mit dem Regenwasser gemischt hatte, wodurch ich die Kontrolle über das Auto verloren habe. Alle sagten, dass es nicht meine Schuld war, selbst ihre Familie. Aber ich habe mir Vorwürfe gemacht. Das mache ich immer noch."

„Das solltest du nicht." Sie schob das Foto zurück zu mir. „Ich bin mir sicher, dass Natalia es schrecklich fände, dass du dir selbst die Schuld für den Unfall gibst. Sie hat dich schließlich geliebt, Ashton."

Als ich Nina nun anblickte, sah ich sie in einem anderen Licht. Es hatte immer eine gewisse Anziehungskraft zwischen uns beiden gegeben, doch ich war nicht bereit gewesen, ihr nachzugeben. Irgendwie hatte jedoch die Art, in der sie mit mir sprach, bewirkt, dass ich mich ihr viel näher fühlte, als ich es seit Natalias Todbei jemand anderem gefühlt hatte.

Nina klopfte auf den Schreibtisch und stand auf. „Naja, wir sollten uns mal wieder an die Arbeit machen. Hast du den Kaffee wirklich genossen?"

„Das habe ich. Und die Unterhaltung auch, Nina. Ich habe seit so langer Zeit mit niemandem mehr über sie gesprochen", gab ich zu. „Ich fühle mich sehr viel befreiter, jetzt, wo ich mit dir geredet habe."

„Gut. Du kannst gerne mit mir über sie – oder alles andere – sprechen, wann immer du willst. Ich denke, ich werde ab jetzt immer mit frischem Kaffee bei dir vorbeischauen." Sie winkte, als sie die Tür öffnete, um zu gehen. „Tschüss. Sehen mir uns zum Mittagessen?"

„Ja, werden wir. Ich dachte an Cordon Bleu." Ich stecke Natalias Bild wieder ein.

„Lecker. Klingt gut." Sie verließ mein Büro und ich starrte ihr nach.

Was war hier passiert?

# 3

# NINA

Nach einer Woche, in der ich jeden Tag mit einer Tasse meines magischen Kaffees bei Ashton vorbeigeschaut hatte, dachte ich, alles liefe gut. Wir sprachen nicht mehr über die Verlobte, die er verloren hatte, aber wir hatten ein paar kleinere Unterhaltungen über Themen, über die wir noch nie zuvor gesprochen hatten.

Dinge wie unsere Lieblingsjahreszeit. Es stellte sich heraus, dass wir beide Herbstliebhaber waren und es genossen, wenn die Sommerhitze verschwand. Ashton mochte die Herbstfarben der Natur gerne.

Es war zwar erst Frühling, doch ich schlug vor, gemeinsam in den Wald zu fahren, wenn die Blätter sich färbten. Er schüttelte nur mit dem Kopf und sagte, dass er das nicht mehr täte. Ich fragte nicht weiter nach.

Er hatte mir erzählt, dass es in der Zeit des Unfalls heiß gewesen war. Ich wusste also, dass es nicht Herbst war. So blieb mir immerhin die Hoffnung, dass er eines Tages in der Lage sein würde, an einem Herbstnachmittag herauszufahren. Ich könnte ja die Fahrerin sein, wenn ihm das lieber wäre.

Ashton musste endlich wieder ein komplettes Leben führen.

Es wurde immer klarer, dass es nur von außen so aussah, als hätte er ein normales Leben. Er schien lustig und gesellig bei der Arbeit, doch diese tieferen Gespräche ließen mich verstehen, dass das nicht das ganze Bild war. Das, was außerhalb der Arbeit geschah, machte mir Sorge.

Was tut er, wenn er den Sender verlässt?

Darüber dachte ich viel nach. Ich stellte ihn mir lächelnd vor, was er meist tat, wenn wir alle abends nach einem langen Arbeitstag nach Hause gingen. Wir alle gingen unserer eigenen Wege, manche im Taxi, manche zu Fuß zur U-Bahn oder mit dem Bus. Wir alle hatten ein Zuhause, zu dem wir zurückkehrten, und die meisten von uns hatten Menschen, die auf sie warteten. Ashton hatte dies nicht und das tat mir in der Seele weh.

Ich hatte mit meinem Mitbewohner Kyle darüber gesprochen, wieso ein Mann allein wohnen wollte. Kyle war etwa in Ashtons Alter, um die dreißig. Er war verheiratet gewesen und hatte einen Sohn, den er jedes zweite Wochenende sehen durfte, sodass ich wusste, dass er Ashton ein wenig verstehen konnte.

Ich war erst 23 und hatte noch nie jemanden verloren, den ich liebte, nicht, dass ich jemals verliebt gewesen war. Tommy Smith in der Schule konnte man nicht echte Liebe nennen. Und ich war nie mit irgendeinem Typen an der Uni mehr als ein oder zwei Mal ausgegangen. Was Ashton durchmachte, war mir vollkommen fremd.

Kyle hatte mir gesagt, dass Ashton wahrscheinlich einfach nicht gerne in Gesellschaft war und die Pause genoss, wenn er von der Arbeit nach Hause ging. Er sagte, dass recht viele lustige, offene und gesellige Menschen auch introvertiert seien und eine Auszeit bräuchten, um ihre Batterien wieder aufzuladen.

Ich glaubte jedoch nicht, dass Ashton eine Auszeit benötigte.

Ich glaubte, dass es einen anderen Grund geben musste. Ich wusste jedoch nicht genau, was für einer das war, außer, dass er nicht wieder durch den Verlust einer geliebten Person verletzt werden wollte.

Ich hatte jedoch die Hoffnung, dass ich Stück für Stück durch seinen Schutzschild vordrang und näher an sein Herz kam. Das war der Ort, an den ich wollte. Ich wollte dort mein Lager aufschlagen und dort mit dem Mann leben, der meistens in meinen Gedanken herumspukte.

So sehr ich auch wollte, dass es zwischen uns beiden einen Fortschritt gab, nahm ich mir sehr viel Zeit. Irgendwie hatte ich das Gefühl, dass man Ashton Lange zu nichts drängen konnte. Er war von außen sehr nett, doch ich hatte das Gefühl, wenn man zu sehr stocherte, würde er zu einem wilden Tier werden, das seinen verletzlichen Bauch beschützte. Der Gedanke machte mich traurig.

Man würde nie in dieser starken, vor Männlichkeit strotzenden Person solche Trauer, Schuldgefühle und Schmerz vermuten. Nicht, dass er mir je diese Seite von sich gezeigt hätte. Egal, wie sehr er versuchte, sie zu verstecken, ab und zu konnte ich sie sehen. Jetzt, wo wir über persönlichere Dinge sprachen als das, was wir zu Mittag essen wollten oder was bei der Arbeit los war, konnte ich Dinge in seinen Augen sehen.

Diese wunderbaren blauen Augen konnten voller Glück und Lachen sein und die meisten sahen auch nur das. Aber was ich sah, machte mir Angst. Ich sah puren Willen und Entschlossenheit, alle von sich fernzuhalten. Als dächte er, wenn er jemandem genügend vertraute, um sich nahe zu kommen, würde etwas Furchtbares geschehen.

Wieder.

Es würde lange dauern, um dahin zu kommen, wo ich bei diesem Mann hinwollte. Aber ich war bereit, diese Zeit und Anstrengung zu investieren. Es gab so viel an Ashton, das gut und richtig war, dass es meine Zeit wert wäre, ihn dazu zu bringen, zu sehen, dass die Liebe nichts war, wovor man Angst haben sollte.

An einem Freitagnachmittag saß ich an meinem Schreibtisch und schaute aus dem kleinen Fenster meines engen Büros. Ich hatte einen Schreibtisch, einen Laptop und einen Stuhl. Mehr Möbel waren für meinen Jobnicht nötig.

Da ich es nicht mochte, zu viele Dinge herumliegen zu haben, gefiel mir die Sauberkeit meines Büros. Die Putz-Crew würde später kommen, um abzustauben und zu saugen, also fuhr ich meinen Computer herunter und legte ihn in die oberste Schublade, bevor ich abschloss. Da ich für diese Woche mit den sozialen Medien für meinen Job fertig war, brauchte ich ihn erst wieder Montagmorgen.

Ich hatte keine Pläne für das Wochenende – nichts Ausgefallenes. Meine andere Mitbewohnerin, Sandy, war eine Partymaus, die mich immer zum Ausgehen einlud. Ich ging ab und zu mit ihr aus, bereute es jedoch meist. Sandra nannte mich meistens langweilig. Nicht, dass mir das etwas ausgemacht hätte.

Sandy glaubte nicht an feste Bindung. Das bedeutete, dass sie kein Problem damit hatte, ständig neue Männer zu daten. Ich verurteilte sie dafür nicht, aber diese Lebensweise war nichts für mich.

Als ich mich auf meinem Stuhl umdrehte, sah ich, dass Julia in meinem Türrahmen lehnte. „Wie geht's?"

Sie musterte mich von oben bis unten. „Du siehst gelangweilt aus, Nina."

„Mir geht es gut." Ich wollte nicht, dass jemand Mitleid mit mir empfand. Würde ich Julia davon erzählen, dass ich gerade über das ereignislose Wochenende nachgedacht hatte, das mich erwartete, dann hätte sie es zu ihrer persönlichen Mission gemacht, mir eine Beschäftigung zu suchen.

„Ach, ist das so?", sie verdrehte die Augen. „Gut, ich habe

eine Frage, die ich dir stellen möchte. Hast du eine Lücke in deinem vollen Terminkalender, um sie mir zu beantworten?"

Lachend antwortete ich: „Klar, ich kann etwas Zeit für deine Frage schaffen. Schieß los."

„Was sind deine Wochenendpläne?" Sie schaute auf ihre Nägel und polierte sie dann an ihrem Oberteil.

Ich fand das eine komische Frage für sie, denn sie und Artimus machten immer Pläne für ihr Wochenende. Wieso fragte sie also nach meinen? „Nicht viel. Wieso?"

Ihre dunkelbraunen Augen leuchteten auf. „Gut. Also hast du Zeit?"

„Vielleicht." Ich hatte nicht vor, sie denken zu lassen, dass ich zu allem bereit wäre, was sie wollte. Vor allem, weil ich keine Ahnung hatte, ob es mir gefallen würde oder nicht. „Was gibt's denn?"

„Ein bisschen Spaß für meine Freunde und mich." Sie zwinkerte mir zu. „Wie wäre es, wenn du heraus zu unserem Haus in den Hamptons kommst? Wir können uns in der Limo hinbringen lassen und es wird so lustig werden. Bitte sag ja, Nina."

Ich wollte noch nicht ganz zusagen. „Wer sind wir?" Ich zog eine Augenbraue hoch, während ich ihr Grinsen immer größer werden sah.

„Wir, die übliche Truppe. Artimus natürlich. Duke und Lila auch. Du weißt schon, unsere kleine Crew." Sie legte eine Hand auf ihre Hüfte. „Also, bist du dabei? Wir gehen heute früher, das habe ich für dich schon klargemacht."

„Hast du das?" Ich war überrumpelt, dass sie so etwas tun würde, bevor sie mit mir gesprochen hatte. „Obwohl ich froh bin, den Abend und das Wochenende frei zu haben, werde ich ablehnen müssen. Ich will nicht das fünfte Rad bei eurem Doppel-Date sein."

Ihre dunklen Augenbrauen zuckten, als sie mir mit einem

Grinsen zulächelte, das ich noch nie zuvor bei ihr gesehen hatte. „Oh, wir sind ein Vierergespann. Du wirst nicht das fünfte Rad sein."

Ich schaue sie noch skeptischer an. „Das verstehe ich nicht."

„Das merke ich." Sie kicherte und klatschte. „Das macht so viel Spaß. Ich hatte keine Ahnung, wie viel Spaß es machen würde."

„Julia!" Ich sprang von meinem Stuhl und ging zu ihr herüber. „Nichts hiervon macht Sinn. Kannst du vielleicht mal zum Punkt kommen?"

„Ashton kommt auch." Sie warf die Hände in die Luft, als hätte sie einen Zaubertrick vollführt. „Das ist es. Ashton kommt mit."

„Warum?", fragte ich sie und fügte hinzu: „Weiß er, dass du mich auch eingeladen hast?"

Sie nickte. „Ja, weiß er. Weißt du, Artimus hat ihn eingeladen, ohne mir etwas davon zu erzählen. Ich hatte keine Ahnung, dass er dieses Wochenende Gäste einladen wollte. Er hat es mir erst vor Kurzem eröffnet."

Ich hatte die furchtbare Vorahnung, dass sie Kupplerin spielen wollte und Ashton keine Ahnung hatte, was vor sich ging. „Auf keinen Fall, Julia. Ich werde mich nicht in eine solche Position begeben. Wie peinlich wäre es, wenn Ashton nicht wüsste, dass ich auch komme, und mich vielleicht gar nicht dort haben wollte?"

„Das wäre ziemlich peinlich", stimmte Julia mir zu, „Gott sei Dank musst du dir darüber keine Sorgen machen."

„Und wieso muss ich mir darüber keine Sorgen machen?" Ich schaute auf ihre Hand, die sie mir auf die Schulter gelegt hatte, und sie nutzte ihre andere Hand, um mein Gesicht so zu drehen, dass ich ihr in die Augen schaue. „Ashton hat Artimus gesagt, dass er nur kommen würde, wenn du auch eingeladen bist."

Es dauerte einige Sekunden, bis mein Gehirn das registrierte.

„Hä?", war meine dumme Antwort.

„Er will dich dort haben, Nina." Julia drückte meine Schulter. „Wenn du nicht kommst, kommt er auch nicht. Das waren seine exakten Worte zu meinem Mann. Also bist du dabei oder nicht? Ich muss Artimus sagen, was er seinem Freund sagen soll."

Ashton will, dass ich das Wochenende mit ihm verbringe?

„Wieso hat er mich nicht selbst gefragt?", fragte ich sie.

Sie verdrehte die Augen. „Weil er Ashton Lange ist? Der Mann, der nicht datet? Oder der zumindest seit einer langen Zeit nicht mehr gedatet hat. Wenn er platonische Intentionen hätte, hätte er wahrscheinlich selbst mit dir gesprochen, glaubst du nicht?" Sie zog eine Augenbraue hoch, als würde sie mich herausfordern, dann fuhr sie schnell fort: „Antworte nicht. Denke nicht zu viel nach – und stelle nicht so viele Fragen. Gib mir einfach die Antwort, von der ich weiß, dass du sie mir geben willst. Sag ja, damit wir mit der Party loslegen können."

„Wir würden also alle zusammen in einer Limo zu eurem Haus fahren?", fragte ich.

Sie nickte. „Und am Sonntagabend bringen wir euch wieder nach Hause. Freitag- und Samstagnacht werdet ihr bei uns schlafen und alle möglichen lustigen Dinge tun. Es wird ein Riesenspaß." Sie legte den Arm um meine Schultern und zog mich an sich.

„Und er hat wirklich gesagt, dass er nur mitkommt, wenn ich auch dabei bin?", fragte ich, um wirklich sicherzugehen.

„Das hat er." Sie fuhr mit den Fingern über meine Schulter, als sie die Hand wegzog. „Also, was sage ich Artimus, Nina?"

„Sag ihm, dass ich gerne mit euch mitkommen würde und mich über die Einladung freue."

Sie zog die Augenbrauchen zusammen. „Kommt da ein Aber?"

Ich schüttelte den Kopf und lachte. „Nein, kein Aber. Ich würde gerne mitkommen und freue mich über die Einladung! Und jetzt sag mir, was für Klamotten ich mitnehmen soll. Ich will das ganze Wochenende so gut wie möglich aussehen, wenn Ashton dort sein wird."

Meine Chance war gekommen und ich würde sie nicht verschwenden.

# 4

## ASHTON

Mit gepackter Tasche saß ich da und wartete darauf, dass Artimus und die Anderen in der Limousine ankamen. Ich nippte an meiner Rum-Cola, um die Nervosität loszuwerden, die ich nicht abschütteln konnte.

Ich wusste wirklich nicht, wo die Worte hergekommen waren, als Artimus mich fragte, ob ich das Wochenende mit ihm und seiner Frau wie auch Duke und Lila verbringen wollte. Ich hatte geantwortet, dass ich Lust hätte, aber nur, wenn Nina auch mitkäme.

Er hatte sofort mit einem breiten Lächeln auf dem Gesicht zugestimmt, mich auf den Arm geboxt und mich aus irgendeinem Grund einen alten Hund genannt.

Ich glaubte, dass meine lange Freundschaft mit Nina der Grund für meine vielen Vorbehalte gegenüber dem war, in das ich mich hineinmanövriert hatte. Ich wollte sie nicht als Freundin verlieren, wenn ich das Beziehungsding mit ihr nicht hinbekäme. Ich glaubte nicht, dass ich es mit irgendwem schaffen konnte, und wollte nicht, dass sie es persönlich nähme.

Wenn ich es irgendwann wieder hinbekommen könnte, wäre Nina definitiv die Frau, mit der ich diese dunklen und gefährlichen Gewässer befahren wollte. Gewässer, in die zu springen ich noch nicht bereit war.

Deshalb konnte ich nicht aufhören, darüber nachzugrübeln, wieso ich Artimus überhaut diese Bedingung gestellt hatte. Wenn ich nichts Romantisches mit Nina haben konnte, wieso wollte ich dann überhaupt sichergehen, dass sie das ganze Wochenende lang bei mir war?

Nichts von dem, was ich tat, ergab Sinn. Und alles hatte damit begonnen, dass Nina mir diese erste Tasse Kaffee gebracht hatte. Irgendwie hatte jene Unterhaltung ein Tor geöffnet, das ich viele Jahre lang geschlossen gehalten hatte und nie wieder öffnen wollte. Doch sie hatte geschafft, es zu öffnen, ohne, dass ich es überhaupt wahrgenommen hatte. Ich bezweifelte, dass sie überhaupt den Effekt bemerkte, den sie in den vorherigen Wochen auf mich gehabt hatte.

Mein Handy vibrierte, als eine Nachricht von Artimus ankam, dass sie gerade bei mir vorfuhren, also nahm ich meine Tasche und ging zur Tür. Mein Herz raste, denn ich wusste, dass ich auf dem Weg in ein Abenteuer war, für das ich nicht im Geringsten bereit war.

Als ich zum Auto kam, öffnete der Fahrer die Tür und ich sah alle außer Nina. „Sie hat es sich anders überlegt?"

Julia und Lila lachten, während Duke und Artimus mich angrinsten. „Wir holen sie zuletzt ab, Lover-Boy. Kein Grund zur Sorge", neckte mich Artimus.

Der Fahrer legte meine Tasche in den Kofferraum, während ich in das große Auto stieg und meine sogenannten Freunde finster anschaute. „Ich würde es bevorzugen, nicht so genannt zu werden, Artimus."

Ich fühlte mich wie ein Kind in der Schule, dessen Freunde ihn verkuppelten oder so. Nur dass ich derjenige war, der darum gebeten hatte, dass Nina eingeladen würde – sie hatten nichts damit zu tun gehabt. Mein Kopf war so verwirrt und anscheinend war das sogar sichtbar.

Julia öffnete den Kühlschrank der Minibar und warf mir ein kaltes Bier zu. „Hier, trink eins, Ashton. Das wird dir helfen, deine Nerven zu beruhigen."

Ich öffnete die Flasche und fragte: „Merkt man es so sehr?"

Lila nickte. „Jupp. Du solltest nicht nervös sein. Nina mag dich wirklich."

Das wusste ich. Deshalb war ich auch nicht nervös. Ich war nur wegen allem anderen nervös.

Das Bier half ein bisschen und als wir bei Ninas Wohnung anhielten, fühlte ich mich etwas selbstsicherer. Julia zog ihr Handy hervor. „Ich schreibe ihr schnell."

„Nein, lass mich sie holen gehen." Ich drückte die Tür auf. „Äh, weiß jemand, in welcher Wohnung sie wohnt?"

„Sechs fünfundsiebzig", sagte Lila mir.

Ich stieg aus dem Auto und ging hoch in den sechsten Stock. Meine Hände waren schwitzig und mein Magen zusammengezogen, mein Kopf fühlte sich an, als wäre ein Luftballon statt eines Gehirns darin, doch immerhin tat ich es.

Ich erreichte die Tür und klingelte, dann wischte ich mir die Hände an der Jeans ab und schüttelte den Kopf, um ihn freizubekommen. Als ein Mann etwa in meinem Alter die Tür öffnete, fiel mir fast alles aus dem Gesicht. „Hey!"

Er stand aufrecht da und schaute mich von oben bis unten an. „Und du bist...?"

Ich streckte ihm die Hand hin. „Ashton Lange. Und du bist?"

„Kyle." Er schüttelte meine Hand. „Was kann ich für dich tun?"

„Ich bin wegen Nina gekommen." Ich schluckte, als er meine Hand losließ. Sie hatte nie einen Mann erwähnt, der mit ihr leben könnte. „Wohnst du hier?"

„Ja", kam seine Antwort.

„Mit Nina?", hakte ich nach.

„Ja." Er ging einen Schritt zurück. „Sie ist im Bad. Du kannst hier warten, wenn du willst." Er ging weg und rief: „Nina, da ist jemand für dich."

Der Mann war groß und breit. Sein dunkles Haar war kurz geschnitten. Ich hätte ihn nicht als Ninas Typ eingeschätzt. Aber das musste er wohl sein, wenn sie zusammenlebten.

Meine ganze frisch gefundene Sicherheit und Entschlossenheit, die Dinge mit Nina voranzutreiben, fielen in sich zusammen. Ich hatte gedacht, dass wir das Gleiche von diesem kleinen Wochenendtrip erwarteten, doch offensichtlich war das nicht der Fall, wenn sie mit jemand anderem zusammen war.

Vielleicht hatten sie eine offene Beziehung. Oder vielleicht wollte sie einfach nur befreundet bleiben. Was auch immer es war, ich war eifersüchtig.

Eine Tür öffnete sich und Nina kam aus dem Bad, während sie mit ihren Händen über ihr Kleid fuhr. Lilafarbene Spitze bedeckte ein kurzes Seidenkleid und sie war barfuß. „Ashton, du hättest nicht hochzukommen brauchen, um mich abzuholen."

„Das hat mir nichts ausgemacht." Ich wies mit dem Kopf auf den Mann, der in der Küche stand und in den Kühlschrank schaute. „Und wer ist er?"

„Kyle?", fragte sie.

Ich nickte. „Was ist eure Beziehung?", kam es viel schroffer aus mir, als mir lieb war, doch ich konnte mich nicht davon abhalten.

„Mein Mitbewohner", sagte sie und schaute mich an, als hätte ich Matsche im Hirn – und ich konnte ihr in dem Moment keinen Vorwurf machen – bevor sie zu ihrem Zimmer ging. „Ich hole kurz meine Tasche."

Ich schaute zu Kyle, der mich angrinste und dabei die

dunklen Brauen anhob. „Ich musste dich ein bisschen herausfordern, Alter."

Mit einem Schulterzucken sagte ich: „Musstest du?"

Nina kam mit ihrer Tasche heraus und sofort nahm ich sie ihr ab. „Das brauchst du aber n..."

„Ich möchte", sagte ich ihr, als wir zur Tür gingen.

Der Aufzug war nicht weit von der Tür entfernt und ziemlich voll, als sich die Tür für uns öffnete. Wir sagten nicht viel auf dem Weg nach unten. Dann verließen wir das Gebäude, immer noch ohne zu sprechen.

Würde das Wochenende so verlaufen? Wir zwei zusammen in unangenehmer Stille?

Der Fahrer legte ihre Tasche in den Kofferraum und wir stiegen ein.

Es gab drei Sitzbänke, eine hinten und die anderen beiden an den Seiten. Duke und Lila saßen auf einer Seite, Julia und Artimus saßen hinten. Somit war noch eine Bank frei, die Nina und ich nahmen.

Lila lehnte sich nach vorne, zwei Flaschen Bier in der Hand. „Bitte sehr."

Wir nahmen beide die Getränke, die sie anbot, und ich konnte nicht übersehen, wie schnell wir beide den ersten Schluck nahmen. Sie schien genauso nervös zu sein wie ich. Und das gefiel mir nicht.

Ich versuchte immer, dass sich alle um mich herum wohlfühlten. Also ignorierte ich meine Nerven, während ich mich darauf konzentrierte, Nina zu entspannen. Ich lehnte mich zurück und legte einen Arm auf die Lehne hinter ihr. „Abgesehen von dem Typen, wer wohnt sonst noch in der Wohnung mit dir?"

„Sandy. Wir sind nur zu dritt – Kyle, Sandy und ich." Sie nahm noch ein Getränk, lehnte sich zurück und machte es sich gemütlich, was mich sehr erleichterte. „Wir haben Kyle gerne bei uns. Er ist wie unser Wachhund."

„Ich wusste nicht, dass du einen männlichen Mitbewohner hast, Nina", sagte Lila und wirkte etwas verwirrt. „Was hast du sonst noch vor deinen besten Freundinnen verborgen?"

Nina lachte, das Geräusch kitzelte in meinen Ohren und brachte mich zum Lächeln. „Ich dachte nicht, dass es ein Geheimnis war. Ich erinnere mich nicht, dass mich je irgendwer nach meinen Mitbewohnern gefragt hat, sodass die Details nie ein Thema waren."

Ich nutze die Gelegenheit, um mehr über ihr Leben zu erfahren. „Dann erzähl uns mal ein bisschen über die Menschen, mit denen du zusammenwohnst."

Sie drehte den Kopf zu mir. „Echt? Das ist aber eher langweilig."

„Finde ich nicht." Ich legte meine Hand auf ihre Schulter. „Ich will etwas über dein Leben außerhalb der Arbeit erfahren."

Mit einem Schulterzucken fuhr sie fort: „Sandy ist ein paar Jahre älter als ich. Ich hoffe, ich bin etwas reifer, wenn ich 25 bin. Sie ist eine ziemliche Partymaus. Kyle ist paar dreißig, geschieden und hat einen Sohn, den er jedes zweite Wochenende sehen darf. Kyle geht nicht viel aus, er ist ein ziemlicher Alleingänger seit seiner Scheidung. Er hat seine Frau beim Fremdgehen ertappt und traut sich nicht mehr zu, die richtige Frau auszusuchen."

„Oh, er hat ein Kind?" Ich fühle etwas Mitleid mit dem Kerl. Und ich frage mich, was aus mir geworden wäre, wenn Natalia und ich bereits ein Kind gehabt hätten, als sie starb. Wären die Dinge anders bei mir? Wäre ich alles anders angegangen, wenn ich mich um ein Kind hätte kümmern müssen?

Ninas Hand auf meinem Bein lenkte mich ab und ich schaute herunter, wie sie auf meinem Oberschenkel ruhte.

„Diese Situation ist anders als deine, Ashton. Versuche nicht, sie zu vergleichen."

Wie konnte sie wissen, woran ich dachte?

Ich schüttelte den Kopf und schaute sie an. „Kannst du Gedanken lesen oder so?"

Lila lachte. „Dein Gesicht hat allen von uns Bände erzählt. Du bist ein offenes Buch – wenn du nicht bemerkst, dass du beobachtet wirst."

Alle in dem Auto kannten sich erst seit zwei Jahren und trotzdem kannten wir uns alle sehr gut. Es war fast, als wären wir Kindheitsfreunde.

Nina zog ihre Hand weg und nahm einen weiteren Schluck vom Bier, bevor sie sagte: „Also, was machen wir heute Abend in den Hamptons, Julia?"

Sie zeigte mit dem Daumen auf Artimus. „Frag den Zeremonienmeister hier. Ich habe keine Ahnung."

Artimus antwortete sofort. „Heute Abend ist Spieleabend. Scharade, Pictionary, dann Strippoker."

Nina erstickte fast an ihrem Schluck Bier. „Bei dem Letzten bin ich raus!"

Artimus lachte sich kaputt. „Nein, alle sind dabei. Wir werden es spannend machen, indem wir alle dick in Klamotten einpacken. Dann könnt ihr Mädels Poker spielen lernen, damit ihr bei unserem wöchentlichen Pokerabend mitspielen könnt. Wir Männer vermissen euch nämlich an diesen Abenden. Es wäre lustig, zusammen zu spielen."

Julia lächelte ihren Ehemann an. „Du vermisst mich, wenn du Poker spielst, Liebling?"

Er küsste sie auf die Nasenspitze. „Oh ja."

Bei ihrem Anblick bekam ich ein merkwürdiges Gefühl in meinem Herzen. Das Gefühl fühlte sich ein bisschen zu sehr wie Einsamkeit an – als würde ich etwas verpassen, das ich stur versuchte zu ignorieren.

Es klang, als hätte Artimus ein Wochenende geplant, das Nina und mich noch näher zusammenbringen würde, als wir es bereits waren.

Und so gut das auch klang, hörte es sich gleichzeitig furchteinflößend an.

# 5

## NINA

Artimus' Spieleabend war lustig für uns alle. Ich war so schlecht im Poker, dass ich verloren habe. Ich war dankbar für Artimus' viele Kleiderlagen, denn ansonsten hätte ich mit nacktem Arsch vor allen gesessen.

Am Samstagmorgen wachte ich in dem Schlafzimmer neben dem von Ashton auf. Es war etwas komisch gewesen, als die anderen Pärchen ins Bett verschwanden und wir den langen Flur entlang in unsere getrennten Schlafzimmer gingen.

Ich dachte, er würde mich küssen, doch letztendlich zog er nur meine Hand an seine Lippen und küsste meinen Handrücken, bevor er mir sagte, dass er eine tolle Zeit gehabt hatte, und mir eine gute Nacht wünschte.

Ich schlief ziemlich gut. Ich träumte von ihm und das war fast so gut wie bei dem echten Mann sein zu können. Nach ein paar Jahren der Träume und Fantasien über Ashton hatte ich mich damit abgefunden, dass das alles war, was ich je bekommen würde.

Doch nun hatte ich die perfekte Möglichkeit und ich würde etwas daraus machen. Ich wollte einen richtigen Kuss von ihm.

Und ich würde mein Bestes geben, um ihn dazu zu bringen, mir diesen Kuss zu geben.

Wir verbrachten einen angenehmen Morgen zusammen, frühstückten gemütlich und blieben noch mit unserem Kaffee sitzen, bevor wir uns trennten und zum Mittagessen wieder zusammenkamen. Ich war in mein Zimmer gegangen, um mich nach dem Mittagessen frischzumachen, als ich ein Klopfen an meiner Tür hörte. Ashton rief durch die geschlossene Tür: „Hey, wir gehen alle zum Pool. Zieh dir deinen Badeanzug an und wir sehen uns unten, Nina."

„Okay, gib mir eine Minute." Ich ging zu meinem Koffer, um den Badeanzug herauszunehmen.

„Alles klar, wir sehen uns unten." Er ging und ich schaute auf den Zweiteiler, den ich hervorgezogen hatte.

Es war nichts Gewagtes oder besonders Aufreizendes. Ein normaler dunkelblauer Bikini, aber etwas Anderes hatte ich nicht. „Wieso habe ich nie in einen sexy Badeanzug investiert?", murmelte ich mir selbst voller Reue zu.

Hier war die Gelegenheit, meinen Körper Ashton zu zeigen, und alles, was ich hatte, war ein langweiliger Bikini. Ich wusste, dass Lila und Julia etwas Heißes tragen würden.

Da ich keine Alternative hatte, zog ich das Ding an und wickelte mich in ein weißes Handtuch, bevor ich nach unten in das Poolzimmer ging. Ich hörte Plätschern und Lachen, als ich näherkam.

Als ich hereinkam, sah ich ein Volleyballnetz, das den Pool in zwei Hälften teilte. Sie spielten Jungs gegen die Mädchen.

Ashton saß am Rand und wartete auf mich, damit wir uns dazugesellen konnten. „Super, du bist ja schon da, Nina. Komm." Er sprang in den Pool und ich stieg elegant die Stufen hinunter ins Wasser.

Julia und Lila hatten das flachere Wasser nahe den Stufen

gewählt, wofür ich dankbar war. „Okay, wie ist der Spielstand?", fragte ich.

„Jungs drei, Mädels eins", sagte Lila. „Ich hoffe, du kannst ein bisschen Feuer ins Spiel bringen, Nina."

Ich knackte mit meinen Fingern und informierte sie: „Ich war im Schul-Volleyballteam. Ich wurde die Spike-Queen genannt." Ich schaute die drei Männer auf der anderen Seite des Netzes an. „Ich hoffe, ihr seid bereit, plattgemacht zu werden."

Sie lachten, als wir alle in Position gingen, dann servierte Ashton den Ball herüber zu uns. Lila machte einen erfolgreichen Volley zurück zu ihm und Artimus schickte ihn zurück zu uns. Julia schaffte es, ihn wieder herüber zu schlagen, dann kam Ashton spritzend nach vorne, schickte ihn zurück und schaffte es gerade so übers Netz.

Ich sah meine Chance. „Lila, stellen."

Sie schlug den Ball hoch in die Luft und ich sprang hoch und schmetterte ihn mit meiner Faust übers Netz.

KLATSCH!

„Shit!", rief Ashton. „Autsch!"

„Nina?", rief Artimus.

Der Ruhm war vergangen, als ich das Blut im Wasser sah. Der Ball hatte Ashton direkt auf die Nase getroffen. „Oh Gott, Ashton, es tut mir so leid!" Ich schwamm unter dem Netz hindurch, um zu ihm zu kommen. Blut lief in Strömen aus seiner Hand, die die Nase bedeckte.

„Es ist in Ordnung", sagte er in einem hohen, nasalen Ton in seiner sonst so tiefen Stimme.

„Nein, ist es nicht." Ich fühlte mich furchtbar. Nein, schlimmer als furchtbar. Mir war schlecht, weil ich ihm das angetan hatte. „Komm, es war meine Schuld, ich werde mich um dich kümmern."

Julia reichte mir ein dunkelrotes Handtuch, als wir alle aus dem Pool stiegen. „Hier, benutze das hier, um Druck auf die Nase auszuüben. Das sollte die Blutung stoppen."

Die Jungs halfen Ashton zu einer der Liegen und legten in ihn, ich setzte mich neben ihn. „Nimm die Hände weg und ich werde dieses Handtuch benutzen, um die Blutung zu stoppen."

Als er die Hände wegnahm, atmete ich scharf ein.

„Scheiße, ist es so schlimm?", fragte er.

Es war furchtbar. „Nein. Nein.", log ich, während ich das Handtuch sehr vorsichtig auf seine Nase legte. Ich schaute Julia an. „Denkst du, du kannst mir einen Eisbeutel besorgen?"

Sie nickte. „Verdammt, davon wirst du noch länger etwas haben."

Ashtons Augen waren blutunterlaufen, als er mich ansah und fragte: „Werde ich das?"

Ich versuchte, es herunterzuspielen: „Es wird schon wieder gut werden. Kein Grund zur Sorge."

Nachdem Julia mit dem Eis zurückgekommen war, gingen die Anderen hinein, um sich umzuziehen. Der Poolspaß war vorbei und das war meine Schuld. Meine Augen mussten gezeigt haben, wie schuldig ich mich fühlte, denn Ashton nahm mein Handgelenk. „Es war ein Unfall, Nina. Schau nicht so schuldbeladen drein. Ich komme schon klar. Klar, ich bin ein bisschen zerbeult, aber das geht vorüber."

Ich kaute auf meiner Lippe, während ich das Handtuch zurückzog, um zu schauen, ob die Blutung aufgehört hatte. Ich hatte ihn genau auf dem Nasenrücken getroffen. Beide Augen würden blau werden, doch die Nase schien nicht gebrochen zu sein. „Immerhin schaut kein Knochen hervor. Das ist ein gutes Zeichen."

„Das würde ich auch sagen." Er lachte, dann stoppte er abrupt. „Au. Bring mich nicht zum Lachen. Das tut weh."

„Gemerkt. Keine lustigen Sachen mehr mit dir für den Rest des Tages." Ich bedeckte den Eisbeutel mit dem Handtuch und legte ihn auf seinen Nasenrücken. „Wenn du das hier eine Weile lang draufhältst, wird es die Schwellung mindern."

„Es ist so kalt", wimmerte er.

Ich lehnte mich herüber und küsste ihm die Wange. „Es tut mir wirklich leid, Ashton."

Auch blutunterlaufen waren seine blauen Augen immer noch wunderschön, als er mir in die Augen schaute. „Das sollte es nicht. Ich habe dich so nah bei mir. Das kann nicht als etwas Schlechtes gelten. Nicht für mich."

Es gab so viele Dinge, die ich ihn fragen wollte, ihm erzählen wollte. Doch ich wusste, dass dies nicht der richtige Zeitpunkt war. Ich musste den Augenblick einfach geschehen lassen.

„Ich denke, wir können dich jetzt bewegen, die Blutung hat aufgehört. Du wirst dich wahrscheinlich duschen wollen. Ich werde dich zu deinem Zimmer begleiten." Ich stand auf und nahm seine Hände, um ihm auch aufzuhelfen.

Er legte seinen Arm um meine Schulter und ich legte meinen um seine Taille, um sicherzugehen, dass er stabil war. „Danke, Nina. Mir ist ein bisschen schwindelig."

Wir gingen nach drinnen und dann die Treppe hinauf. Er stolperte etwas und ich fühlte, wie sich sein Griff um mich verstärkte. „Alles okay bei dir, Ashton?"

Wir hielten einen Augenblick lang an. „Ja, alles wieder in Ordnung. Mir wurde nur kurz ziemlich schwindelig." Er schaute mich an und lächelte dann, während er weiter das Eis auf seine Nase hielt. „Ich bin mir nicht ganz sicher, ob es an der Verletzung liegt oder hieran." Sein Griff wurde noch fester. „Ich mag das hier irgendwie."

„Den Schmerz?", fragte ich und dachte schon, er sei verrückt. Ich hatte von Menschen gehört, die die Euphorie nach einer Verletzung mochten, wenn das Adrenalin ins Hirn schwallte.

„Nein, du Verrückte." Er ging einen weiteren Schritt nach oben. „Dich zu umarmen. Dass du mich umarmst."

Mein Gesicht wurde heiß, als ich errötete. Ashton hatte noch nie zuvor so mit mir gesprochen. Es war so komisch, auch wenn ich mir so lange schon wünschte, dass er mich als mehr als nur eine Freundin betrachtete. Es war einfach ein bisschen komisch.

Als ich nichts antwortete, während wir weitergingen, fühlte ich, wie sein Griff lockerer wurde. Als wir sein Schlafzimmer erreichten, nahm er seinen Arm von meiner Schulter.

„Ich gehe mich kurz duschen und umziehen. Wenn du Hilfe brauchst, um zurück nach unten zu gehen..."

„Keine Sorge, Nina. Ich denke, ich komme alleine klar." Er ging in sein Zimmer, ohne mich noch einmal anzuschauen.

Meine Stille war dumm von mir gewesen. Ich stand da und schaute die geschlossene Tür an, unsicher, ob ich einfach hineingehen und ihm sagen sollte, dass ich es auch genossen hatte, ihn zu umarmen.

Ich tat es jedoch nicht. Ich stand einfach nur geschlagene fünf Minuten lang da, bevor ich mich umdrehte und zu meinem Zimmer ging. Ich zog den Bikini aus, während ich zum angrenzenden Badezimmer ging, und fragte mich, wieso ich so reagiert hatte.

Es war schwieriger für mich als erwartet, von Freund zu mehr als Freund zu wechseln nach all dieser Zeit. Ich hatte so lange aufgepasst, was ich zu Ashton sagte, dass es mir nun schwerfiel, meine Gefühle nicht vor ihm zu verbergen.

So viele stumme liebevolle Worte waren mir in den Jahren durch den Kopf gegangen, während wir uns unterhalten hatten. Ich hatte sie alle für mich behalten und es schien eine Gewohnheit geworden zu sein, die ich nicht so einfach loswerden konnte.

Doch ich wusste, dass ich es musste, wenn ich wollte, dass Ashton je wieder etwas Ähnliches zu mir sagen würde.

Ich stellte die Dusche brühend heiß, dann stellte ich mich darunter und ließ das Wasser über mich laufen. Während ich meine Hände über meinen Körper gleiten ließ, erinnerte ich mich an die zahllosen Male, an denen ich mir vorgestellt hatte, dass es Ashtons Hände waren anstatt meiner.

Ich wusste nicht, wie häufig ich meine Finger tief in meine Muschi gesteckt und mir vorgestellt habe, es wären Ashtons kräftige Finger in mir. Ich konnte mich berühren und so tun, als wäre er es, doch ich konnte nicht die richtigen Worte finden, wenn er mir sagte, dass er es mochte, wie wir uns umarmten.

Der Wasserdruck ließ kurz nach und ich realisierte, dass Ashton auf der anderen Seite der Wand nackt war. Er war in der Dusche seines Zimmers und seifte seinen muskulösen Körper ein, wahrscheinlich schimpfte er sich dabei selbst aus, überhaupt etwas zu mir gesagt zu haben.

Ich war mit mehr Schuldgefühlen beladen, als ich gedacht hatte. Nicht nur hatte ich sein wundervolles Gesicht kaputtgemacht, ich hatte auch seinen Stolz verletzt. Wegen mir fühlte er sich wie ein Idiot.

Es hatte sich auch für mich gut angefühlt, als wir die Arme umeinander gelegt hatten. Mein Körper hatte sich erwärmt und mein Kopf war bereits bei anderen Dingen angelangt.

Vielleicht konnte ich deshalb nicht an eine Antwort denken, als er mir das gesagt hatte. Oder vielleicht war ich einfach eine Idiotin, die nicht wusste, was man tut, wenn jemand etwas Süßes zu ihr sagt.

Was auch immer es war, ich würde es beheben. Ich würde mich anziehen, ihn suchen und ihm sagen, dass ich es auch genossen hatte und nur zu dumm gewesen war, das in Worte zu fassen.

Ich lehnte mich zurück gegen die gefliese Wand in dem Wissen, dass er genau auf der anderen Seite der Wand war. „Ashton, es tut mir so leid, dass ich eine solche Idiotin bin, wenn es um dich geht. Ich hoffe, du kannst das verstehen. Ich hoffe, dass ich nicht das kaputtgemacht habe, was du im Sinn hattest, als du an unser Wochenende hier dachtest."

Ich stellte das Wasser aus, stieg aus der Dusche und begann, mich abzutrocknen. Ich hörte, wie das Wasser auf der anderen Seite auch ausgestellt wurde. Dann hörte ich ein merkwürdiges Japsen. „Ach du Scheiße!", klang Ashtons Stimme durch die Wand, „Ich sehe aus, als wäre ich mit einem Baseballschläger verprügelt worden!"

Ich hätte nicht gesagt, dass es ganz so schlimm aussah.

# 6

## ASHTON

Ich konnte nicht aufhören, mein Gesicht im Spiegel anzustarren. Obwohl er durch die heiße Dusche beschlagen war, konnte ich sehen, dass ich nicht ganz so gut wie noch heute Morgen aussah.

Absolut nicht, was ich für dieses Wochenende wollte.

Ich fragte mich, ob Artimus sich möglicherweise zu einem Maskenball anstatt seiner eigentlichen Pläne überreden lassen würde. Immerhin könnte ich mein Gesicht dann hinter einer Maske verbergen.

Der Gedanke, dass ich Nina in diesem Zustand nahegekommen war, war mir peinlicher als alles zuvor.

Kein Wunder, dass ihr keine Antwort eingefallen ist, als ich ihr gesagt habe, dass ich es schön fand, sie zu umarmen. Ich sah aus wie ein Monster!

Wie sollte ich ihr jetzt wieder unter die Augen treten? Wie konnte ich die Situation wieder in den Griff bekommen?

Abgesehen davon, dass ich aussah, als hätte ich mich mit Mike Tyson geprügelt, hatte ich unglaubliche Kopfschmerzen. Als ich die Schubladen der Kommode durchsuchte, fand ich alle möglichen Dinge, jedoch keine Schmerztabletten.

Als ich ins Schlafzimmer zurückkehrte, erblickte ich etwas auf dem Boden. Als ich näherkam, sah ich, dass es eine Nachricht und einige Tabletten waren. Nina hatte sie für mich unter der Tür hindurchgeschoben. Auf dem Zettel stand, dass ich zwei Tabletten nehmen und nach unten in den Garten kommen sollte, da Artimus am Grillen war.

Sofort drückte ich zwei der kleinen blauen Tabletten aus dem Aluminium, bevor ich zum Minikühlschrank ging und eine Flasche Wasser herausnahm, um sie herunterzuspülen. Ich beschloss, dass es helfen würde, mich eine Weile aufs Bett zu legen. Das würde den Tabletten Zeit geben zu wirken. Und mit dem Eisbeutel im Gesicht würde ich mich hoffentlich bald wieder menschlich fühlen und aussehen.

Das hoffte ich zumindest.

Ich musste eingeschlafen sein, denn ein Klopfen an der Tür weckte mich auf. „Ashton, alles okay bei dir?", hörte ich Ninas Stimme.

Ich blinzelte ein paar Mal, um komplett wachzuwerden. „Ja. Ich komme gleich runter."

„Alles klar", sagte sie, „ich wollte nur nach dir schauen. Du bist seit über einer Stunde dort drin."

Ich hatte keine Ahnung, dass so viel Zeit vergangen war. „Ich bin eingeschlafen. Ich mache mich fertig und komme sofort herunter."

„Hast du die Tabletten gefunden, die ich dir hereingeschoben habe?", fragte sie. „Die sollten die Schmerzen lindern."

„Ja, habe ich und ich habe auch schon welche genommen, danke." Ich hatte mich komplett nackt aufs Bett gelegt und setzte mich etwas zu schnell auf, um mir etwas überzuwerfen und mich zu ihnen zu gesellen. „Wow!"

„Wow? Ashton? Was ist los?" Sie klopfte noch einmal an meine Tür. „Brauchst du meine Hilfe?"

Mehr als du ahnst.

„Ist schon in Ordnung. Ich habe mich nur zu schnell bewegt. Bin gleich bei euch, Nina!"

„Alles klar." Ich hörte, wie sie wegging, und stieg endlich aus dem Bett.

Als ich in den Spiegel schaute, war ich immer noch unzufrieden mit meinem Aussehen. Ein Bluterguss hatte sich unter meinem rechten Auge gebildet, wo der Ball wohl am härtesten getroffen hatte.

„Gut, bleib an ihrer rechten Seite. Dann wird sie nur deine linke sehen." Ich drehte mich, um im Spiegel zu sehen, wie ich aussehen würde, und fand, dass das keine schlechte Idee war.

Nachdem ich mir den Plan zurechtgelegt hatte, zog ich Shorts und ein T-Shirt an, dann schlurfte ich barfuß aus meinem Zimmer. Ich fuhr mir noch einmal mit den Händen durch die Haare und entschied, dass ich unter den gegebenen Umständen so vorzeigbar wie eben möglich war.

Der Klang von Gelächter und Eiswürfeln in Gläsern leitete mich zu meinen Freunden im Garten. Der Geruch des Grills half mir auch. „Da ist er ja", sagte Duke und kam auf mich zu. Er hielt an, um ein Bier für mich aus der Kühltruhe zu nehmen und es mir zu geben. „Bitte sehr. Ich wette, du kannst ein Kühles brauchen, Ashton."

„Das kann ich." Ich öffnete das Bier und nahm einen langen Schluck, während ich nach Nina Ausschau hielt. Doch sie war nicht dort. „Weißt du zufällig, wo Nina ist?"

Er deutete mit dem Kopf nach rechts. „Sie erkundet den Blumengarten. Dort entlang."

Also ging ich in die Richtung. „Komme gleich wieder."

Duke rief mir hinterher: „Keine Eile. Das Essen braucht noch eine Weile."

Als ich um die Ecke kam, sah ich Nina, wie sie mit der Hand über die Blütenblätter einer weißen Rose fuhr. Ich stand einen Augenblick lang da und schaute sie an. Sie trug ein weißes

Sommerkleid und die Haare in einem hohen Pferdeschwanz und hatte absolut kein Makeup aufgetragen.

Und sie hatte noch nie so wunderschön ausgesehen.

Als ihre Augen sich von der Rose abwandten, wanderten sie zu mir. „Ah, du hast dich also entschlossen, dich zu uns zu gesellen." Sie kam direkt zu mir und fuhr mit der Hand sanft über meine Wange.

„Ich weiß, es ist furchtbar." Ich vergrub eine Hand in meiner Tasche und schaute weg. „Ich bin ein Wrack."

„Das war absolut nicht, was ich sagen wollte." Sie strich mit der Hand über meinen Arm und hinterließ eine kribbelnde Spur. „Ich wollte sagen, dass du schon viel besser aussiehst."

„Ah, du hast also beschlossen, mich zu belügen. Ich sehe schon, welche Richtung du eingeschlagen hast. Elegant, Nina. Sehr elegant." Ich trank einen Schluck Bier, während ich sie betrachtete.

„Ich würde es nicht lügen nennen, Ashton." Sie blinzelte mich durch ihre langen, dichten Wimpern an.

„Du würdest es wahrscheinlich Höflichkeit nennen." Ich erinnerte mich daran, was ich zu ihr gesagt hatte, und dachte, es wäre wahrscheinlich der richtige Zeitpunkt, um es anzusprechen. „Es tut mir leid, was ich zu dir gesagt habe, als wir die Treppe hochgingen. Ich habe dich in eine unangenehme Situation gebracht und wollte, dass du weißt, dass es nie meine Absicht war, dass du dich unwohl fühlst."

Ihr Gesichtsausdruck wurde unsicher. „Ach, das. Kein Problem. Ich meine, ich sollte mich für meine Wortlosigkeit entschuldigen. Ich wusste einfach nicht, was ich sagen sollte."

Ich kicherte. „Ich wette, du wolltest sagen, dass ich in dem Moment wie ein abartiges Monster aussah und es nicht der richtige Zeitpunkt war, sich an irgendwen heranzumachen. Mach dir keine Sorgen. Ich habe mich selbst an die Leine gelegt, während ich verformt bin."

Sie hakte ihren Arm bei mir unter und begann, durch den Garten zu gehen. „Du bist viel mehr als nur ein hübsches Gesicht, Ashton. Du hast auch eine strahlende Persönlichkeit, weißt du?"

„Strahlend?" Ich lachte. "Ich hatte keine Ahnung." Ich war dankbar, dass sie sich auf meine linke Seite begeben hatte.

Sie atmete tief den Duft einer gelben Blume ein. „Oh, die riecht aber gut." Dann schaute sie zu mir auf und wurde rot. „Oh Gott, tut mir leid, Ashton."

„Wieso?", musste ich sie fragen, da ich keine Ahnung hatte, was ihr leidtat.

„Weil du wahrscheinlich absolut nichts riechen kannst, seit ich dir einen Ball auf die Nase gedonnert habe, und hier stehe ich und erzähle davon, wie Dinge riechen. Das ist unhöflich von mir." Sie schaute sich die Blumen um sie herum an, während ich über sie lachte. „Komm, lass uns nachschauen, was die anderen machen."

Doch ich wollte noch nicht zu den Anderen zurück. Ich mochte es, mit ihr allein zu sein. Also suchte ich etwas anderes aus, was wir allein machen könnten. Ich zeigte auf einen Pfad, der ins Gebüsch führte, und fragte: „Willst du sehen, wo der Weg hinführt?"

Ihre schmalen Schultern zuckten. „Wieso nicht?"

Wir machten uns in die Richtung auf und ich war froh, sie noch ein Weilchen für mich allein zu haben.

Nina und ich aßen häufig zusammen zu Mittag, doch da waren normalerweise noch andere Leute dabei. So viel Zeit wie wir auch in den letzten Jahren zusammen verbracht hatten, hatten wir nicht viel Zeit zu zweit verbracht. Und plötzlich wollte ich unbedingt mit ihr allein sein.

Ich zog einen Ast beiseite und ließ sie vor mir ins Dickicht gehen. „Ladies first."

Sie ging vor. „Gut. Ich habe gehört, dass Schlangen immer

die zweite Person beißen, nicht die erste." Sie schaute mit einem Grinsen zurück zu mir. „Also pass auf." Als sie sich wieder umdrehte, stellte ich fest, dass sie zitterte. „Ganz schön dunkel hier."

„Stimmt." Ich schaute auf das dunkle Blätterdach über uns. „Glaubst du, dass es hier Fledermäuse gibt?"

Sie blieb stehen und drehte sich um, um mich anzuschauen. „Machst du Witze? Glaubst du, es gibt überhaupt Fledermäuse in den Hamptons, Ashton?"

„Nur ein Scherz, Nina." Ich wollte ihr nur einen Schrecken einjagen, aber ich hatte nicht erwartet, dass es funktionieren würde. „Bist du etwa ein Angsthase?"

„Nein", kam ihre schnelle Antwort, „nur vorsichtig." Sie hielt abrupt an und deutete auf einen schwarzen Ast auf dem Boden vor uns. „Ist das eine Schlange?" Sie wich zurück, bis sie an meine Vorderseite stieß – und meine Vorderseite war plötzlich sehr erfreut über ihre Ängstlichkeit.

Ich legte meine Arme um sie. „Ich bin mir nicht sicher." Der Duft ihrer Haare war betörend – Honig und Zitrone würden für immer in meinem Kopf mit ihr verbunden sein. „Soll ich vorgehen?"

Sie verkroch sich hinter mir und drückte leicht gegen meinen unteren Rücken. „Ja, bitte."

Ich liebte, wie sie sich an meiner Taille festhielt und an mir vorbeispähte. „Ich bin mir ziemlich sicher, dass es nur ein Stock ist, Nina. Nichts, wovor man Angst haben muss."

„Es sah so aus, als würde er sich bewegen." Ihre Hände hielten mich fester. „Pass einfach auf, ja?"

Als wir zu dem Stock gelangten, beugte ich mich vor und nahm ihn in die Hand, um ihn ihr zu zeigen. „Siehst du, nur ein Stock."

Aus irgendeinem Grund sah sie immer noch besorgt aus. „Ja,

das ist ein Stock, aber schau mal, was darauf sitzt, Ashton. Lass ihn los!"

Sie wich von mir zurück und starrte auf das Stöckchen.

„Verdammt, Nina." Ich drehte den Stock herum und sah, dass eine riesige Spinne daran hochkletterte und meinen Fingern immer näherkam. „Scheiße!" Ich warf das Ding samt Spinne so weit weg, wie ich konnte.

Nina lachte und kam wieder näher. „Siehst du, ich habe dir doch gesagt, dass der Stock besorgniserregend war. Die Spinne hätte dich fast gebissen. Keine gute Idee, einen Spinnenbiss zu deinen anderen Verletzungen hinzuzufügen."

„Vielleicht ist diese Wanderung durch den Dschungel an sich keine gute Idee." Ich schaute auf den Pfad vor uns, während sie sich an mir vorbeischob, um weiterzugehen.

„Komm schon, ich will sehen, wo es hingeht." Nina übernahm wieder die Führung, jetzt überzeugt, zum Ende des Wegs zu gelangen.

Ich folgte ihr und genoss den Ausblick auf ihren prallen Arsch unter dem weichen Stoff des Kleids. Keiner von uns trug Schuhe und das kühle Gras fühlte sich himmlisch unter meinen nackten Füßen an. „Es ist schön hier draußen zu sein, im Einklang mit der Natur."

Sie drehte sich um und ging ein Stück weit rückwärts. „Es ist wirklich angenehm hier. Ich habe seit Ewigkeiten nichts mehr wie das hier getan. Es fühlt sich irgendwie befreiend an."

In dem Augenblick stolperte sie über etwas und fiel direkt auf ihren Hintern. „Nina!" Ich eilte zu ihr, um ihr zu helfen, während sie nur überrascht schauend dasaß. „Alles in Ordnung?"

Ich zog sie hoch und wischte ihr den Dreck ab, meine Hand fuhr auf ihrem Po auf und ab. Dann sah ich, dass ihre Wangen erröteten, und sie ging ein paar Schritte zurück. „Mir geht es gut. Ich habe mich nur etwas erschreckt."

„Dein weißes Kleid hat hinten Grasflecke. Ich denke, wir sollten zurückgehen, damit du dich umziehen und das Kleid einweichen kannst, bevor der Fleck einzieht. Grasflecken sind mit am schwierigsten herauszubekommen." Ich nahm ihre Hand und führte sie in Richtung Haus.

Ich sah sie lächeln. „Machst du deine eigene Wäsche?"

„Ja, mache ich." Ich lächelte zurück. "Und wenn du mir das Kleid gibst, nachdem du es ausgezogen hast, dann kann ich sicherstellen, dass der Fleck herauskommt, sodass es nicht ruiniert ist."

Nach all diesen Jahren bekam ich Nina endlich aus ihrem Kleid – allerdings aus einem viel weniger befriedigenden Grund, als ich es mir erträumt hatte.

# NINA

Der Klang einer Pendeluhr begleitete das Scrabble-Spiel, das wir Mädels eine Stunde später begannen, während die Jungs wieder ihr geliebtes Poker spielten. Sie hatten uns beigebracht, wie es geht, doch es war offensichtlich, dass unsere vielen Fragen ihnen den Spaß verdarben. Wir hatten also entschlossen, ihnen etwas Freizeit zu geben und uns eine Weile lang selbst zu unterhalten.

Lila legte das Wort ‚Zebra'. „Das macht 16 Punkte", sagte sie.

Ich lachte und benutzte ihr Z, um ein neues Wort zu legen. „‚Zephyr' – und das sind 23 Punkte für mich. Ha!"

Julia schaute auf ihre Steine und zog an ihrer Unterlippe, während sie versuchte, uns zu schlagen. „Okay, mal schauen. Ich werde das R verwenden, um das Wort ‚rar' zu legen. Immerhin."

„Nicht schlecht für nur drei Buchstaben, Julia", munterte ich sie auf.

„Finde ich auch", sagte sie und klopfte sich selbst auf die Schulter. „Also, wie laufen die Dinge mit dir und Ashton?"

Mit einem Seufzer gab ich zu: „Ich weiß nicht. Er hat etwas gesagt, dass mich denken ließ, dass er alles in eine etwas romantischere Richtung lenken wollte. Aber ich hatte einen Blackout."

Lila legte einige Steine auf das Brett und richtete ihre Augen dann auf mich. „Du hattest einen Blackout? Was soll das denn heißen?"

„Es heißt, dass er mir gesagt hat, dass es ihm gefiel, wie wir uns umarmten." Ich hatte das Gefühl, ich müsste etwas klarstellen: „Ich half ihm die Treppe hinauf. Er hatte seinen Arm um meine Schultern und ich meine um seine Taille, um ihn zu unterstützen."

Julia schaute mich düster an. „Und du hattest einen Blackout?"

„Ja." Ich schüttelte den Kopf und schaute auf den Boden. „Ich wusste einfach nicht, was ich sagen sollte."

Lila lachte. „Das ist einfach, Nina. Du sagst: ‚Ich mag es auch', und dann küsst ihr euch und ab dann ist alles ein Zuckerschlecken." Sie warf die Arme in die Luft. „Wieso macht ihr beiden es euch so schwer? Das ist doch eigentlich ein Kinderspiel."

„Damit liegst du falsch", sagte ich ihr. „Es ist nicht einfach. Weißt du, er hat mir von seiner Verlobten erzählt. Er hat mir erzählt, dass sie die einzige Frau war, die er je geliebt hat. Und ich denke, dass er sie immer noch liebt."

Julia, die schon immer viel spiritueller gewesen war als wir beide, stimmte mir zu: „Ich bin mir sicher, dass er sie immer noch liebt. Aber sie kann jetzt nicht für ihn da sein. Du hingegen kannst das sehr wohl und das musst du ihm zeigen."

Ich bin an der Reihe und lege meine Steine auf das Brett. Dann schaue ich Julia mit stoischem Gesichtsausdruck an. „Julia, was, wenn ich dir sage, dass ich nicht gerne gegen jemanden um einen Mann kämpfe?"

Nickend sagte sie: „Ich würde antworten, dass das richtig ist. Aber mit wem denkst du, dass du im Wettkampf stehst?"

„Mit seiner toten Verlobten, Natalia Reddy."

Julia und Lila schnappten beide nach Luft, dann fragte Julia: „Hat er dir ihren Namen verraten?"

„Natürlich. Wie sollte ich ihn denn sonst wissen?" Ich verstand nicht, wieso sie mich so erstaunt anstarrten.

Lila war die Erste, die es mir erklärte: „Nina, er hat noch nie jemandem ihren Namen verraten. Noch nicht einmal Duke und Artimus, und die sind seine besten Freunde."

Julia nickte. „Er vertraut dir sogar noch mehr als ihnen. Das ist ein riesiges Ding, Nina."

Vor diesem Hintergrund erschien es mir auch eine recht große Sache, dass er mit mir über die Frau gesprochen hatte, die er geliebt und verloren hatte. „Denkt ihr, dass er mir mehr von ihr erzählt hat, damit ich merke, wie sehr er noch nicht über sie hinweg ist?"

„Wieso denkst du, dass er noch nicht über sie hinweg ist?"

Mit einem Achselzucken antwortete ich: „Ich habe einfach das Gefühl. Und ich denke auch, dass er Angst hat, noch mal jemanden wie sie zu verlieren. So sehr, dass er lieber allein ist, als die Gefahr einzugehen, ein weiteres Mal so verletzt zu werden."

Lila und Julia tauschten traurige Blicke aus. Dann schauten sie mich beide an. Julia fragte: „Hast du vor, aufzugeben, Nina?"

Mit einem Kopfschütteln antwortete ich: „Wie könnte ich? Erst vor ein paar Stunden hat er mir gesagt, wie gerne er mich umarmt. Wenn das mal kein Fortschritt ist."

Sie lachten und nickten zustimmend. „Eindeutig Fortschritt", sagte Lila.

Julia stimmte ihr zu: "Vor allem, wenn man bedenkt, wie lange ihr euch bereits kennt."

Lila rammte mir den Ellbogen in die Rippen. „Wahrscheinlich wird es nur noch ein weiteres Jahr dauern, bis ihr euch tatsächlich küsst. Aber hey, nicht aufgeben!"

Es war alles lustig gewesen, bis sie das sagte. Selbst Julia merkte, dass Lila zu weit gegangen war.

Mein Finger begann, vor Lila hin und her zu wedeln, als hätte er ein Eigenleben. „Jetzt hör mir mal ganz genau zu, Lila Cofield", schimpfte ich. „Dieser Mann hat Dinge durchgemacht, die wir uns gar nicht vorstellen können. Und ich werde nicht dasitzen und irgendwen, nicht einmal eine sehr gute Freundin, etwas Negatives über ihn sagen lassen."

Lilas blaue Augen wurden groß wie Untertassen und sie schüttelte langsam den Kopf. „Ich weiß nicht, was ich mir dabei gedacht habe. Ich schwöre, Nina. Ich hätte einfach gar nichts sagen sollen. Es tut mir so leid. Du hast Recht. Er hat eine Menge durchgemacht. Ich kann mir nicht vorstellen, wie es wäre, wenn das mir passiert wäre. Wenn ich Duke verloren hätte, bevor wir überhaupt zusammen angefangen hätten, das hätte mich umgebracht."

„Damit hast du verdammt noch mal Recht", ließ ich sie wissen. „Okay, Entschuldigung angenommen. Pass einfach auf, was du von nun an über ihn sagst."

„Werde ich", sagte sie mit niedergeschlagenen Augen. „Es tut mir leid. Du weißt, dass ich niemals etwas sagen würde, um ihn absichtlich zu verletzen – er ist auch mein Freund."

Julia stand auf und legte ihre Hände auf meine Schultern, während sie hinter mir stand. „Sieht aus, als würdest du Ashton bereits verteidigen, Nina. Ich denke, dass das ein gutes Zeichen dafür ist, dass die Sache mit euch funktionieren wird."

Ich tätschelte ihre Hand auf meiner Schulter. „Ich wünschte, ich hätte die gleiche Zuversicht wie du, Julia. Du bist dir so sicher."

Lila lächelte mir zu und stand auf. „Ich denke, wir sollten das Pokerspiel dort drüben beenden. Dann werden Julia und ich unsere Männer ins Bett bringen und du und Ashton könnt ein bisschen Zeit allein verbringen. Um zu reden. Oder was auch immer ihr tun wollt." Mit einem Zwinkern ging sie hinaus.

Ich stand auf und folgte Julia aus dem Raum. Man hörte das Lachen und Necken der Männer, bevor wir den Raum erreichten, den Artimus das Pokerzimmer getauft hatte. Artimus rief: „Ha, schaut euch die Asse an und heult!"

Ich hörte Ashton stöhnen: „Oh Mann, du hast schon wieder gewonnen."

Duke sagte mit einem Kichern: „Und die Reichen werden noch reicher."

Julia ging vor und öffnete die Tür. „Gut, euer Spiel ist vorbei, höre ich."

„Vorbei?", fragte Artimus verwirrt. „Nicht einmal annähernd."

„Das sehe ich anders", sagte Julia und ging zu ihrem Ehemann. „Ich brauche mal deine Hilfe, Liebling."

Artimus schaute mich an und dann Lila. „Können dir deine Freundinnen nicht helfen, Schatz?"

„Nicht bei dem, wofür ich dich brauche." Sie ließ die Hände verführerisch über seine Schultern gleiten, bevor sie sich vorbeugte und einige Worte in sein Ohr flüsterte. Dem Strahlen seines Gesichts nach, mussten es recht schmutzige Worte gewesen sein.

Duke zog seine Frau schnell an sich und blickte ihr tief in die Augen. „Brauchst du mich auch für irgendetwas, Süße?"

„Also, wenn du es so sagst, ja", antwortete Lila.

Die Pärchen ließen Ashton und mich allein. Ich lächelte und setzte mich. „Ich kann gegen dich spielen, wenn du willst", sagte ich.

Mit einem sexy Lachen sagte er: „Nur, wenn wir wieder unsere Klamotten statt der Spielchips verwenden." Er musste sich an das Ergebnis des Pokerspiels des vergangenen Abends erinnert haben.

Und wieder wedelte mein Finger vor sich hin. „Ashton, du bist ein böser Junge, oder?"

„Normalerweise nicht", sagte er mit einem sexy Grinsen, „aber ich werde langsam zu einem."

Es lag ein Glitzern in seinen Augen, das ich noch nie zuvor gesehen hatte. Und das Glitzern sendete Funken durch meinen ganzen Körper. Es sende auch noch etwas Anderes durch mich – ein Gefühl, dass ich ihm zeigen musste, dass er mir vollkommen vertrauen konnte.

Vor dem Hintergrund entschied ich, unsere Beziehung an diesem Wochenende weiter zu vertiefen. Und nicht nur sexuell. Ich würde das erst einmal eine Nebensache sein lassen. Viel wichtiger war es, Ashton zu zeigen, was ich von ihm wollte.

„Weißt du was?", fragte ich.

„Was?"

Mit einem Zwinkern fuhr ich fort: „Ich bin irgendwie froh, dass ich dich mit zerstörtem Gesicht gesehen habe."

Selbst mit seinen geschwollenen Augen hoben sich seine Augenbrauen sehr. „Was?"

Ich fügte nickend hinzu: „Wirklich. Ich bin froh, dich so gesehen zu haben. Es hat mir geholfen, zu verstehen, was ich wirklich fühle."

„In Bezug auf was?", fragte er immer noch verwirrt.

„Dich." Ich schaute ihm in die Augen, die durch die Schwellung kleiner waren als normalerweise. Ich erkannte ihn trotzdem in diesen Augen wieder. Ich fand ihn immer noch genauso attraktiv wie immer. „Selbst mit dem blauen Auge, deiner geschwollenen, roten Nase und dem anderen zugeschwollenen Auge, bist du für mich immer noch der bestaussehende Mann, den ich je getroffen habe."

Ich traute meinen Augen nicht, als ich sah, wie er errötete und den Kopf mit einem riesigen Grinsen senkte. „Hör auf,

Nina. Ärgere mich nicht. Ich habe in den Spiegel geschaut – ich weiß, dass ich schrecklich aussehe."

„Ich meine es ernst, Ashton", fuhr ich fort. „Ich schätze, dass es daran liegt, dass du gutaussehend – schön – bist, und zwar von außen und von innen. Und egal, wie groß der Schaden ist, der Mann, der du wirklich bist, scheint durch."

Seine Augen trafen meine und er lächelte nicht mehr. „Ich finde dich auch von außen und von innen schön."

„Gut, dass wir da einer Meinung sind", sagte ich, um die Stimmung etwas zu lockern. Ich wollte noch nicht, dass es zum Kuss kam. Ich wollte ihm erst alles erklären.

Diesen Weg hätte ich mit niemandem eingeschlagen, den ich je vor Ashton Lange kennengelernt habe. Doch wir brauchten einen festen Grund, ansonsten würde jegliche Beziehung, die wir je versuchen würden, zusammenfallen. Das war mir absolut klar.

Eine Weile lang schaute er mir einfach nur in die Augen, bevor er sagte: „Du bist eine sehr gute Person, Nina. Ich hoffe, dass du das von dir selbst weißt."

Mit einem Achselzucken antwortete ich: „Ich bin nicht besser als andere Leute, Ashton."

Er schüttelte den Kopf. „Oh doch, das bist du. Ich möchte, dass du das weißt. Du bist viel besser als die meisten Leute."

Hätte ich nicht so viel über diesen Mann gewusst, wäre ich auf und ab gesprungen, während ich ihn anschrie, mich endlich zu küssen, wenn ich doch eine so tolle Person war.

Doch ich wusste von seiner Vergangenheit und seinem Verlust, so dass ich nichts dergleichen tat. Was ich hingegen tun wollte, war, ihm alles von mir zu zeigen, und ich hoffte, dass er mich auch tiefer vordringen lassen würde.

Ich war nie der Typ gewesen, der Leute allzu tief erforschte, doch wie sagt man so schön, es gibt für alles ein erstes Mal.

# 8

## ASHTON

„Mein Zimmer hat einen Balkon", sagte Nina mit einem kleinen sexy Lächeln auf ihren rosafarbenen Lippen. „Ich habe bemerkt, dass dein Zimmer keinen hat, als ich heute auf meinen gegangen bin."

Ich hatte den Eindruck, dass sie mich in ihr Schlafzimmer bekommen wollte, und das passte mir ganz gut. „Hast du das also bemerkt?"

„Das habe ich." Sie nickte. "Und ich dachte, du möchtest vielleicht zu mir herüberkommen und ihn mit mir ausprobieren. Die Sterne werden heute Nacht auf jeden Fall zu sehen sein."

Unsicher, ob ich wirklich für das bereit war, was passieren würde, stand ich trotzdem auf und griff nach ihrer Hand. „Klar, lass uns ein bisschen die Sterne anschauen, Nina."

„Gut." Sie ging dicht hinter mir, als ich sie zu ihrem Zimmer hinaufführte.

Ich öffnete die Tür zum dunklen Zimmer. Der Gedanke, sie mit mir in das dunkle Zimmer zu ziehen, die Tür zu schließen und sie dagegen zu drücken, kam mir in den Kopf. Unser Atem würde sich in einer warmen Wolke mischen, dann würden unsere Lippen sich berühren und es wäre eines der magischsten Dinge, die ich je gefühlt hätte.

Das wusste ich ohne jeden Zweifel.

Sie machte mir jedoch einen Strich durch die Rechnung, indem sie um die Ecke griff und auf den Lichtschalter drückte, um die Deckenbeleuchtung anzuschalten. Leise trottete ich zur Balkontür und dachte, vielleicht könnte das mit dem Küssen ja unter den Sternen etwas werden.

Als ich die Tür öffnete, fühlte ich, wie sichmir ihre Hand entzog. „Geh schon mal vor. Ich muss kurz zur Toilette. Ich komme gleich."

Noch ein Strich durch die Rechnung!

Ich schaute, wie sie sich von mir entfernte, und bewunderte ihren runden Hintern, während ich mich an den Türrahmen lehnte. „Gar nicht mal so übel", flüsterte ich.

Sie schloss die Tür hinter sich und ich drehte mich um, um den Balkon zu begutachten. Zwei Stühle standen sich an einem Tischchen gegenüber. Nach einem kurzen Blick über meine Schulter, um sicherzugehen, dass sie noch nicht wieder aus dem Bad gekommen war, schob ich schnell die Stühle vom Tisch weg. Ich stellte sie nebeneinander und setzte mich dann, um auf sie zu warten.

Die Sterne waren hell, die Nachtluft war kühl, und ich war in der Stimmung für etwas Anderes an jenem Abend. Es war an der Zeit, etwas an meinem Leben zu verändern, und dies hier würde der Wendepunkt werden.

Um mich selbst zu ermutigen, sagte ich mir, dass Nina perfekt für mich war. Sie hatte all die Eigenschaften, die ich an Menschen bewunderte. Sie war ehrlich, nett, höflich und es war auch nicht schädlich, dass sie eine der schönsten jungen Frauen war, die ich je getroffen hatte.

Da mir klar war, dass kein Mensch perfekt ist, versuchte ich, auf irgendetwas zu kommen, was ich nicht an Nina mochte.

Ich lehnte mich auf meinem Stuhl zurück, tippte mit meinem Zeigefinger an mein Kinn und dachte so gründlich nach, wie ich konnte. „Nee, nichts."

„Mit wem sprichst du, Ashton?" Nina kam heraus und setzte sich mit einem albernen Grinsen im Gesicht neben mich.

„Ähhm...ähh." Sie hatte mich ertappt. „Mit niemandem."

Mit einem süßen Lachen, das mich verzauberte, sagte sie: „Es heißt, dass nur sehr intelligente Menschen mit sich selbst sprechen. Wusstest du das?"

„Muss ich. Da ich ja sehr intelligent sein muss." Mit einem Lachen verschränkte ich die Hände hinter dem Kopf und lehnte mich zurück, um den Himmel zu betrachten. „Es ist eine wunderbare Nacht. Du hattest Recht, es war eine gute Idee, uns herauszusetzen."

Sie lehnte sich auf ihrem Stuhl zurück und stimmte mir zu: "Das finde ich auch." Sie atmete die frische Nachtluft tief ein und drehte den Kopf zu mir. „Ashton, was für eine Zukunft stellst du dir für dich vor?"

Okay, also direkt zu den schweren Fragen, alles klar.

„Oh, ich weiß nicht, Nina." Ich wusste es wirklich nicht. Ich hatte über meine Zukunft nicht mehr nachgedacht – naja, seit dem Unfall. Ich schaute zur Seite und der Gedanke füllte meinen Kopf, die Bilder kamen wieder vor das geistige Auge.

Flammen, Schreie, Sirenen.

Ihre Hand berührte meine und brachte mich zurück in die Realität. „Ashton. Ich weiß, dass du dir wahrscheinlich seit einer Weile nicht mehr erlaubt hast, an die Zukunft zu denken. Bevor diese schreckliche Sache passiert ist, was für eine Zukunft hast du dir für dich gewünscht?"

Während ich in ihre grünen Augen schaute, musste ich fragen: „Kannst du meine Gedanken lesen? Ich weiß, dass ich dich das bereits gefragt habe, aber du bist einfach so treffsicher, Nina."

„Es steht in deinen Augen, Ashton." Ihr Daumen fuhr über meinen Handrücken auf und ab und entspannte mich. „Und in deiner Körpersprache. Also, was waren deine Zukunftspläne?"

„Ein schönes Zuhause, eine Ehefrau und eine Familie." Ich stellte ihr die Frage zurück. „Und deine, Nina?"

Ihr Lächeln ließ mein Herz schneller schlagen. Es war so offen und ehrlich. „Ich wollte schon immer Kinder haben. Und wer mag kein schönes Zuhause? Um ehrlich zu sein, habe ich jedoch nie über einen Ehemann nachgedacht."

„Ich weiß, dass man das normalerweise eine Frau nicht fragt", ich begab mich auf dünnes Eis, „aber wie viele Freunde hattest du schon?"

„Du willst wissen, mit wie vielen Männern ich Sex hatte? Das ist deine eigentliche Frage, oder?" Sie lachte etwas unsicher, bevor sie fortfuhr. „Das ist schon in Ordnung. Sogar verständlich." Sie hielt eine Hand hoch. „Weniger als die Finger an dieser einen Hand, wenn du es wirklich wissen willst."

Ihre Antwort füllte mich mit Erleichterung, egal, wie unlogisch das auch war. Ich war nicht prüde, doch ich konnte die Eifersucht bei dem Gedanken an Nina mit vielen anderen Männernnicht abschütteln. „Das ist gar nicht schlecht."

Sie zog die Augenbrauen hoch. „Jetzt bist du dran, Ashton."

Oh, nein!

Es war schon mit Natalia schwierig gewesen, meine Vergangenheit zu erklären. Und es würde kein Stück einfacher werden, es Nina zu erzählen. „Okay, zuallererst musst du wissen, dass ich nicht mehr die gleiche Person bin wie in der Schule und an der Uni. Das ist das Erste, was du bedenken musst, wenn ich dir meine Antwort gebe."

Sie schaute etwas überrascht. „Um Himmels willen. Mit wie vielen Frauen hast du geschlafen?"

Jetzt will ich es ihr erst recht nicht mehr sagen. „Vielleicht sollten wir nicht ausgerechnet jetzt darüber sprechen. Vielleicht ist jetzt ein schlechter Zeitpunkt dafür." Ich hatte schließlich gewisse Intentionen, sie ins Bett zu bekommen. Irgendwann in der nahen Zukunft sogar – wenn alles klappte.

Doch dann griff sie wieder nach meiner Hand und schaute mich aufmunternd an. „Ashton, du kannst ehrlich zu mir sein. Ich werde dich nicht für das verurteilen, was du mir sagen wirst."

Ein Teil von mir wollte die Zahlen zumindest ein bisschen beschönigen. Doch bei ihrem absolut ehrlichen Gesichtsausdruck hätte ich mich wie ein Arschloch gefühlt, wenn ich es täte.

Also sagte ich die volle Wahrheit. „Ich war ein Frauenheld in der Schule und der Uni. Ich hatte nie eine einzige Beziehung. Ich hielt mich von allen Bindungen fern. Deshalb haben mich meine Gefühle für Natalia vollkommen überrascht. Meine Zahl ist – mach dich bereit." Ich schloss die Augen, um ihre Reaktion nicht sehen zu müssen und sie dann für immer in mein Gedächtnis gebrannt zu haben. „Siebenunddreißig."

Die Stille ließ mich die Augen öffnen, um zu ihr zu schauen. Was ich dort fand, war ein lächelndes Gesicht. „Danke, Ashton."

Ich hatte nicht die geringste Ahnung, wieso sie mir für die Zahl danken sollte. „Danke?"

Nickend sagte sie: „Ja. Danke. Ich werde dich nicht für etwas so Natürliches verurteilen – und ich erinnere mich noch zu gut an die Schule. Die ganzen Hormone, das Bedürfnis nach einem Ventil – ich fand das Ventil im Volleyball und Sport. Aber ich kenne viele Leute – vor allem Männer – die ein weitaus intimeres Ventil fanden."

„Du sagst also, du denkst, dass ich einfach ein normaler Kerl war?" Ich hatte irgendwie gedacht – natürlich später im Leben – dass ich ein notgeiler Hund gewesen war, der seinen Schwanz in jedes Mädchen steckte, das mich ließ.

„Absolut", versicherte sie mir. „Du warst einer dieser Jungs, die das volle Programm wollten, nicht nur die eigene Hand. Und darf ich so forsch sein, noch weiterzugehen?"

„Klar." Ich kam fast vor Neugierde um, was sie sonst noch hinzuzufügen hatte.

Sie zwinkerte mir mit einem fetten Grinsen zu. „Du hast wahrscheinlich eine Menge von diesen Frauen gelernt. Jede von ihnen hat dir eine Kleinigkeit beigebracht, die du vorher nicht wusstest. Du hast alles gespeichert für zukünftigen Nutzen. Für eine Zeit, wenn du nur noch eine Frau für den Rest deines Lebens haben würdest. Du wolltest ein gewisses Wissen, das dein Schlafzimmer viele Jahre lang interessant halten würde."

Ich war schockiert und beeindruckt. „Komm schon! Du kannst wirklich meine Gedanken lesen, oder?"

Sie schüttelte lachend den Kopf. „Das ist wirklich nur Psychologie." Mit einem Klaps auf meine Schulter fuhr sie fort: „Junge Männer, die sexuell extrovertiert werden, beginnen meistens nur mit dem Versuch, jemanden zu finden, den sie mögen."

Ich nickte. „Jupp. Damit liegst du richtig." Ich hatte noch nie einer Menschenseele erzählt, was ich Nina jetzt sagen würde. "Ich habe noch nie jemandem von meinem ersten Mal erzählt."

Sie schlug sich die Hand vor den Mund. „Oh Gott! Sie war grässlich, oder?"

Ich schüttelte den Kopf. "Nö."

„Sehr jung?", fragte sie und nun schaute sie mich doch verurteilend an.

„Absolut nicht." Ich musste es ihr sagen, bevor sie sich noch mehr schlechte Ideen einfallen ließ. „Sie war meine Englischlehrerin."

Sie schnappte nach Luft. „Nein!"

„Doch. Und ich habe noch nie jemandem davon erzählt." Es fühlte sich befreiend an, es nach all diesen Jahren zuzugeben. „Ich fand sie weinend auf dem Parkplatz vor unserem Supermarkt. Ich hatte gerade den Führerschein gemacht und war mit dem Familienauto zum Geschäft gefahren, um einige Dinge für meine Mutter einzukaufen. Ich sah Mrs. Kingston mit dem Kopf auf dem Lenkrad ihres Autos."

Nina schaute verwirrt. „Und dadurch hast du eine Einladung zum Sex mit ihr bekommen?"

„Sie hatte gerade ihren Ehemann mit einer anderen Frau erwischt." Ich lehnte mich nach vorne, als wäre es ein großes Geheimnis, und flüsterte ihr den Rest zu: „Sie bat mich, mit ihr nach Hause zu kommen, nachdem sie mir alles erzählt hatte. Sie sagte, dass sie nur noch daran denken könnte, sich bei ihm zu rächen. Und sie sagte, ich könne ihr dabei helfen. Ich durfte nur keiner Menschenseele davon erzählen."

„Das war sehr falsch von ihr, Ashton." Nina schüttelte den Kopf und machte große Augen. „So falsch."

„Richtig oder falsch, es war mir egal. Ohne mich überhaupt anzustrengen, hatte ich meinen ersten Arsch erobert. Nachdem ich das erste Mal hinter mir hatte, war ich bereit für Besseres. Dinge, wie an meinen Fähigkeiten zu feilen und mehr Mädels klarzumachen."

Plötzlich fühlte ich mich wie das kleine Arschloch von damals und mochte es überhaupt nicht. „Ich war ein Arsch. Das weiß ich. Nachdem ich Natalia kennengelernt hatte, habe ich das alles hinter mir gelassen. Die Einstellung verschwand wie durch Magie. Und sie ist nie zurückgekehrt."

Und als ich Nina anschaute, war ich mir sicher, dass sie nie zurückkehren würde.

## 9
## NINA

Ich wachte am nächsten Morgen früh auf. Julia hatte jedem Paar eine Mahlzeit zur Vorbereitung gegeben. Es war Sonntag und Ashton und ich waren mit Frühstück dran.

Die Nacht hatte wunderbar geendet. Er hatte mir etwas anvertraut, das er noch nie jemandem erzählt hatte. Ich fand, dass das ein guter Fortschritt war. Und die Tatsache, dass er überrascht schien, als ich ihn zur Tür begleitete, auf die Wange küsste und ihm eine gute Nacht wünschte, war nur das krönende Sahnehäubchen.

Ich spürte, wie er mir mehr und mehr vertraute. Und ich wusste, dass ich mich gerade hoffnungslos in diesen Mann verliebte. Es war furchteinflößend, wie viel ich an ihn dachte. Wie sehr ich mich ehrlich um ihn sorgte – das war neu für mich.

Seine Gefühle und sein Zustand waren plötzlich meine oberste Priorität. Und ich wusste, dass ich alles tun würde, was nötig war, damit er sich immer mit mir wohlfühlte.

Nachdem ich mich geduscht und mir eine kurze Hose und ein T-Shirt angezogen hatte, ging ich zu Ashtons Zimmer und klopfte an. „Bist du wach und bereit, Frühstück zu machen, Ashton?"

Er öffnete die Tür mit einem Lächeln auf seinem gutaussehenden Gesicht. Auch er trug eine kurze Hose und ein T-Shirt, wir trugen den perfekten Partnerlook. „Bin ich. Ich habe einfach darauf gewartet, dass du mir Bescheid sagst, dass du fertig bist."

Wir gingen nach unten in die Küche, um nachzuschauen, was wir zur Verfügung hatten. „Bist du ein guter Koch, Ashton?"

Seine breiten Schultern zuckten. „Ich weiß nicht so genau. Niemand hat mich je so genannt. Aber andererseits habe ich auch seit einer Weile für niemanden außer mir mehr gekocht. Ich mag mein Essen allerdings."

Ich fand es ein bisschen traurig, dass er für niemanden mehr kochte. „Bei mir in der Wohnung kochen wir normalerweise nur, wenn wir Lust haben. Wenn wir kochen, dann immer genug für alle. Ich habe schon lange kein Frühstück mehr gemacht. Aber Frühstück ist eh nicht schwer zu machen."

Meine Einstellung änderte sich schlagartig, als wir die Profiküche betraten – ich war überfordert, das war mir sofort klar. Ich drehte mich im Kreis. „Ashton, ich weiß nicht mal, wo hier der Kühlschrank ist."

„Diese Häuser von reichen Leuten haben alle Küchengeräte eingebaut und verkleidet." Er fand den Kühlschrank, der die gleiche Farbe wie die holzverkleidete Wand hatte, und öffnete ihn. Siehst du?"

Das Nächste, was mich überwältigte, war der Herd. „Und der hier? Kriegst du den an? Da sind so viele Platten und Knöpfe, es sieht aus, als bräuchte man einen Uniabschluss, nur um darauf kochen zu können."

Seine Lippen verzogen sich zu einem Lächeln, während er ihn sich anschaute. „Ah. Wir kriegen das schon hin. Komm, lass uns entscheiden, was wir machen. Wir haben Eier." Er reichte mir den Karton und ich stellte ihn auf die Küscheninsel.

Ich frage mich, ob sie die Zutaten für Pfannkuchen haben", sagte ich und begann, an der Wand herumzudrücken auf der

Suche nach versteckten Wandschränken. Ich fand eine Vorratskammer voller Lebensmittel. Neben ihr war ein weiterer Bereich voller edler Küchengeräte. „Heilige Scheiße, reich zu sein heißt, alles in der Welt haben zu können." Ich entdeckte ein Waffeleisen und nahm es mit zurück in die Küche.

Ashton hatte Milch, verschiedene Käsesorten, Sahne und alle möglichen Sorten an Marmelade und Gelee aus dem Kühlschrank genommen. „Oh, ein Waffeleisen. Ich mag Waffeln lieber als Pfannkuchen. Ich bin froh, dass du das gefunden hast, Nina."

„Was ich nicht gefunden habe, ist Waffelmischung. Aber wir haben alle Zutaten, um einen Teig zu machen." Ich nahm mein Handy, um ein Rezept zu suchen. „Mehl, Zucker, Backpulver, egal was, sie haben es. Jetzt fehlt nur noch ein Rezept. Übrigens mag ich auch lieber Waffeln."

„Ich dachte an Waffeln und Rührei." Ashton griff in den Kühlschrank und nahm eine Packung Bacon und Würstchen heraus. „Was willst du lieber zubereiten, den Bacon oder die Würstchen?"

„Ehrlich gesagt bin ich grottenschlecht darin, Bacon zu machen." Ich war furchtbar darin. „Ich liebe ihn, aber verbrenne ihn jedes Mal."

„Ich mache ihn im Ofen und er wird jedes Mal perfekt." Er lächelte mir zu und warf mir die Würstchen zu. „Dann machst du also die Würstchen?"

„Das kann ich machen." Ich fing das Päckchen auf und legte es neben die Waffelzutaten. "Ich denke, zwei Sorten Fleisch, Eier und Waffeln sollten mehr als genug sein, oder?"

„Allerdings." Er ging zum Ofen hinüber, der in die Wand eingelassen war. Nachdem er ihn einen Moment lang betrachtet hatte, drückte er einige Knöpfe und der Ofen heizte sich auf. „Jetzt brauche ich Backpapier und eine Schüssel, um die Eier zu schlagen."

Ich zeigte mit dem Kopf in die Richtung der versteckten Kammer voller Küchenutensilien und sagte: „Da drin. Alles, was du jemals brauchen könntest, ist in dem kleinen Raum neben der Vorratskammer."

Er war offensichtlich beeindruckt, als er den Raum betrat. „Ach du Scheiße!"

„Ich weiß!" Ich lachte bei dem Gedanken daran, wie jemand, der daran gewöhnt war so viele Dinge zu besitzen, mit meinen wenigen Besitztümern klarkommen würde.

Er kehrte mit einer komischen Kupferpfanne zurück, die ein eingebautes Gitter hatte. „Du hast keine Ahnung, was ich da drin gefunden habe, Nina."

„Wenn du von dem Ding in deiner Hand sprichst, dann hast du Recht. Ich habe keine Ahnung, wie es heißt oder wozu es gut ist." Ich betrachtete das Gerät auf der Arbeitsfläche.

„Pass auf." Er nahm den Bacon aus der Packung und legte ihn streifenweise auf das erhöhte Gitter. "Tada! Das wird sogar noch besser werden als bei mir zu Hause." Er ging zum Waschbecken, um sich die Hände zu waschen, was ich erfreut zur Kenntnis nahm.

Ein Mann, der sich in der Küche auskennt und weiß, wann man sich die Hände wäscht, ist genau mein Typ.

„Wie heißt das Teil?" Ich wollte es wissen, weil ich ihm bei der nächsten Gelegenheit eins schenken wollte. Wenn es nicht mein Budget sprengte.

„Weiß ich nicht", antwortete er und betrachtete den Gegenstand. „Vielleicht Bacon-Gitter."

Ich schoss schnell ein Foto und erzählte ihm als Ausrede: „Ich werde die sozialen Medien befragen. Irgendwer dort draußen weiß die Antwort sicher."

Ashton ging dazu über, eine Schüssel für die Eier zu suchen. Er kam zurück mit drei verschiedenen Sorten Sirup. „Den kannst du mit den Waffeln servieren."

„Hast du Sprühsahne im Kühlschrank gesehen?" Ich hatte einen Messbecher gefunden und gab Mehl hinein. „Ich hätte gerne welche für die Waffeln. Oh und frische Früchte. Gab es da drin welche?"

„Da waren Erdbeeren. Aber ich habe keine Sprühsahne gesehen." Er schaute auf den Sahnebecher, den er auf die Arbeitsfläche gestellt hatte. „Ich kann allerdings damit Schlagsahne machen."

Er war ein guter Koch. „Kannst du das?"

Er nickte lächelnd. „Kann ich. Hol du die Erdbeeren und schneide sie, ich mache die Schlagsahne."

„Wir sind ein ziemlich gutes Team, finde ich." Ich ging an ihm vorbei, um zum Kühlschrank zu gehen, und er nutzte die Gelegenheit, um sich mir in den Weg zu stellen und mir einen Schmatzer auf die Wange zu geben.

„Da stimme ich dir zu."

Ich konnte nur wie eine Idiotin vor mich hin grinsen, während ich mich weiterbewegte, da ich nicht wollte, dass unser erster Kuss von einem piependen Ofen oder Leuten, die zum Frühstück herunterkamen, unterbrochen würde.

Doch er hatte mich in einen Strudel von Gefühlen geworfen.

Meine Hände zitterten, als ich die Erdbeeren herausnahm und auf die Arbeitsfläche stellte. „Messer", sagte ich und schaute mich um.

Ashton drehte sich um und kam dann direkt zu mir. Er hielt nah vor mir an und streckte eine Hand um mich. Unsere Gesichter waren sich so nah, dass ich seinen warmen Atem auf meinen Lippen spürte. Dann holte er seine Hand wieder hervor, in der er ein kleines Messer hielt. „Bitte sehr."

So schnell wie er gekommen war, war er auch wieder weg. Und ich war atemlos und feucht an sehr interessanten Orten.

Ich dachte nach, wie ich den Gefallen zurückzahlen könnte. Ich erblickte eine Steckdose in seiner Nähe, wo ich das Waffeleisen einstecken konnte. Ich nahm es hoch und ging zu der Steckdose hinüber. Der Ofen piepte. Ashton nahm das Bacon-Gitter und ging weg.

Schnell verwarf ich meine Idee und steckte das Waffeleisen dort ein, wo es Sinn machte. Dort, wo ich meine Sachen hatte.

„Hast du zufällig einen Mixer gesehen, als du dort drin warst?", fragte er mich, während er zu der Kammer ging.

„Der einzige, den ich gesehen habe, ist das riesige rote Teil, das dort auf seinem eigenen Tisch steht." Ich versuchte, mich an den Namen zu erinnern, den ich darauf gesehen hatte. „Kitchen irgendwas."

„Oh, ja", rief er, „das Ding. Verdammt, das wird richtig schwierig sauberzumachen sein."

„Keine Sorge, Ashton. Wir werden nicht saubermachen. Das Hausmädchen macht das."

Er reckte den Hals zu mir. „Nicht dein Ernst. Wir dürfen kochen, ohne saubermachen zu müssen?" Er schaute positiv schockiert. „Der Hammer! Ich würde viel häufiger kochen und verschiedene Dinge ausprobieren, wenn ich hinterher nicht abspülen müsste."

Ein kleines Lächeln schlich sich auf meine Lippen. Ich konnte mir unsere gemeinsame Zukunft gut vorstellen, er würde kochen und ich saubermachen. Ein fairer Deal, mit dem wir beide leben könnten, sollten wir es jemals schaffen, mit uns beiden voranzukommen. „Mir macht das Abspülen nichts aus. Das Kochen finde ich allerdings richtig lästig. Ich finde es eigentlich ganz entspannend, Geschirr in warmem Seifenwasser abzuspülen."

„Dein Ernst?" Er schaute mich an, als traute er seinen Ohren nicht. "Ich schwöre, dass du meine Gedanken lesen kannst. Du kannst direkt bei mir mit dem Spülen anfangen. Das gibt es ja gar nicht."

„Übertreib mal nicht." Ich öffnete eine Schublade und fand

einen Schneebesen. „Hier, den kannst du nehmen, um die Eier zu verquirlen." Ich warf ihn ihm zu.

Er fing ihn auf und zwinkerte mir zu. "Wir sind wirklich ein großartiges Team, oder?"

„Finde ich schon." Ich ging mit schwingendem Schritt durch die Küche, alles schien so gut zu laufen. Ich wollte in die Vorratskammer gehen, um etwas Backspray zu holen, als ich über meine eigenen Füße stolperte. „Scheiße!" Ich segelte mit dem Gesicht zuerst in Richtung Boden.

Ein Paar starker Arme griff mich an der Taille. „Wow." Ashton zog mich wieder nach oben und lachte mit tiefer Stimme. „Da hast du dich wohl ein bisschen in dir selbst verheddert, was?"

Ich konnte kaum atmen. Seine Hände um meine Taille, sein Körper direkt hinter mir, das war alles zu viel. Meine Sinne waren überreizt. Mir begann das Wasser im Mund zusammenzulaufen und meine Lippen kribbelten. Es war so weit.

Er würde mich in seinen Armen umdrehen und wir würden unseren ersten Kuss haben.

Ich wusste es einfach!

Seine Lippen strichen an meinem Nacken entlang. „Nina..."

Gelächter näherte sich der Küche. Die Anderen waren aufgestanden und würden jede Sekunde hereinkommen.

Verdammt!

## 10

## ASHTON

Ich wollte sie gerade küssen. Ich hielt sie in meinen Armen, meine Lippen lagen auf ihrem Nacken. Und dann kamen sie herein.

Nie im Leben war ich so enttäuscht gewesen, meine Freunde zu sehen.

Und mit ihrer Ankunft und ihren Augen auf uns kam unsere Teamarbeit zu ihrem Ende. Es war ein Debakel, als sie uns zuschauten. Ich ließ die Eier fallen, Nina überfüllte das Waffeleisen und machte eine Riesensauerei auf der Arbeitsfläche, zu der Julia nur sagte, sie solle sich darüber keine Gedanken machen.

Ich wollte einfach nur, dass sie gingen und uns allein ließen.

Als wir den verbrannten Bacon, die zähen Waffeln und die ungesüßte Schlagsahne, die scheiße schmeckte, auf den Tisch stellten, wusste ich, dass Nina die Eine für mich sein könnte.

Naja, die andere Eine.

Ich hatte einmal wahre Liebe gefunden und nun schien es, als hätte ich eine zweite Chance erhalten.

Als wir am Frühstückstisch saßen und kaum das Essen herunterbrachten, für das wir so große Pläne gehabt hatten, ließen Nina und ich alle Witze über uns ergehen. „Ja, ja", sagte sie zu allen, „es lief alles fabelhaft, bis ihr vier aufgekreuzt seid. Das ist alles, was ich sagen kann. Stimmt's, Ashton?"

Nickend stimmte ich zu: „Es lief alles gut." Ich schielte zu Nina herüber, die plötzlich errötete.

Ich wusste, dass sie an unseren Fast-Kuss dachte. Ich wusste, dass sie mich zurückgeküsst hätte. Die Tischdecke verdeckte uns von der Taille abwärts, also legte ich meine Hand auf ihr Knie und fühlte die Gänsehaut, die ihre samtige Haut überzog. Mein Schwanz wurde so hart, selbst von dieser einfachen Berührung.

Durch Nina fühlte ich mich wieder wie ein ganzer Mann. Ich hatte diesen Mann verloren. Doch sie hatte ihn irgendwie wiedergefunden.

Ich hatte keine Ahnung, wie sie es geschafft hatte, durch die ganze Rüstung um mein Herz zu gelangen, um es zu befreien, doch sie hatte es geschafft. Und ich war bereit, alle Schutzwälle fallenzulassen.

Artimus hatte unsere gesamte Zeit für den letzten Tag verplant. „Als nächstes steht auf unserem Tagesplan ein Shopping-Ausflug zum Markt. Und denkt nicht einmal daran, zu sagen, dass ihr kein Extra-Geld zum Ausgeben habt."

Nina sagte schnell: „Das habe ich wirklich nicht, Artimus. Ich kann einfach hierbleiben, während ihr geht. Oder ich kann mitgehen und Schaufensterbummeln. Auch wenn ich das nicht wirklich mag. Wenn ich Geld habe, finde ich nichts, was mir gefällt. Und wenn ich keins habe, finde ich eine Menge."

„Ich bleibe hier bei ihr. Ich brauche nichts und hasse es, Dinge zu kaufen, die ich nicht brauche." Ich dachte mir einfach eine Ausrede aus, um allein mit ihr zu sein.

Julia hatte eine Tasche mitgebracht, die unter dem Tisch bei ihren Füßen stand. „Wir haben euch allein ein kleines Geschenk mitgebracht, um uns dafür zu bedanken, dass ihr dieses Wochenende unsere Gäste wart." Sie stellte eine kleine pinke Tüte vor den Frauen ab und kleine schwarze Tüten vor Duke und mir. „Macht sie schon auf. Schaut nach, was wir euch geschenkt haben. Ihr wisst, dass ihr unsere besten Freunde auf der ganzen Welt seid."

Lila jammerte: „Ich fühle mich schlecht. Wir haben euch gar nichts geschenkt. Wir hätten Wein und ein Käsebrett mitgebracht, aber ihr habt so viel besseren Wein als wir uns leisten könnten."

„Und Käse", fügte Duke hinzu.

Artimus unterbrach sie. „Sowas solltet ihr gar nicht erst denken. Ihr habt uns das ganze Wochenende lang die Freude eurer Begleitung geschenkt. Ihr hättet alles tun können, was ihr wolltet, und habt euch dafür entschieden, die Zeit mit uns zu verbringen. Und jetzt freut euch einfach über das Geschenk und macht keinen Aufstand."

Nina stupste mich mit dem Ellbogen in die Rippen. „Danke, Leute. Das kommt unerwartet und ist eine nette Überraschung."

„Ja, danke, Artimus, Julia", bedankte ich mich bei ihnen auf Ninas Drängen hin, obwohl ich nicht fand, dass sie uns etwas zu schenken brauchten. „Einfach euer Freund zu sein, ist genug für mich, aber ich freue mich über das Geschenk."

Lila spähte in ihre Tüte. „Was ist da drin?"

Duke griff in seine Tüte und zog eine Flasche 80-jährigen Scotch hervor. „Wow!"

„Grabe weiter", wies Artimus ihn an.

Ich schaute zu, als Nina und Lila je eine Flasche seltenen und sehr teuren Weins hervorzogen. Als ich mein größtes Geschenk hervorzog, fand ich die teuerste Flasche Bourbon auf dem Markt.

Die Mädels bekamen Schmuck, Lila Smaragde, Nina Saphire. Duke und ich bekamen Uhren. Und am Boden der Tüte lagen Prepaid-Kreditkarten. Auf den Etuis, in denen sie steckten, stand, dass sich 5000 Dollar auf jeder Karte befanden.

„Nein!", rief ich und sprang auf.

Ich hielt mich nicht weiter zurück und ging zuerst zu Artimus, um ihn zu umarmen, und nahm dann Julia hoch und schwang sie durch die Luft, bis sie japste: „Ashton Lange!"

Alle schlossen sich mir an und umarmten und bedankten sich bei unseren Gastgebern für alles, einschließlich des spaßigen Wochenendes. Und wir alle beteuerten, dass sie das nicht jedes Mal tun müssten, wenn wir zu Besuch kämen.

Da wir nun alle Geld hatten, mussten wir natürlich unsere Gastgeber zum Bummeln begleiten.

Das bedeutete, dass die Zeit zu zweit mit Nina noch einmal warten und ich meine Finger mehr oder weniger bei mir behalten müsste. Es fühlte sich nicht richtig an, irgendetwas zu versuchen, außer ihre Hand zu halten, während wir durch die Geschäfte zogen.

Ihre Hand fuhr über ein tolles Seidentuch. Es war mit Grün- und Blautönen durchwoben und würde toll an ihr aussehen. Sie griff nach dem Preisschild. „Oh, nein." Sie legte es schnell zurück.

Ich nahm es in die Hand, um zu sehen, was das Problem war. Sie hatte doch gerade ein nettes Sümmchen bekommen. „Nina, es kostet doch nur fünfhundert Dollar. Das kannst du dir leisten."

„Auf keinen Fall!" Sie schaute mich an, als wäre ich durchgedreht. „Bist du verrückt? Das ist viel zu viel für das hier."

Der Blick der Verkäuferin war schneidend. Wir waren in den Hamptons. Die Leute in dieser Gegend schauten nicht auf Preisschilder.

Die Dame kam mit pikiertem Gesichtsausdruck auf uns zu. „Ich versichere ihnen, dass das Tuch, was Sie dort anschauen, mit vielen anderen Kleidungsstücken kombiniert werden kann.

Es würde mit allem gut aussehen, als Farbtupfer für ein kleines Schwarzes oder um die Hüfte, wenn sie einen Bikini tragen. Es ist sehr wandelbar und wäre sicherlich eine großartige Erweiterung Ihres Kleiderschranks, das versichere ich Ihnen."

Nina schaute mich über die Schulter an. „Etwas so Teures würde zu nichts in meinem Kleiderschrank wirklich passen. Trotzdem vielen Dank."

Nina entfernte sich und ich lehnte mich zu der Verkäuferin herüber. „Legen Sie es bitte zurück, ich komme später noch mal allein wieder."

Lächelnd nahm sie es von der Stange. „Vielen Dank, Sir."

Mit einem Nicken verabschiedete ich mich, um zurück zu Nina zu eilen, die bereits den nächsten Laden erreicht hatte. Ich stieß sie mit der Schulter an. „Weißt du, wenn dein Kleiderschrank etwas aufgebessert werden muss, dann ist jetzt der richtige Zeitpunkt. Du hast mehr als genug Geld dafür."

Sie schaute sich um. „Die Preise sind alle unglaublich hoch."

Ich musste ihr zustimmen, doch sie sollte sich etwas kaufen. Sie verdiente es, sich etwas zu gönnen. „Okay, wie wäre es mit den Basics, die eine Frau in ihrem Kleiderschrank braucht?"

„Zum Beispiel?", fragte sie mit einem Kopfschütteln.

„Sag du es mir. Ich bin keine Frau."

Sie tippte sich auf das Kinn, während sie darüber nachdachte. „Ich möchte gerne ein gutes Paar Stiefel für den Winter haben. Die können sehr teuer sein, wenn man welche von guter Qualität haben will, die lange halten."

„Und wie wäre es mit dem kleinen schwarzen Kleid, von dem die Dame eben sprach?", erinnerte ich sie, „Von einem teuren hättest du viele Jahre etwas. Und jedes Mal, wenn du es trägst, könntest du es mit etwas anderem kombinieren." Ich wusste, dass ich Fortschritt machte, als ihr Blick begann, an einzelnen Stücken hängenzubleiben.

„Ja, da hast du Recht." Sie ging zu einem Ständer mit stylischen Kleidern und begann, sie sich anzuschauen. Doch dann wanderten ihre Augen zurück zu mir. „Und was ist mit dir? Was für Dinge brauchst du, die du dir schon lange nicht gekauft hast?"

Ich vergrub die Hände in den Taschen, denn ich hatte keine Ahnung, wo ich beginnen sollte. „Meine Wohnung könnte etwas wohnlicher werden."

Das war kein Witz. Ich hatte ein Sofa. Das hatte ich brandneu gekauft. Es war ein schönes, dunkles Lederstück. Meine Fenster hatten Rollos, doch ich hatte nie Vorhänge gekauft, um Gemütlichkeit zu schaffen.

Meine Wohnung war nicht mein Rückzugsort. Sie war einfach nur der Ort, an dem ich lebte.

Sie war in einem schönen Gebäude. Und die beiden Zimmer und Bad waren ansprechend. Überall Holzfußböden, Küche und Bad gefliest, Granit-Arbeitsflächen, alles, was man sich wünschen könnte. Und doch fühlte sie sich nicht wie ein Zuhause an. Hauptsächlich, weil ich sie nie zu einem Zuhause gemacht hatte.

Natalia hätte sie zu einem Zuhause gemacht.

Ich schüttelte den Kopf, um ihn zu klären. Ich konnte nicht darüber nachdenken. Mein Leben veränderte sich, es ging endlich weiter.

Julia und Lila erschienen mit ihren Ehemännern und die Mädels beschäftigten sich mit den Klamotten. Wir Männer waren nicht mehr gebraucht, sodass Artimus ihnen sagte, dass wir unter uns weiter shoppen würden. Sie mussten ihn nur anrufen, wenn sie sich wieder mit uns treffen wollten.

Ich zog mit meinen Freunden davon und Artimus brachte uns zu einem kleinen Irish Pub, um etwas zu trinken. Wir setzten uns an einen kleinen, runden Tisch in dem schummrigen Gast-Saal, der nach dunklem Bier und salzigem Brot roch. „Bist du dieses Wochenende Nina nähergekommen, Ashton?", fragte Artimus mich mit etwas, was wahrscheinlich sein Versuch eines irischen Akzents war.

Duke rammte mir seinen Ellbogen in die Rippen und schloss sich Artimus mit gruselig schlechtem irischen Akzent an: „Hast du sie dahin bekommen, wo du sie hinbekommen wolltest?"

„Es ging mir an diesem Wochenende nicht darum, sie ins Bett zu bekommen. Dafür ist sie mir zu wichtig." Ich nahm das Bier, das der Kellner mir reichte, und trank einen Schluck. Es war stark und schmeckte nach Malz und Hopfen. Der Schaum war dickflüssig und cremig und ich trank einen weiteren Schluck. „Das tut gut."

Duke erhob sein Bierglas und Artimus tat es ihm gleich. „Auf dich und Nina. Es wird auch langsam Zeit."

Ich stieß mit ihnen an, bevor wir alle tranken.

Es wurde wirklich Zeit. Das wusste ich. Ich hatte zu lange im Halbschatten gelebt.

Okay, ich hatte meine Karriere nicht vernachlässigt. Ich war kein Trinker geworden, der mit seinen Pflichten nicht hinterherkam. Doch ich hatte mich selbst verloren, als ich Natalia verlor. Und nun war ich bereit für das, was vor mir lag.

Eine Zukunft mit Nina.

Und ich spürte, dass sie das auch wollte. Sie spielte nicht mit mir. Sie legte das Fundament, um sicherzugehen, dass wir auf festem Grund bauten.

„Wie hatte ich nur so viel Glück, dass eine Frau wie Nina Kramer mich mag?", fragte ich meine Freunde.

Duke, immer der Witzbold, sagte: „Das weiß niemand so genau, alter Hund. Sei einfach dankbar und warte nicht mehr zu lange. Verdammt, du hast das Mädchen schon zwei Jahre lang auf dich warten lassen."

Er hatte in jeder Beziehung Recht. Und gerade, als ich noch einmal anstoßen wollte, stellte der Kellner den Fernseher an und der Reporter zog meine Aufmerksamkeit auf sich, als er uns das Datum und Wetter bekanntgab.

Duke und Artimus schauten nur mich an, während ich auf den Fernseher starrte. „Ich hatte vergessen, welcher Tag heute ist." Ich schaute sie wieder an. „Heute ist der Todestag von Natalia. Ich habe seit ihrem Tod jedes Jahr nur für diesen Tag gelebt. Und nun habe ich ihn vergessen. Nina hat mich dazu gebracht, dass ich sie vergesse. Ich hatte versprochen, dass ich sie niemals vergessen würde."

Ich kann das nicht zulassen.

## 11

## NINA

Eine ganze Woche verging, ohne dass ich Ashton sah. Es war, als wäre er zu einem Geist geworden. Seine Arbeit wurde erledigt, doch niemand sah ihn dabei.

Die Heimfahrt am Sonntagabend nach unserem wunderbaren Wochenende war still. Ashton behauptete, er sei einfach müde und dass er deshalb so still sei. Er bat den Fahrer darum, ihn zuerst abzusetzen und ließ mich mit Lila und Duke zurück.

Als ich Duke fragte, ob Ashton irgendetwas zu ihm gesagt habe darüber, wütend zu sein, antwortete er mir, es sei nichts los. Also nahm ich Ashton bei seinem Wort und glaubte, dass er tatsächlich müde war.

Der Montag kam und ich erwartete, dass Ashton nach einer erholsamen Nacht wieder gut drauf sein würde. Doch ich sah ihn den ganzen Tag lang nicht. Und seine Bürotür war abgeschlossen. Das wusste ich, weil ich versucht hatte, sie zu öffnen.

Am ersten Tag dachte ich mir nicht viel dabei und vermutete, er könne krank sein. Dann kam der Dienstag und das Gleiche passierte, Tür abgeschlossen, kein Ashton weit und breit.

Bei unseren täglichen Kaffeetreffen bat ich Lila und Julia,

mir dabei zu helfen herauszufinden, was mit diesem plötzlich so ausweichenden Mann los war.

Ich hatte gedacht, dass wir auf dem richtigen Weg waren. Er hatte mich schließlich fast geküsst. Sein jetziges Verhalten ergab für mich keinen Sinn.

Die einzige Information bekam ich von Julia, die mir sagte, dass er tatsächlich bei der Arbeit war. Er arbeitete aus seinem Büro heraus und schaute die Nachrichtensendungen von dort aus, die Kameramänner wies er über Funk von seinem Schreibtisch aus an.

Ich fragte mich, wie er all diese Tage zu Mittag aß. Lila erzählte mir, dass sie gesehen hatte, wie Essen zu seinem Büro geliefert wurde. Er aß also auch in seinem Büro.

Es war gar nicht typisch für Ashton Lange, sich so lange derartig zu isolieren. Er war eine gesellige Person. Und ich begann, mich langsam um ihn zu sorgen.

Wenn er es sich mit uns anders überlegt hatte, dann hätte er mir das einfach nur sagen müssen. Ich hätte es verstanden. Es hätte wehgetan, aber ich hätte es verstanden.

Was ich nicht verstand, war, wieso er sich bei der Arbeit in einen Einsiedler verwandelte. Wenn er weder bei der Arbeit noch zu Hause Zeit mit Menschen verbrachte, wann sprach er dann mal mit jemandem?

Ich ging nach oben, um mit Artimus und Duke zu sprechen, in der Hoffnung auf ein paar Antworten. Ich hatte das Gefühl, dass sie ihren Frauen gegenüber nicht viel über Ashtons Verhalten verraten hatten. Oder ihre Frauen bohrten nicht so nach, wie ich das konnte.

Auf dem Weg nach oben zu ihren Büros kam ich aus dem Aufzug und sah Brady, den Rezeptionisten, mit seiner Praktikantin Veronica arbeiten. Sie war die neuste Ergänzung zu unseren Kaffeetreffen, doch sie hatte es an jenem Morgen verpasst. Brady hatte sie für irgendetwas gebraucht, doch niemand von uns wusste, was dieses etwas war. Als ich nachfragte, sagte sie schlicht, dass sie gerade nicht könne und deshalb nicht zum Kaffee käme.

Da Brady die Stühle in der Lobby putzte, nutzte ich den Moment, um mit Veronica zu sprechen. Ich lehnte mich über den Schreibtisch, den sie abstaubte, und fragte: „Also, was hast du heute Morgen getan, weshalb du nicht mit uns Kaffee trinken konntest, Veronica?"

Als sie sofort rot anlief, hatte ich meine Antwort. Nicht, dass sie viel verriet, aber ich hatte bereits meine Vermutungen. „Ach, ich musste den Schrank mit den Büroartikeln aufräumen. Ich habe fast den ganzen Morgen dafür gebraucht."

Ich warf einen Blick über die Schulter und grinste, als ich sah, wie Brady erstarrt war. Er und sie hatten etwas am Laufen. Wir alle wussten es, auch wenn sie versuchten, uns vorzutäuschen, dass sie eine rein berufliche Beziehung hatten.

„Ist das so?", fragte ich. „Weißt du, wir haben ausgezeichnete Putzkräfte und einen Hausmeister, die sich um solche Dinge kümmern. Lass dich von deinem Boss nicht zu unnötigen Aufgaben drängen."

Plötzlich war Brady direkt hinter mir. „Ich bringe ihr bei, die beste Rezeptionistin überhaupt zu werden. Einfach an der Rezeption zu stehen und hübsch auszusehen ist heutzutage nicht mehr genug." Er zeigte zu Artimus Büro. „Er und Duke warten auf dich, seit du dieses spontane Meeting angesetzt hast. Du solltest dich beeilen. Sie haben nicht den ganzen Tag Zeit."

Veronica wandte sich ab und beschäftigte sich mit etwas anderem. „Bis dann, Nina."

„Ja, bis dann." Ich ging zur Tür zu Artimus Büro und klopfte kurz an. „Ich bin's, Nina."

Die Tür öffnete sich automatisch, als Artimus den Knopf an seinem Schreibtisch bediente, damit keiner von beiden aufstehen musste. Duke und er unterhielten sich über das Footballspiel des Vorabends. „Und die Yards waren auch beeindruckend", sagte Duke, bevor sie die Aufmerksamkeit auf mich richteten. „Hey, Nina. Was gibt's?"

„Ich habe ein paar Fragen." Ich setzte mich neben Duke vor den Schreibtisch.

Artimus faltete die Hände auf seinem Platz hinter dem Schreibtisch. „Leg los."

„Ich will wissen, was zur Hölle mit Ashton los ist. Und ich weiß, dass ihr beide wisst, was es ist." Ich lehnte mich nach vorne und legte die Hände auf den Schreibtisch. „Und ich gehe hier nicht weg, bevor ich eine Antwort habe. Also, packt aus, Jungs."

Ich beobachtete, wie die Männer sich gegenseitig anschauten, dann sah Duke mich an. „Nina, wir müssen unseren Freund respektieren. Wir können dir keine Sachen erzählen, von denen er uns gebeten hat, sie nicht weiterzuerzählen. Nicht einmal dir."

Jetzt wusste ich mit Sicherheit, dass sie wussten, was los war. „Hat er euch gesagt, dass ihr es mir nicht erzählen sollt?"

Artimus schüttelte den Kopf. „Das musste er nicht. Wir kennen Ashton mittlerweile ganz gut. Wenn er gewollt hätte, dass du es weißt, hätte er es dir selbst erzählt. Und die Tatsache, dass er praktisch komplett von der Bildfläche verschwunden ist, sagt uns, dass er mit niemandem darüber sprechen will. Nicht einmal mit uns. Und wir werden ihn nicht dazu drängen, etwas zu tun, was er nicht will."

Sie waren gute Freunde, das musste ich zugeben. Doch sie dachten die Sache nicht bis zu Ende. „Das ist nicht gut für Ashton, Leute. Die ganze Zeit ganz allein zu sein ist nicht gut für einen Menschen. Und einen Freund in Ruhe zu lassen, weil er denkt, dass das ist, was er will, ist in Ordnung, aber nur für eine kurze Zeit. Heute ist Freitag. Das geht jetzt schon eine Woche so. Der Mann muss jeden Tag früh kommen, um in sein Büro zu gelangen, bevor ihn jemand sehen kann. Und aus dem gleichen Grund geht er später als alle anderen."

Duke zuckte mit den Achseln. „Vielleicht war es anfangs das blaue Auge."

Artimus verzog das Gesicht. „Was auch immer es war, hätte er gewollt, dass es jemand weiß, hätte er schon etwas gesagt. Er hat nichts gesagt, also sollten wir das auch nicht tun."

Mensch, diese Kerle verraten wirklich gar nichts.

„Ich bin ja froh, dass ihr beide Ashtons Freunde seid, aber wenn ihr ihm wirklich helfen wollt, dann müsst ihr etwas unternehmen, um ihn aus diesem komischen Benehmen herauszureißen. Schaut, wenn er hinterfragt, was am Wochenende zwischen ihm und mir passiert ist, dann kann ich das verstehen. Ich habe ihn nie gedrängt und werde das auch niemals tun. Er verdient, das zu wissen."

Duke nickte. „Ja."

„Ich muss ihn nur für ein paar Minuten aus seinem Büro herausbekommen. Wenn ich ihn sehe, dann wird er mit mir sprechen und wir können sie Sache geradebiegen." Ich schaute Artimus an und bettelte ihn an: „Kannst du ihn nicht unter irgendeinem Vorwand aus seinem Büro bekommen?"

Mit einem tiefen Seufzer nickte Artimus. „Ja, ich denke, das kann ich. Ich werde ihn darum bitte, hochzukommen. Gib mir eine halbe Stunde. Du wirst zwei Chancen haben, ihn zu sehen. Eine, wenn er hochkommt, und die andere, wenn er wieder zurück in sein Büro geht. Mehr kann ich nicht für dich tun, Nina."

Ich nickte, denn ich hatte bekommen, was ich wollte, und stand auf, um zu gehen. „Danke. Wenn wir mit einander sprechen, wird er schon wieder normal werden. Ihr werdet sehen."

Ich ging hinunter zu meinem Büro und wartete darauf, Ashton abzufangen, wenn er an meiner offenen Tür vorbeiging. Es gab keinen anderen Weg, um zum Aufzug zu gelangen.

Während ich so tat, als tippte ich auf meinem Laptop, achtete ich darauf, die Augen auf dem Flur zu haben. Und tatsächlich ging Ashton vorbei. Er ging so schnell, ohne auch nur den Kopf in meine Richtung zu drehen, dass es mich schockierte.

Meine Chance war gekommen und ich sprang von meinem Stuhl. Sobald ich im Flur war, rief ich hinter ihm her: „Ashton!"

Er versteifte sich und hielt an, doch er drehte sich nicht um. „Ich habe es eilig." Er begann weiterzugehen, als würde das genügen, um mich abzuwimmeln.

Da lag er falsch. Ich beeilte mich, um ihn zu erreichen, bevor er in den Aufzug steigen konnte. „Ashton, nur eine Minute." Ich kam nah genug, um meine Hand auf seine Schulter zu legen. „Bitte."

Er hielt wieder an und schaute drehte sich nicht um, um mich anzusehen. „Was?"

Ich trat vor ihn und gab ihm keine Möglichkeit, mich nicht anzuschauen. „Was zum Teufel hast du die ganze Woche lang gemacht?"

„Gearbeitet." Er schielte zur Seite und wich mir weiterhin aus.

„So hast du noch nie gearbeitet. Wieso bist du so einsiedlerisch?", fragte ich ihn und legte dann meine Hand an sein Kinn, um ihn dazu zu zwingen, mich anzusehen. Sein Auge war nicht mehr blau. Es gab keinen Hinweis mehr auf die Verletzung, die er von dem Volleyballunfall davongetragen hatte. „Dein Auge sieht wieder normal aus. Du siehst wieder wie zu selbst aus. Gutaussehend wie immer. Komm schon, Ashton. Sei ehrlich zu mir. Was ist los?"

Als er mir endlich in die Augen schaute, gefror mein Herz. Es lag so viel Trauer in ihnen. Es zerriss mir das Herz, diese Traurigkeit wieder zu sehen. „Das würdest du nicht verstehen."

„Versuch es."

Er schüttelte den Kopf. „Ich will nicht."

Ich war perplex. Ich hatte keinen blassen Schimmer, was ich sagen sollte. Doch ich brachte etwas über die Lippen. „Bitte." Das war alles, was mir in den Kopf kam. Mich an seine fürsorgliche Seite zu richten. Zumindest die, die er einmal hatte.

Mit einem weiteren Kopfschütteln versuchte er, an mir vorbeizugehen. „Ich muss los."

„Zu deinem Treffen mit Artimus?", fragte ich und hielt ihn am Arm fest, um ihn zu stoppen.

Seine Augen verengten sich. „Wieso weißt du davon?"

„Weil ich ihn darum gebeten habe, dich aus deinem Büro zu locken, damit ich die Möglichkeit hatte, dich zu sehen. Um mit dir zu sprechen. Es ist also nicht eilig. Es ist kein Problem, wenn du nicht hochgehst, um ihn zu sehen. Er wird wissen, dass ich dich abgefangen habe." Ich lächelte ihn an, um ihm zu zeigen, dass er von mir kein Drama zu erwarten hatte, wenn er mich zurückweisen würde. „Komm schon, wir müssen uns unterhalten. Ich werde nicht wütend sein, egal, was du mir zu sagen hast. Auch wenn es etwas ist, was ich nicht hören will. Versprochen."

Daran, wie dunkelrot sein Gesicht anlief, konnte ich erkennen, dass er von meinem kleinen Plan mit Artimus nicht begeistert war. „Was soll der Scheiß, Nina? Du hast mich hintergangen, meine Freunde belästigt, meinen Boss – und wozu? Ich habe meine eigenen Gründe, um in meinem Büro zu bleiben."

„Und zwar?", fragte ich.

Er zog seinen Arm aus meiner Hand und rauschte zurück zu seinem Büro. „Mich von dir fernhalten."

Überrumpelt stand ich wie angewurzelt da und schaute ihm dabei zu, wie er vor mir wegrannte.

Womit habe ich mir das verdient?

## 12

## ASHTON

Sie zu sehen hat alles noch verschlimmert. Der Geruch des Zitronenshampoos lag mir immer noch in der Nase. Nina schaffte es, in allen meinen Gedanken zu sein, egal, wie sehr ich versuchte, sie zu verdrängen.

Ich schloss die Tür hinter mir und schloss ab. Dann nahm ich mein Handy hervor und schrieb Artimus eine Nachricht, um ihm zu sagen, dass ich es nicht in Ordnung fand, was er und Nina versucht hatten.

Ich warf das Telefon auf meinen Schreibtisch und legte mich auf das Sofa neben dem Fenster. Ich starrte hinaus auf die Wolken über der Stadt und versuchte, Nina zu vergessen.

Die Frau verfolgte mich in meinen Träumen seit dem Abend, an dem ich nach Hause gekommen war. Jedes Mal, wenn ich die Augen schloss, war sie da. Die meisten Menschen würden denken, dass das nicht schlimm sei.

Für mich war es schlimm. Weil Nina Natalia aus meinem Kopf vertrieben hatte. Ich hatte keine Träume mehr von Natalia. Ich hatte mit diesen Träumen – die meistens zu Albträumen wurden – vier Jahre lang gelebt. Wie hatte sie sie so plötzlich vertrieben?

Wie hatte sich Nina so sehr in meinem Kopf eingenistet, dass ich den Todestag von Natalia vergessen konnte?

Das war nicht richtig.

Ich konnte nicht einfach so weiterleben und die Frau vergessen, die ich geliebt hatte. Die Frau, die ich heiraten wollte – mit der ich eine Familie gründen und mein ganzes Leben hatte verbringen wollen.

Doch Nina war in mein Leben getreten und hatte Natalia einfach aus ihm vertrieben. Und ich konnte das nicht zulassen.

Das wäre Natalia gegenüber nicht fair.

Ich schloss die Augen und fühlte, wie Erschöpfung mich erfüllte. Ich würde nicht lange schlafen. Nicht, wenn jeder meiner Träume in der letzten Woche erotisch gewesen war – und Nina der Star in allen von ihnen.

Meine Schuldgefühle waren überwältigend. Ich war ein Wrack. Nur noch ein Schatten des Manns, der ich nach dem Tod meiner Verlobten gewesen war. Und daran war niemand anderes als Nina schuld.

Während ich dalag und mich selbst dafür bestrafte, Natalia vergessen zu haben, dachte ich an Artimus und Duke.

Sie mussten das Geschehene für sich behalten haben. Hätten sie es Nina erzählt, hätte sie das erwähnt.

Ich wusste, dass es nicht Ninas Schuld war, dass ich zugelassen hatte, dass Natalia aus meinem Kopf verschwand. Doch ich wusste, dass ich, wenn ich mich weiterhin mit ihr träfe, Natalia vollends verlieren würde. Und das wollte ich nicht.

Mein Kopf schmerzte schon wieder. Ich hatte seit dem Wochenende jeden Tag Kopfschmerzen gehabt. Ich zog die Tabletten hervor, setzte mich auf und steckte mir einige in den Mund, bevor ich sie herunterschluckte.

Ich legte mich wieder auf das Sofa und wartete darauf, dass das Ibuprofen wirkte. Mit geschlossenen Augen dauerte es nicht lange, bis ich einschlief. Und dann begann der Traum.

Ich ging zu Ninas Wohnung und traf sie dort allein an, ihre Mitbewohner waren ausgegangen. Sie lockte mich mit dem Finger in Richtung ihres Zimmers. „Folge mir, Ashton."

„Ich bin direkt hinter dir, Süße." Ich folgte ihr wie ein Lamm zur Schlachtbank, ohne Angst und ohne Reue.

Meine Hände legten sich auf ihre runden Hüften, die mit dunkelgrüner Seide bedeckt waren. Sie trug ein dünnes Nachthemd, das ich so bald wie möglich von ihr herunterbekommen wollte. Nachdem ich die Tür hinter mir zugetreten hatte, wandte sich Nina mir zu.

Das Lächeln auf ihrem Gesicht sagte mir, dass sie eine Idee hatte. Ihre Hände wanderten zu meiner Brust und hielten mich davon ab, weiterzugehen. Sie fuhr mit ihren Händen langsam an meinem Körper herab und ging vor mir auf die Knie.

Sie leckte sich die Lippen, öffnete meine Jeans und holte meinen Schwanz heraus. Ihre weichen Hände fuhren an ihm auf und ab, dann küsste sie die Spitze. Mein ganzer Körper erschauerte vor Verlangen. Ich fuhr mit den Händen durch ihre Haare. „Oh, Baby."

Ihre Lippen glitten einige Male über die Spitze meines harten Schwanzes, während ihre Hände den Schaft massierten. Dann stieß ihr Kopf nach vorne, sie öffnete den Mund weit und nahm mich ganz auf. Sie stöhnte vor Lust, ihre Zunge fuhr an der Unterseite meines Schwanzes auf und ab, während sie sanft saugte.

Ich musste mich an die Tür lehnen, um mich zu stützen, während sie mir einen blies. Ich schaute ihr dabei zu, wie ihr Kopf sich mit langen, gleichmäßigen Bewegungen auf und ab bewegte, und sah sie in einem goldenen Licht.

Ihr Mund fühlte sich so heiß an, es war unglaublich. Und alles, woran ich denken konnte, war, wie es sich anfühlen würde, meinen Schwanz in einen noch heißeren Ort ihres tollen

Körpers zu schieben. Mein Schwanz zuckte, als mein Sperma ihr in den Mund schoss.

Sie trank es und schaute dann zu mir auf, ein weißer Tropfen hing an ihrer Unterlippe, bis sie ihn wegleckte. Ich zog sie zu mir hoch, dann stieg ich aus meiner Jeans, die mir bis zu den Knöcheln hinuntergerutscht war. Ihre Hände schoben sich unter mein T-Shirt und zogen es mir aus.

Ich griff nach dem Saum ihres Nachthemds und zog es ihr über den Kopf, sodass sie nun splitternackt vor mir stand. Ihre Brüste waren riesig, ihre Nippel hart wie Stein. Ich schob sie auf das Bett, beugte meinen Körper über ihren.

Ich spielte mit ihren Nippeln und schaute dabei zu, wie sie noch härter wurden. „Verdammt, bist du schön, Nina."

Sie antwortete nicht, doch ihre Hände legten sich auf meine und halfen mir, ihre großen, prallen Brüste zu massieren. Ich lehnte mich vor und nahm einen harten Nippel in den Mund.

Als ich hineinbiss, stöhnte sie auf. „Saug daran."

Ich saugte an ihrem geschwollenen Nippel und drückte ihre andere Brust. Währenddessen stöhnte und wand sie sich unter mir. Ihre Bewegungen lenkten mich ab. Ich drückte ihre Schultern in die Matratze und hielt sie still, um weiter ihre süße Brust beißen und saugen zu können.

Sie wimmerte etwas, dann schrie sie und drückte ihren Rücken durch. „Ich komme!"

Ich bewegte mich schnell und spreizte ihre Beine, um meinen harten und hungrigen Schwanz in ihre pulsierende Muschi zu stecken. Sie wand die Beine um mich und zog mich nah an sich. Es war klar, dass sie nicht wollte, dass ich mich auch nur eine Sekunde lang aus ihr zurückzog, während sie meinen Namen immer wieder schrie.

Ihre Nägel gruben sich in meinen Rücken, während ihr Körper vor Lust schauerte. Ihre Muschi war eng um meinen

Schwanz und das Zusammenziehen, während ihre Säfte flossen, brachten mich dazu, sie hart und schnell zu ficken.

Ich stieß mit einer Härte in ihre Möse, die alle Vorstellungen überstieg, und nahm Nina genauso, wie ich wollte. Mit ungebändigter Lust.

Ich besaß ihren Körper. Niemand konnte ihr jemals dieses Gefühl geben wie ich.

„Öffne die Augen, Baby", wies ich sie an. Ich wollte in diese grünen Tiefen starren, während ich sie fickte.

Sie hielt sich an meinen Schultern fest, als sie die Augen öffnete und in die meinen starrte. Ich sah, dass sie mir alles von sich gab. Ihren Körper, ihr Herz, ihre Seele. Ich hatte mir ihre Liebe und ihre Anbetung verdient.

Und als ich in ihre Augen schaute, begann mein Körper zu zittern. Es war alles zu real. Sie war unter mir und ich war in ihr. Und erst dann begriff ich, dass ich sie nicht besaß. Sie besaß mich.

Und ich überließ mich ihr, ohne dass sie je darum bitten musste. „Ich bin Dein, Nina."

Mit einem Nicken ihres hübschen Kopfs hatte sie mich um den Finger gewickelt. „Ich weiß, Baby. Und jetzt fick mich in den Arsch."

Mit einem Lächeln zog ich mich zurück und drehte sie auf den Bauch. Ich legte ihren Körper flach aufs Bett, nahm eine ihrer Hände und zog sie hoch über ihren Kopf, während ich meinen Körper über sie schob, bis mein Schwanz an ihrem Arschloch lag.

Sie schob ihren Arsch hoch und ich benutzte meine Fingerspitze, um sie vorzubereiten, bevor ich meinen Schwanz in das noch engere Loch schob. Sie zog die Luft ein und ich legte meine Lippen an ihren Hals. „Scht. Es wird alles gut." Ich küsste ihren Nacken, während ich sie in den Arsch fickte. Ihr Wimmern wurde zu Stöhnen und sie bewegte sich mit mir, um meinen Schwanz so tief in sich zu bekommen wie möglich.

Ich stieß hart in ihren Arsch und hörte nicht auf, bis sie vor Lust schrie. „Ich komme schon wieder!"

Ich ließ sie kommen und zog mich dann aus ihr zurück. Dann drehte ich sie wieder um, spreizte ihre Beine, während ihr Körper durch den starken Orgasmus noch zitterte. Säfte flossen aus ihrer Musche und ich fuhr mit der Zunge über sie, bevor ich sie in ihre Muschi steckte, um sie zu lecken. Ich spielte mit ihrer Klitoris, damit sie weiter diesen süßen Nektar hervorbrachte.

Mein Schwanz lechzte nach Erfüllung, also küsste ich meinen Weg ihren Körper hinauf und schob meinen Schwanz dann in sie. Mit harten, verlangenden Stößen fand ich endlich meine Erfüllung und füllte sie mit meinem heißen Samen.

Wir stöhnten beide, als ich sie füllte. Ihre Hände fuhren durch meine Haare, während sie in mein Ohr flüsterte: „Ich will ein Kind von dir, Ashton. Ich will, dass wir eine Familie sind. Gib es mir."

Ich biss sie in den Nacken, wodurch sie vor Lust aufschrie. „Ich werde es dir geben, Nina. Ich werde nicht aufhören, bevor dein Bauch mit unserem Baby rund ist." Ich begann, mich wieder an ihr zu reiben, und spürte, wie mein Schwanz wieder anschwoll. „Ich werde dich die ganze Nacht lang ficken und dann den ganzen Tag."

Ihr Atem ging schnell, als sie flüsterte: „Bitte, Ashton, fick mich die ganze Nacht lang. Ich brauche dich in mir."

„Ja, das brauchst du." Ich küsste ihre süßen Lippen und es begann die nächste Runde des besten Sex, den wir beide je gehabt hatten.

Das Klingeln meines Handys weckte mich auf. Es dauerte einige Minuten, bis ich komplett wach war und verstand, dass ich einen Tagtraum gehabt hatte.

„Scheiße!"

Ich richtete mich auf und stütze den Kopf in die Hände. Der Traum hatte sich so echt angefühlt. Mein Schwanz war voll bei der Sache. Ich brauchte eine Minute, bevor er wieder normale Ausmaße hatte, dann stand ich auf.

Ich atmete tief ein und ging zu meinem Schreibtisch, um zu sehen, wer mir geschrieben hatte. Artimus hatte mir eine Nachricht geschickt.

Ich wäre kein guter Freund, wenn ich das hier geschehen ließe und nichts täte. Diese Therapeutin ist sehr zu empfehlen. Du musst unbedingt eine Sitzung mit Jasmine Patel ansetzen. Ich habe dir eine Mail mit dem Link zu ihrer Website geschickt. Lies die Bewertungen und ihre Mission durch. Ich denke, dir wird gefallen, was du sehen wirst, Ashton. Genug ist genug. Höre auf, deine Zukunft zu opfern, weil du in der Vergangenheit gefangen bist.

Ich ließ mich in meinen Stuhl zurückfallen und starrte die Nachricht an. Niemand verstand, wie ich mich fühlte. Niemand wusste, welche Schuldgefühle mich plagten. Niemand würde je verstehen, was es bedeutete, ein Mann zu sein, der die Frau getötet hatte, die er liebte.

Ich brauchte keine Therapeutin. Ich musste Nina aus dem Kopf bekommen, damit Natalia zurückkehren konnte.

Ich wusste, dass ein Therapeut denken würde, dass die einzige Art, auf die ich ein normales Leben führen könnte, wäre, Natalia aus meinem Kopf zu bekommen.

Doch ich wollte meine Verlobte nicht verlieren.

Ich muss tun, was gut für mich ist, nicht, was andere denken, was gut für mich ist.

Und Punkt.

## 13

## NINA

Der Mann hat Nerven! Ashton Lange marschierte davon, als wäre er sauer auf mich.

Auf mich!

Ich hatte ihm verdammt noch mal gar nichts getan und doch versteckte er sich vor mir, als wäre ich irgendeine Stalkerin, die ihn belästigte. Wenn er dachte, dass ich das, was er gesagt hatte, einfach so hinnehmen würde, hatte er sich aber gewaltig geschnitten.

Nun war ich diejenige, die den Aufzug nach oben nahm, um meine Wut und Frustration bei meinen Freunden herauszulassen.

Julia sah die Glut in meinen Augen, als ich ihr Büro betrat. „Ich fasse es nicht, Julia." Ich ließ mich auf eines der Sofas in ihrem Büro fallen. „Ashton hat sich die ganze Zeit in seinem Büro versteckt, um sich von mir fernzuhalten. Von mir!"

Mein ganzer Körper zitterte. Julia ging zu dem Minikühlschrank und nahm eine Flasche Wein heraus. „Sieht so aus, als wäre etwas Wein nötig." Sie goss mir ein Glas ein und dann sich, als Lila anklopfte. Julia ging zur Tür und öffnete. „Sie hat einen Zusammenbruch, Lila. Ashton hat es diesmal wirklich getan."

Lila zeigte mit dem Kopf zu den Weingläsern. „Schenk mir auch eines ein, wenn du schon dabei bist. Ich denke, ich werde es auch gebrauchen können." Sie kam zu mir herüber, setzte sich direkt neben mich und nahm meine Hand. „Erzähl uns alles, Nina."

„Er…er", ich atmete tief ein in dem Versuch, mich zu beruhigen, „er hat mir gesagt, dass er sich in seinem Büro verschanzt hat, um sich von mir fernzuhalten." Dann explodierten die Tränen. „Was habe ich falsch gemacht?"

Lila tätschelte meine Hand. „Nichts. Absolut nichts, Nina."

Julia drückte mir eines der Gläser in die Hand. „Hier, trink das. Es wird dich beruhigen, damit du therapeutisch Dampf ablassen kannst."

Ich schüttete das halbe Glas herunter, bevor Lila es mir aus der Hand nahm. „Zu schnell. Du brauchst dich nicht abzuschießen, nur ein bisschen entspannen."

Ich wusste, dass sie Recht hatte, und nickte. Wenn ich mich jetzt betrank, würde ich die Kontrolle verlieren. Ich würde gegen Ashtons Tür trommeln und verlangen, hereingelassen zu werden, um ihm ordentlich in die Eier zu treten.

Julia setzte sich uns gegenüber auf das Sofa. „Ich frage mich, wieso er dich meidet. Ihr zwei hattet doch eine gute Zeit am Wochenende, oder? Ist etwas zwischen euch beiden passiert, was du nicht erzählt hast? Sei ehrlich."

Ich dachte darüber nach. Hatte ich etwas übersehen, was Ashton vor den Kopf gestoßen hatte? „Mir fällt nichts ein, wieso er sich so verhalten sollte." Ich hatte ihnen eine Sache nicht erzählt – es hatte sich nicht richtig angefühlt, jemandem zu erzählen, was fast passiert war. „Als er und ich Frühstück gemacht haben, kurz bevor ihr alle in die Küche gekommen seid, hätten wir uns fast geküsst."

Lila schüttelte den Kopf und schaute verwirrt. „Wieso hast du uns das nicht vorher erzählt?"

Mit einem Schulterzucken antwortete ich: „Ich weiß nicht. Es schien mir eine kleine Sache zu sein. Es ist ja nichts passiert. Er hat mich nicht geküsst. Wieso sollte ich also davon erzählen?"

Julia seufzte. „Ich weiß nicht. Ich schätze, du hattest Recht. Aber das hilft uns immer noch nicht dabei, sein Verhalten zu verstehen. Wenn er dich dann noch küssen wollte, was zur Hölle geht ihm dann jetzt durch den Kopf?"

„Das Wochenende sollte euch beide näher zueinander bringen, nicht auseinander", sagte Lila, bevor sie einen Schluck von ihrem Wein nahm. „Dieser Mann ist so verwirrend."

Julia kaute auf ihrer Unterlippe, tief in Gedanken versunken. „Weißt du, wenn sein ursprüngliches Problem die Sache mit seiner Verlobten war, könnte das hier auch mit ihr zu tun haben?"

Ich nickte, dann sprang ich auf und stampfte vor Wut auf den Boden. „Natürlich hat sie etwas damit zu tun! Aber er hat mir so viel von ihr erzählt. Was soll das jetzt?"

Ich konnte so nicht weitermachen. Es machte mich verrückt.

Lila fing mich ein und drückte meinen Hintern zurück aufs Sofa. „Nimm einen Schluck, Nina." Sie hielt das Weinglas an meine Lippen.

Ich nahm einen Schluck, doch er half nicht. „Ich kann nicht mehr."

Beide schauten mich mit überraschten Gesichtern an. Lilas Mund stand offen. „Bist du mit Ashton Lange durch? Nach zwei Jahren, bist du wirklich damit durch?"

Nickend nahm ich einen weiteren Schluck. „Ich kann nicht mit einer toten Frau wetteifern. Ich hatte nie eine Chance. Das sickert nun endlich in meinen Dickschädel. Er war nie zu haben, das merke ich jetzt. Sie hat ihn immer noch aus ihrem Grab im Griff. Sie wird ihn niemals loslassen."

Lila antwortete schnell: „Das stimmt nicht, Nina. Sie hält niemanden fest. Er ist es. Er hält an ihr fest wegen der Schuldgefühle, die er wegen ihres Tods hat. Und er vermisst sie auch. Alles zwischen ihnen ist ungelöst. Sie hat diese Erde verlassen, obwohl sie sich beide so geliebt haben. Sie hatten ein ganzes gemeinsames Leben geplant. Und das verschwand alles in einem Augenblick."

„Und das verstehe ich." Meine Hände ballten sich in meinem Schoß zu Fäusten. „Aber ich kann es nicht weiter versuchen, wenn Ashton so fies zu mir ist. Ashton war nie gemein zu mir. Ich kann damit nicht umgehen. Ich will einfach nur weg von ihm." Ich atmete noch einmal tief ein und versuchte, meine Gedanken ansatzweise zu ordnen. „Ich habe das Gefühl, ich erkenne ihn gar nicht wieder. Wie kann er sich so verhalten, wenn wir gerade erst ein wunderbares Wochenende zusammen verbracht und uns endlich richtig kennengelernt haben? Ich verstehe es einfach nicht."

Artimus kam durch die Tür, die sein Büro mit Julias verband. „Ich kann das Geschrei bis in mein Büro hören. Was zum Teufel ist jetzt schon wieder passiert, Nina?"

„Ashton hat mir gesagt, dass ich der Grund bin, aus dem er sich in seinem Büro versteckt. Ich bin der Grund, wieso er alle und alles meidet. Und ich bin ziemlich wütend – ich habe mit diesem Mann abgeschlossen!" Ich schüttete meinen restlichen Wein herunter. „Kann ich früher gehen und den restlichen Tag frei haben? Ich denke nicht, dass ich mich darauf konzentrieren kann, den Teleprompter zu bedienen, ohne ihn umzuwerfen und Ashton anzuschreien, da ich weiß, dass er aus seinem Büro zuschaut."

Julia nickte. „Natürlich kannst du das."

Artimus wirkte wütend. „Das reicht! Ich werde meinen Freund nicht länger sein Leben wegwerfen lassen." Er stürmte aus dem Büro und zurück in sein eigenes.

Julia schaute ihrem Ehemann hinterher. „Ich frage mich, was er vorhat."

„Egal", sagte ich, während ich aufstand, um zu gehen. „Das war's für mich. Wirklich. Egal, was Artimus tut, um diesen Mann in Ordnung zu bringen, es wird nicht genügen. Wenn es so leicht für ihn ist, mich so zu behandeln, dann habe ich keinen Bock mehr darauf, meine Zeit damit zu vergeuden, auf ihn zu warten."

„Du darfst jetzt nicht aufgeben, Nina", versuchte es Julia. „Ich glaube, dass es Ashtons letztes Aufbegehren ist, um die Sachen so zu behalten, wie sie waren – um seine Verlobte in seinem Kopf am Leben zu halten – es geschieht eindeutig etwas mit ihm, das er vorher nicht zugelassen hat. Er braucht Hilfe. Und du scheinst die Einzige zu sein, mit der er spricht."

„Weißt du was? Es ist nicht meine Verantwortung, all seine Probleme in Ordnung zu bringen. Ich habe versucht, ihm dabei zu helfen, und was hat es mir gebracht? Wenn das seine Art ist, auf jemanden zu reagieren, der sich um ihn kümmert, dann kann er mich meinetwegen am Arsch lecken." Ich griff nach dem Türknopf und riss die Tür auf. „Ich bin zu Hause. Ich weiß noch nicht, was ich tun werde, aber ich werde etwas tun, das kann ich euch versichern. Ich werde nicht herumsitzen und darauf warten, dass Ashton Lange seine Probleme in den Griff bekommt. Denn der Tag wird niemals kommen."

Lila und Julia folgten mir zur Tür und umarmten mich fest. Julia klopfte mir auf den Rücken. „Nina, lass die Sache etwas abkühlen. Du bist wütend. Und du hast jedes Recht dazu. Aber tue nichts, was du bereuen könntest."

Lila schaute mich mit einem Lächeln an und zwinkerte mir

zu. „Das heißt, suche dir nicht gleich einen Mann, der dich flachlegt, um über Ashton hinwegzukommen."

„Daran hatte ich nicht einmal gedacht." Die Idee schien mir gar nicht so schlecht. „Und wieso sollte ich das nicht tun, Lila? Klingt nach einer super Idee."

Sie legte den Arm auf meine Schultern, als wir zu dritt zum Aufzug gingen. „Weil du gerade wütend und verletzt bist. Dein Urteilungsvermögen ist dadurch eingeschränkt und das ist nie ein guter Moment, um sich flachlegen zu lassen."

Vielleicht hatte sie Recht, vielleicht aber auch nicht. Alles, was ich wusste, war, dass ich die letzten zwei Jahre meines Lebens damit verschwendet hatte, hinter einem Mann herzulaufen, der niemals eine Zukunft mit mir akzeptieren würde, und dass es Zeit für eine Veränderung war. Kein Warten mehr, auf niemanden.

Auf dem Weg in den Aufzug winkte ich meinen Freundinnen zum Abschied, während die Türen sich schlossen. „Wir sehen uns am Montag."

„Schönes Wochenende", sagte Lila.

„Sei brav", warf Julia ein, bevor sich die Türen schlossen.

Auf der Fahrt nach unten dachte ich darüber nach, was sie gesagt hatten. Wieso sollte ich brav sein?

Ich war jahrelang brav gewesen und was hatte es mir gebracht?

Nichts.

Ich ging zu meinem Büro, um meine Tasche zu nehmen und den Computer herunterzufahren. Als ich vor meiner Tür hielt, schaute ich den Gang hinunter zu Ashtons geschlossener Tür.

Nie zuvor hatte er die Tür geschlossen. Immer hielten Leute kurz bei seinem Büro an und er hatte immer ein Lächeln für sie. Nun sprach er mit niemandem.

Während ich darüber nachdachte, wartete ich darauf, dass

mein Herz sich nach ihm sehnte. Doch das tat es nicht. So wütend war ich auf ihn.

Ich ging in mein Büro. Anscheinend war ich offiziell durch mit Ashton Lange. Er hatte eine Linie überschritten, von der ich nicht gewusst hatte, dass sie existierte. Anscheinend war es für mich genug, dass jemand, dem ich nichts als Mitgefühl und Freundschaft – ein bisschen mehr als Freundschaft sogar – entgegenbrachte, sich von mir abwandte, damit ich meine Meinung komplett änderte.

Ich wollte, dass er wusste, wie wütend ich auf ihn war. Also setzte ich mich hin und schrieb ihm eine Mail, um ihm mitzuteilen, wie sehr ich mit ihm durch war und warum.

Ashton,

Ich weiß, dass du gelitten hast. Ich war für dich da. Ich habe dich nie dazu gedrängt, Dinge zu tun, die du nicht wolltest. Ich war deine Vertraute.

Ich weiß nicht, wie die Dinge sich so entwickeln konnten, aber ich habe keine Lust mehr, zu versuchen, alles zu verstehen.

Hier ist es schwarz auf weiß: Ich bin fertig mit dir.

Du brauchst dich nicht mehr in deinem Büro zu verstecken. Ich werde nicht versuchen, mit dir zu sprechen. Ich will nicht einmal mehr befreundet sein und erst recht nicht mehr.

Ich hatte diese Vorstellung, dass wir zwei etwas Besonderes sein könnten. Das fühlte ich auch das ganze Wochenende lang. Ich hatte mich nie zuvor jemandem näher gefühlt als dir.

War das Einbildung?

War irgendetwas davon für dich echt?

Vielleicht habe ich in einer Fantasiewelt gelebt, in der ich dachte, wir könnten mehr als Freunde sein. Doch diese Seifenblase ist geplatzt. Du hast alles kaputtgemacht.

Ich saß da und las die Worte wieder und wieder, bis sie mir vor den Augen verschwammen. Dann – Buchstabe für Buchstabe – löschte ich alles wieder, bis die Seite weiß war.

Egal, was Ashton getan hatte, ich würde ihn nicht verletzen. Nicht absichtlich.

Er hatte seinen Fluch. Das war mir absolut klar.

Und er machte sich sicherlich bereits selbst fertig, also würde ich dazu nicht beitragen. Doch ich würde es auch nicht weiter versuchen und warten.

Das brachte ja nichts.

## 14

## ASHTON

Je länger ich dasaß und die Nachricht von Artimus anstarrte, desto wütender wurde ich.

Was dachte er, wer er war? Wieso dachte er, er könne sich einfach so in diesen Teil meines Lebens einmischen?

Ich musste einige drastische Veränderungen machen und es gab keine bessere Zeit dafür als jetzt.

Ich stürmte zu Artimus' Büro, sprang aus dem Aufzug und sah, wie Brady und seine Praktikantin Veronica mich mit offenem Mund anstarrten.

„Ist Artimus da?", fragte ich schneidend.

Brady nickte. „Ja. Alles in Ordnung, Ashton?"

„War nie besser." Ich schlug mit der Faust an die Tür meines Chefs. „Ich bin's, Artimus. Mach auf."

Als die Tür sich öffnete, sah ich Artimus an seinem großen Schreibtisch sitzen und mich besorgt anschauen. „Was ist los, Ashton?"

Mit langen Schritten kam ich zu seinem Schreibtisch, wo ich mit der Faust auf die Platte schlug. „Was glaubst du eigentlich, wer du bist?"

Seine Augen wurden schmal, als er mich anschaute. „Setz dich."

„Nein." Ich schlug noch einmal auf den Schreibtisch. „Wieso glaubst du, dass du dich in mein Privatleben einmischen kannst?"

Er stand auch auf, wahrscheinlich um Autorität auszudrücken, nahm ich an. „Hör zu, Ashton Lange. Ich weiß, dass du wütend und aus der Fassung bist. Und ich verstehe, warum. Aber du kannst hier nicht stehen und fragen, wieso ich denke, das Recht zu haben etwas zu tun, was mit dir zu tun hat. Du bist einer meiner besten Freunde. Ich kann dir helfen – oder es zumindest versuchen – wenn ich das Gefühl habe, dass du Hilfe brauchst. Was übrigens der Fall ist."

Ich hasste die Tatsache, dass er glaubte, dass ich Hilfe brauchte. „Du verstehst gar nichts, Artimus. Das tut niemand."

„Und damit liegst du falsch, Ashton." Er ging um seinen Schreibtisch und legte seine Hand auf meine Schulter. „Andere Menschen haben auch Verlust erfahren. Andere Menschen haben das Gleiche mitgemacht wie du. Es gibt Menschen, die dir helfen können."

Ich konnte nur den Kopf schütteln, denn ich wusste, dass er absolut nicht verstand, was ich brauchte. „Niemand hat genau das durchgemacht wie ich. Niemand, Artimus. Du würdest das nie verstehen. Und das verlange ich auch nicht von dir. Aber was ich von dir verlange, ist Loyalität. Doch du hast mir gerade bewiesen, dass du nicht mir loyal bist, sondern Nina. Das hätte ich niemals von dir oder Duke erwartet."

Ein unergründliches Lächeln erschien auf seinen Lippen. „Habe ich dich enttäuscht, Ashton?"

Mit einem Nicken beantwortete ich seine Frage. „Mehr als du ahnst. Von der einen Person überrumpelt zu werden, die ich nicht sehen wollte, und herauszufinden, dass du das organisiert hast – naja, das war Scheiße."

„Du musstest sie sehen. Du musstest mit ihr sprechen. Aber ich weiß, dass das nicht so lief wie erhofft." Er entfernte sich von mir und ging zu der Bar in einer Ecke seines Büros, um eine Flasche Scotch hervorzuholen. „Komm, lass uns etwas trinken und miteinander sprechen."

Ich wollte nichts trinken. Ich wollte einfach nur die Sachen mit ihm klarstellen und abhauen. Meine Füße trugen mich trotzdem zu ihm. Meine Hand nahm das Glas Alkohol. Dann öffneten sich meine Lippen, um etwas davon zu trinken.

Mein Körper ist in letzter Zeit ein richtiger Verräter geworden.

Artimus setze sich auf einen der braunen Ledersessel und deutete auf einen anderen. „Setze dich."

„Ich will n–", begann ich zu protestieren.

Seine Augen verengten sich wieder. „Setze dich", unterbrach er mich ernst.

Ich hatte keine Angst vor Artimus. Verdammt, wir waren etwa gleich groß und stark. Ich könnte mich gut verteidigen, wenn das hier körperlich wurde. Doch ich wollte nicht, dass das geschah, also nahm ich einen weiteren Schluck und setzte mich. Ich fühlte mich etwas ruhiger, als ich sagte: „Ich weiß, dass du es gut meinst, aber ich kann so nicht weitermachen. Ich verliere zu viel."

„Willst du das vielleicht etwas erläutern?", fragte er und nippte an seinem Scotch, bevor er das Kristallglas auf das Tischchen neben sich stellte.

Ich wollte gar nichts erläutern. Ich wusste, dass ich irre klingen würde. Aber ich wusste auch, dass er mich nicht einfach so machen lassen wollte, was ich wollte, ohne irgendeine Art von Erklärung gehört zu haben. „Ich weiß, dass du denkst, dass ich einen Therapeuten treffen sollte. Aber ich weiß, was diese Patel-Frau von mir wollen wird."

Er schaute mich besorgt an. „Weißt du das?"

„Ja, das weiß ich." Ich nahm einen weiteren Schluck, dann stellte ich das Glas ab. „Ich habe dir nicht alles über meine Verlobte erzählt. Sie hieß Natalia Reddy."

„Ja, das habe ich von Julia und Lila gehört – sie unterhalten sich viel, das weißt du ja." Er schüttelte den Kopf und schaute auf den Boden. „Dass du mir nie ihren Namen gesagt hast, hat mich immer gestört. Es gab mir das Gefühl, dass ich kein besonders guter Freund für dich war. Ich hätte mehr nach ihr fragen sollen. Das weiß ich jetzt."

„Ich habe sie all diese Jahre für mich behalten. Erst vor kurzem habe ich begonnen, von ihr zu sprechen." Ich fuhr mir mit der Hand durch die Haare, während ich mich an die Unterhaltungen erinnerte, die ich mit Nina über meine Verlobte geführt hatte. „Und das habe ich mit Nina getan. Ich weiß nicht, wie sie es aus mir herausgelockt hat, aber das hat sie. Und nun fühlt es sich an, als hätte sie damit Natalia aus meinem Kopf verjagt. Ich will sie nicht verjagen. Ich will sie mitten in meinem Kopf, wo sie war, seit ich sie kennengelernt habe."

Artimus verstand es immer noch nicht. „Wenn deine Verlobte am Leben wäre, würde ich das verstehen", sagte er, „doch das ist sie nicht, also macht es keinen Sinn. Nina hat niemanden aus deinem Kopf verdrängt. Nina hat dich nicht dazu gezwungen, ihr Dinge von Natalia zu erzählen, das hast du einfach getan. Und du hast es getan, weil du das Gefühl hattest, Nina vertrauen zu können. Und du kannst ihr vertrauen."

„Ich kann ihr nicht vertrauen." Meine Hände ballten sich wieder zu Fäusten, als ich daran dachte, wie die Dinge verlaufen waren. „Ich habe Natalia am wichtigsten Tag komplett vergessen. Ihrem Todestag." Mit erhobenem Kopf starrte ich Artimus düster an. „Wieso sollte ich ein sorgenfreies Leben genießen dürfen, während die Frau, die ich mehr als mein eigenes Leben liebte, tot ist? Vor allem, wenn ich der Grund bin, aus dem sie nicht mehr hier ist."

„Der Autounfall war nicht deine Schuld", sagte er und schüttelte den Kopf. „Und wenn du nur endlich mit der Therapeutin sprechen würdest, würdest du auch verstehen, dass du ein Recht auf ein Leben hast. Sie kann dir helfen. Versuche es einfach und du wirst schon sehen."

„Ich will es nicht versuchen." Mit einem tiefen Seufzer weihte ich ihn in etwas ein, was ich ihm vorher nicht anvertraut hatte: „Weißt du, ich weiß, was alle Therapeuten machen werden. Sie werden versuchen, mich dazu zu bekommen, Natalia zu vergessen. Sie werden mir sagen, dass ich mein Leben weiterleben und sie zurücklassen soll. Ich will sie aber nicht zurücklassen. Ich will sie dabehalten, wo sie ist. Oder war, bevor Nina in mein Leben getreten ist."

„Nina ist nun schon eine ganze Weile in deinem Leben. Du kannst ihr für nichts die Schuld geben. Das weißt du. Also hör auf, sie zu beschuldigen. Das Mädchen verdient das nicht. Sie war nichts als gut zu dir und wie du sie behandelst, ist nicht in Ordnung." Er lehnte sich vor und schaute mich mit etwas in den Augen an, was wie Weisheit schien. „Es ist an der Zeit, das Richtige zu tun. Nina erwartet nicht von dir, mit ihr zusammen zu sein. Sie hat nie etwas von dir erwartet. Sie sorgt sich mehr um dich als irgendein anderer Mensch. Und dafür hat sie ziemlich viel aushalten müssen von dir. Wenn es dir nicht besser gehen wird, dann musst du ihr das sagen. Du musst sie gehen lassen."

Ich wurde von Schuldgefühlen überschwemmt. Ich hatte Nina Unrecht getan. Ich wusste es. „Ich werde kündigen, Artimus. Ich kann hier nicht mehr arbeiten. Ich kann meinen Job nicht so machen, wie er gemacht werden muss."

„Ich werde deine Kündigung nicht akzeptieren, Ashton." Er nahm sein Glas und trank, dabei sah er aus, als würde er über seinen nächsten Schritt nachgrübeln.

Ich würde nicht darauf warten, dass er angriff. „Du kannst mich nicht aufhalten, Artimus. Glaube gar nicht erst, dass du es kannst. In Ninas Nähe zu sein, gibt mir das Gefühl, dass ich wieder normal sein kann. In einer normalen Beziehung sein kann. Aber das kann ich nicht. Nicht, wenn –"

Er unterbrach mich mit den Worten: „Nicht, wenn Natalia tot ist. Ja, ja, das habe ich verstanden. Aber was du nicht verstehst, ist, dass ich nicht dasitzen werde und dabei zuschaue, wie du dir das antust." Er stand auf und tigerte vor mir auf und ab. „Wie könnte ich mich deinen Freund nennen, wenn ich dich kündigen und weiß der Himmel wohin abhauen lasse, bevor du alles verlierst, was du hast? Wie könnte ich mich deinen Freund nennen, wenn ich dich in einen Abgrund stürzen ließe, damit du was tun kannst? Auch sterben? Obdachlos werden?"

„Ich bin ganz gut mit meinem Leben klargekommen, bevor ich dachte, ich könnte mehr mit Nina haben. Ich kann dazu zurückkehren. Wenn ich nicht in ihrer Nähe bin." Ich stand auf und ging zum Fenster, um das geschäftige Treiben auf der Straße zu beobachten. „Fast vier Jahre lang bin ich klargekommen. Ich kann das wieder hinbekommen, wenn Nina erst aus meinem Leben verschwunden ist."

„Damit Natalia zurückkommen kann?" Artimus kam und legte mir die Hand auf die Schulter. „Du hast mir einmal erzählt, dass du mindestens einmal die Woche schreiend aus Albträumen aufwachst. Und diese Albträume waren alle über das Wrack und Natalias Tod. Abgesehen davon, dass du vorübergehend das Datum des Unfalls vergessen hattest, kann es sein, dass du diese Träume nicht mehr hast?"

„Ich habe sie nicht mehr." Ich schloss die Augen und wünschte mir, ich hätte diese Träume wieder.

„Und du glaubst, dass Nina der Grund ist, wieso sie aufgehört haben?", fragte er.

„Das ist sie." Ich öffnete die Augen und schaute meinen Freund an. „Nina ist diejenige, die jetzt meine Träume füllt. Ich kann nicht aufhören, Träume davon zu haben, wie sie und ich..." Ich wusste nicht, ob ich ihm sagen sollte, wovon ich träumte.

Es war letztendlich egal, denn er sagte mir, was er dachte, wovon ich träumte: „Wie ihr beide Sex habt, wette ich."

Ich konnte nur nicken. Mein Hals war wie zugeschnürt. Ich wandte mich von ihm ab und schaute wieder aus dem Fenster. Es half, die Leute unten auf dem Boden zu beobachten. Es lenkte mich von all dem Schmerz ab, den ich fühlte.

„Und du sagst, dass du lieber Albträume über den schlimmsten Tag deines Lebens hast, als Sexträume mit Nina?" Er schnaubte. Ich hörte die Ungläubigkeit in seiner Stimme und als er es so ausdrückte, klang es tatsächlich verrückt.

Aber er verstand einfach nicht, wie es sich anfühlte.

Ich hörte, wie Artimus wegging. Ich dachte, er hätte aufgegeben und würde mich in Ruhe lassen. Doch als ich ihn am Telefon hörte, wurde mir klar, dass ich falschgelegen hatte. „Dr. Patel, hier spricht Artimus Wolfe. Wir haben heute Morgen über meinen Angestellten Ashton Lange gesprochen."

Ich konnte kaum atmen, als ich mich ihm zuwandte. „Was machst du da?"

Er schaute mich nicht an und fuhr fort. „Kann ich meinen Fahrer zu Ihnen schicken, um Sie in mein Büro zu holen? Mein Freund braucht Ihre Hilfe. Ich würde es einen Notfall nennen. Er hat vor, sein gesamtes Leben über den Haufen zu werfen für den Geist seiner verstorbenen Verlobten."

Ich ging schnell auf die Tür zu. Er konnte mich nicht dazu zwingen, etwas zu tun, was ich nicht wollte.

Gerade, als ich die Tür erreichte, hörte ich ein lautes Klicken. Als ich meine Hand auf den Türknopf legte, konnte ich ihn nicht bewegen. „Artimus! Was zur Hölle tust du?"

„Bis gleich, Dr. Patel." Er legte auf und schaute mich an.

„Dich retten, Ashton. Irgendjemand muss es tun. Also werde ich es tun."

Was zum Teufel soll das?

## 15

## NINA

Als ich nach Hause kam, gönnte ich mir ein langes, heißes Bad und stieg dann in mein Bett. Es war gerade erst sieben Uhr und mein Abend war gelaufen. Nicht wirklich, was ich vorgehabt hatte, als ich früher das Büro verließ.

Mein Kopf hatte auf nichts Lust. Alles, was ich wollte, war, nicht mehr über Ashton Lange und meine Gefühle nachzudenken. Doch das bekam ich einfach nicht hin.

Eine laute Unterhaltung im Wohnzimmer lockte mich aus meinem Bett, um nachzuschauen, was los war. Als ich meine Zimmertür öffnete, sah ich meine Mitbewohnerin und ihre Begleitung. Sandy war mit zwei Typen hereingekommen. „Oh, sorry. Bist du krank, Nina?"

Ich schaute an mir hinunter auf meine Schlafsachen. „Äh, nee. Nur irgendwie fertig."

„Du bist früher zu Hause als normal. Du solltest dich anziehen und uns begleiten", drängte sie mich.

„Ja, das solltest du", sagte der Typ zu ihrer Linken, „ich komme mir wie das fünfte Rad am Wagen vor."

„Ich weiß nicht." Ich war nie die große Partygängerin gewesen. „Wo geht ihr überhaupt hin?"

Sandy kam zu mir, nahm mich bei den Schultern und schob mich zurück in mein Zimmer. „Irgendwohin, wo wir die Sau rauslassen können. Und jetzt zieh dir etwas Enges und Kurzes an, was massig Haut zeigt."

Der Typ musste denken, dass wir zusammen fünfte Räder sein könnten, denn er stimmte ein: „Ich mag rot. Und ich heiße übrigens Ty. Schön, dich kennenzulernen, Nina."

Ich hatte keine Ahnung, was ich antworten sollte, da Sandy mich bereits in mein Zimmer geschoben und auf mein Bett gedrückt hatte. „Ich suche lieber selbst etwas für dich aus. Du kannst gut Arbeitsklamotten aussuchen, aber Partyklamotten sind nicht deine Stärke."

„Sandy, ich bin mir nicht sicher, ob ich in Partystimmung bin. Jedenfalls nicht nach deinen Standards. Ich würde vielleicht weggehen, um ein Glas Wein zu trinken und ein bisschen Jazz zu hören."

Ich fuhr nicht fort, da Sandy mir einen Blick zuwarf, der mir sagte, dass ich nicht einmal ansatzweise cool war. „Jazz? Wein? Wie alt bist du, sechzig?" Sie warf den Kopf zur Seite, sodass die blonden Locken über ihre Schultern fielen, und griff in meinen Schrank, um ein mehrere Jahre altes Kleidungsstück hervorzuziehen. Das sexy Teufels-Kostüm, das ich ein einziges Mal zu einer Halloweenparty getragen hatte – und nicht einmal die ganze Zeit getragen hatte, da ich mich unwohl darin fühlte.

„Nein." Ich schüttelte entschlossen den Kopf. „Das hätte ich wegwerfen sollen. Das Ding ist eng und einfach zu anzüglich."

Sie hielt es sich vor die Brust. Das rote Spitzenkorsett fiel vorne in einen V-Ausschnitt herab. Es überließ sehr wenig der Vorstellung. Und als sie meinen schwarzen Lederrock dazu fand, konnte ich nicht mehr aufhören, den Kopf zu schütteln.

Doch sie nickte. „Ja, das wird großartig an dir aussehen.Und ich habe passende rote Heels. Jetzt musst du nur noch die Haare in einen unordentlichen Pferdeschwanz binden und etwas Makeup auflegen und schon können wir los. Sobald ich mich umgezogen habe natürlich."

Mit einem Blick in Richtung meiner Zimmertür, meinte ich: "Hey, dieser Ty-Kerl glaubt doch nicht, dass das ein Date ist, oder?"

„Und wenn schon?" Ihre Hand wanderte zu ihrer breiten Hüfte. „Das bedeutet lediglich, dass du heute Abend deine Drinks nicht bezahlen musst. Es gibt schlimmere Dinge als ein einfaches Date für den Abend, Mädel."

„Ja, aber..." Ich schaute wieder, um sicher zu sein, dass keiner der Jungs uns zuhörte. Als ich sicher war, dass keiner in der Nähe der Tür war, fuhr ich fort: „Die meisten Kerle denken, dass ein Date mit einem Kuss endet. Mindestens."

Sie lachte so laut und abrupt, dass ich aufsprang und ihr die Hand auf den Mund legte. Sie schob meine Hand weg und wischte sich die Tränen aus den Augen. „Nina, sei nicht so prüde. Ein kleiner Kuss wird dich nicht umbringen. Und wenn du Glück hast...dann kriegst du sogar noch mehr."

Doch ich wollte mit niemandem mehr außer Ashton. Und momentan nicht einmal mit ihm. „Ich sollte einfach zu Hause bleiben. Ich werde dem Typen den Spaß verderben."

„Nein, das wirst du nicht." Sie ging zu meiner Tür und schloss sie mit dem Fuß, bevor sie zu mir herüberkam. „Und wenn ich dir diese Klamotten mit eigenen Händen anziehen muss."

Ich lachte, als sie mich auf mein Bett herunterdrückte und mir direkt die Hose herunterzog. „Ich mache es selbst! Mein Gott!"

Während sie die Hose beiseite warf, wedelte sie den Finger vor mir hin und her. „Beeil dich. Ich will los. Die Nacht ist jung und wir auch."

Sie ließ mich endlich allein und ich machte mich an die Arbeit, mich für Sandys Standard schlampig genug zu machen. Einen solchen Look wählte ich normalerweise nicht, aber ich musste sowieso etwas ändern. Ich würde nicht wirklich schlampig sein. Aber ich konnte mal eine Weile lang so aussehen. Und ich konnte ein paar Stunden lang mit dem Arsch wackeln, wenn mich das ablenken würde.

Eine knappe halbe Stunde später erschien ich aus meinem Zimmer und Ty und dem anderen Kerl fiel fast die Kinnlade auf den Boden. Ich lachte über ihren Gesichtsausdruck. „Kommt schon, Jungs. Macht euch nicht lustig."

Ty kam schnell zu mir herüber. Seine Hände griffen nach meinen, während er mich von oben bis unten musterte. „Alles, was ich sagen kann, ist, dass ich verdammt froh bin, dass ich mit diesen zwei hierhingekommen bin und dich kennengelernt habe. Du bist der Hammer, Süße!"

„Nein." Ich zog meine Hände aus seinen. "Nicht Süße. Ich bin Nina. Du bist Ty und wir werden keine süßen Spitznamen miteinander austauschen oder so."

„Sandy sagt, dass du Single bist." Er musterte mich mit seinen großen dunklen Augen. Er war tatsächlich süß. Groß, dunkel, recht gutaussehend. Er roch gut, sein Bart war auch ziemlich cool. Aber er war nichts für mich.

Ich hatte anscheinend einen Typ Mann. Groß, muskulös, blond, mit Augen so blau wie die karibische See. Ashton lange war mein Typ. Ty war fast das komplette Gegenteil des Mannes, den ich so sehr vergessen wollte.

Was für eine bessere Möglichkeit dazu gab es also, als mit seinem Gegenteil auszugehen?

Eine Weile später betraten wir einen dunklen Nachtclub, in dem die Musik dröhnte und die Leute tanzten. Und tranken. Ich sah eine Menge Alkohol.

Ty kaufte ein paar Drinks an der Theke und reichte mir

einen. Er nahm einen Schluck und schob mir mein Glas an die Lippen, damit auch ich trank. Was ich tat. Ich brauchte etwas, um locker zu werden.

Ich war absolut nicht mit ganzem Herzen bei der Sache. Mein Kopf wusste, dass ich etwas Neues ausprobieren musste, doch mein Herz sagte mir, dass ich es langsam angehen musste. Ich war traurig. Ich brauchte Zeit.

Doch ich hatte meinem Herzen bereits zu viel Zeit gegeben.

Ty hielt meine Hand und unsere Gläser waren in unserer jeweils anderen Hand, als er mich zur Tanzfläche führte. Es fiel mir nicht ganz leicht, zu dem harten Bass zu tanzen, doch mit jedem Schluck meines fruchtigen Getränks wurde es einfacher.

Sandy und ihr Typ, dessen Name Sloan war, kamen und tanzten neben uns. Sie schickte mir ständig Grinsen und Nicken herüber, zusammen mit mehreren Daumen-hoch.

Sandy beim Tanzen zuzuschauen war wie ein Porno. Doch so tanzten die meisten Leute in dem Club. Es sah aus als hätten sie Sex mit Klamotten. Ich schätzte, das war, was die meisten tatsächlich hatten.

Ich war noch jene Art von Tänzerin gewesen und zog es vor, Fremden nicht so unglaublich nah zu kommen. Ty schien das in Ordnung zu finden. Er zog mich nur einmal an sich. Als ich die Hand leicht gegen seine Brust drückte, lächelte er und ließ mich los. Es genügte ihm wohl, mit mir zu tanzen und zu wissen, dass ich mich mit niemand anderem davonmachen würde.

Das hatte ich auch nicht vor. Bevor wir den Club betraten, hatte ich ihn gebeten, mich nicht den Wölfen zu überlassen. Bisher schien Ty ein netter Junge zu sein.

Doch Alkohol und Tanzen könnten ihren Effekt auf den Kerl haben, und wer wusste, was dann passieren würde?

Mir wurde heiß und ich war erleichtert, als Ty meine Hand nahm und mich aus der Menge führte. Er brachte mich zu einem ruhigeren Teil des Clubs und wir setzten uns an einen Tisch, wo eine Kellnerin uns fragte, was wir trinken wollten.

„Zwei Gin Tonics, bitte", bestellte er.

Ich hatte noch nie davon gehört, doch ich war so durstig, dass es mir egal war, was für eine Flüssigkeit kommen würde. „Danke, Ty. Du bist echt ein netter Kerl."

„Findest du?" Seine Lippen hoben sich auf einer Seite, als er sich zurücklehnte und einen Arm auf die Lehne meines Stuhls legte.

„Das hoffe ich doch", fügte ich hinzu. „Weißt du, ich bin zwar Single, aber seit über zwei Jahren in einen Typen verliebt."

Seine dunklen Augenbrauen hoben sich. „Zwei Jahre?"

„Ja." Ich wandte den Kopf ab, als ich merkte, wie meine Wangen vor Scham über seine Überraschung rot wurden. „Und vor kurzem hat er endlich einen Schritt auf mich zu gemacht."

„Wo ist er dann?", fragte er und griff nach meinem Kinn, um mein Gesicht wieder in seine Richtung zu drehen.

„Nein, wir haben nichts am Laufen. Er hat Angst. Er hat seine Gründe. Ich war auch überhaupt nicht wütend auf ihn." Ich dachte darüber nach, dass ich nun schon wütend war. „Doch nun versteckt er sich vor mir und das hat mich sehr wütend gemacht." Ich verzog das Gesicht bei dem Gedanken daran, wie Ashton vor mir davongestürmt war und wie ich nun alles einem Fremden erzählte.

„Er versteckt sich?", fragte er, die Verwirrung stand ihm ins Gesicht geschrieben. „Vor dir? Wieso?" Seine Augen wurden zu Schlitzen. „Bist du verrückt oder so? Denn das ist der einzige Grund, der Sinn machen würde. Du bist der Hammer. Das musst du doch wissen. Du besitzt schon einen Spiegel, oder?"

Ich verdrehe die Augen. „Ich weiß schon, dass ich attraktiv bin, wenn du das meinst." Ich fand es nervig, dass Männer immer dachten, dass Frauen nur hören mussten, dass sie hübsch waren, und das alle ihre Probleme lösen würde. Ich war aber überzeugt davon, dass Frauen auch eine attraktive Persönlichkeit haben sollten. Von innen schön zu sein, war meiner Meinung nach sogar noch attraktiver als natürliche Schönheit.

Die Getränke kamen und wir kippten sie in Rekordzeit herunter. Ty hatte zwei Finger hochgehalten, als die Kellnerin die Gläser gebracht hatte, sodass bereits eine neue Runde unterwegs war.

Er stellte sein leeres Glas auf den Tisch und ich tat es ihm gleich. „Sieht aus, als wären wir beide durstig gewesen."

„Sieht so aus", stimmte ich zu, während ich mein Glas abstellte.

„Also, dieser Idiot, was ist sein Problem?", fragte er mich, während er sich zurücklehnte und den Arm wieder auf meine Rückenlehne legte.

„Er ist kein Idiot", korrigierte ich ihn, „er hatte nur ein paar sehr harte letzte Jahre. Und trotzdem, tragische Vergangenheit hin oder her, das entschuldigt nicht sein Verhalten in letzter Zeit."

Mit einem Schulterzucken sagte Ty, als wäre es das Einfachste auf der Welt: „Mein Rat ist es, diesen Kerl zu vergessen. Zwei Jahre ist zu lang, wenn du mich fragst. Er hatte seine Chance und er hat sie versaut. Zeit, ihn hinter dir zu lassen." Er wickelte eine meiner Haarsträhnen um seinen Zeigefinger. „Und ich bin hier. Ich finde dich umwerfend und nett. Eine super Kombination und noch dazu sehr selten. In New York sowieso."

Als seine dunklen Augen meine trafen und sein Blick sanft wurde, war mir klar, dass etwas geschehen würde. Als sein Kopf näherkam, wusste ich, dass ich recht gehabt hatte.

Und ich wusste, dass ich es nicht zulassen würde. Nicht, weil er nicht nett war. Nicht, weil er nicht süß war.

Es war, weil er nicht Ashton war.

## 16

## ASHTON

Dass ich sauer auf Artimus war, weil er einen Seelenklempner geholt hatte, während er mich in seinem Büro eingesperrt hielt, wäre untertrieben. Doch so wütend ich auch war, würde ich es nicht an ihm auslassen. Er tat nur, was er für richtig hielt.

Doch ich versprach auch nicht, dieser Jasmine Patel mehr als eine Sitzung mit mir zu geben. Sobald aus ihrem Mund käme, dass ich Natalia hinter mir lassen solle, würde ich sie wissen lassen, dass ich ihre sogenannte Hilfe nicht brauchte.

„Ich überlasse die Sache dann Ihnen, Dr. Patel", sagte Artimus, sobald sie ankam.

Ich saß auf einem der Stühle und machte mir fast nicht die Mühe, aufzustehen. Doch mir war klar, dass das unhöflich war, sodass ich aufstand und mit ausgestreckter Hand auf sie zuging. „Ashton Lange, Dr. Patel. Schön, Sie kennenzulernen."

„Es ist so schön, Sie kennenzulernen, Mr. Lange." Sie wies auf einen der Stühle. „Setzen Sie sich doch. Lassen Sie es uns gemütlich machen, während Sie mir alles von Ihrer Verlobten erzählen."

Ich setzte mich und begann: „Natalia Reddy stahl mein Herz

in dem Moment, in dem ich sie zum ersten Mal sah. Und je besser ich sie kennen lernte, desto fester wurde der Platz, den sie in meinem Herzen hatte. Und dort will ich sie auch behalten."

Sie hatte einen Schreibblock und einen Stift in der Hand, doch sie schrieb nichts von dem auf, was ich gerade gesagt hatte. Stattdessen lächelte sie mich an. „Natürlich möchten Sie sie in ihrem Herzen behalten. Dort gehört sie hin. Ihr Körper existiert nicht mehr, doch sie ist immer noch auf viele Weisen bei Ihnen. Das wird sie immer, Mr. Lange." Sie machte es sich in ihrem Stuhl bequem, überschlug die Beine an den Knöcheln und lehnte sich dann zurück. „Ich bin nicht hier, um ihre Verlobte auszulöschen. Ich möchte nicht, dass Sie sich darüber Sorgen machen oder denken, dass Sie sich verteidigen müssen. Ich bin nur hier, um Ihnen zu helfen."

Dadurch fühlte ich mich tatsächlich besser, doch ich war immer noch nicht ganz beruhigt. Sie war ein bisschen zu direkt damit gewesen, sodass ich mich fragte, ob Artimus es irgendwie geschafft hatte, ihr vorher meine Ängste zu stecken. „Danke. Ich hatte große Angst, dass jemand Ihres Berufszweigs denken könnte, dass ich Natalia aus meinem Kopf und Herzen verbannen muss, um mein Leben weiterführen zu können."

„Sie müssen lernen, sie besser aufzunehmen." Ein breites Lächeln erhellte ihr Gesicht. Sie war nicht alt, aber auch nicht jung. Vielleicht in den späten Dreißigern. Vielleicht konnte sie mir doch helfen. „Ich muss ihnen ein bisschen erklären, womit wir es hier zu tun haben könnten. Eine Reihe von Forschungsberichten hat nachgewiesen, dass der Tod des Partners einen starken Einschnitt in das Leben bedeutet, der den Zurückgebliebenen häufig später noch Probleme bereitet. Dazu zählen Depressionen, chronischer Stress und sogar eine verminderte Lebenserwartung."

Das war mir neu. „Ich könnte eine verminderte Lebenserwartung haben?"

„Das könnten Sie, wenn sie keine Hilfe annehmen, Mr. Lange." Mit einem kurzen Nicken fuhr sie fort: „Der Trauerprozess dauert normalerweise Monate, sogar Jahre. Es gibt eine kleine Gruppe von Menschen, die diese Symptome eine noch längere Zeit spüren. In manchen Fällen ähneln die Symptome anderen psychiatrischen Diagnosen wie schweren Depressionen, auch MDD genannt. Manchmal ist es unmöglich festzustellen, ob eine Person unter MDD leidet oder lediglich trauert."

Es schien mir schwer zu glauben, dass ich eine psychische Störung hatte. „Ich habe MDD? Ich habe mich selbst immer als den fröhlichen Typ eingestuft."

„Ich habe nicht gesagt, dass Sie MDD haben", stellte sie richtig, „Ich sagte, dass die Symptome denen des Trauerprozesses gleichen. Nun sagen Sie mir bitte, und antworten Sie ehrlich, haben Sie nach ihrem Tod geweint?"

„Ich habe viel geweint. Und ich meine viel." Anfangs weinte ich fast ununterbrochen. „Und manchmal tue ich es immer noch."

Nun bewegte sich der Stift zu dem Block auf ihrem Schoß. „Können Sie mir sagen, wann Sie zuletzt wegen ihr geweint haben?"

„Vor etwas über zwei Wochen." Ich erinnerte mich an das letzte Mal, das ich von ihr geträumt hatte. „Ich wachte aus einem Traum von ihr auf, der mit dem Unfall endete, der sie mir genommen hat. Ich hatte diesen Traum etwa einmal pro Woche in den letzten vier Jahren und jedes Mal wachte ich schreiend und weinend auf. Aber das ist in Ordnung für mich."

Kopfschüttelnd schrieb sie etwas darüber auf. „Das sollte nicht für Sie in Ordnung sein."

„Ich bin nicht hier, um Natalia zu verlieren, Dr. Patel." Es war an der Zeit, ehrlich zu der Frau zu sein. „Ich bin hier, um diese andere Frau aus meinem Kopf zu bekommen, damit meine Verlobte zurückkommen kann."

„Nein", kam ihre Antwort schnell, während sie weiter Dinge über mich aufschrieb.

Nein? „Was meinen Sie, nein?"

Sie schaute von dem Papier auf, um mir mit ernstem Gesichtsausdruck in die Augen zu schauen. „Ich werden Ihnen nicht dabei helfen, ein ungesundes Leben zu leben, Mr. Lange. Ich bin hier, um Ihnen zu helfen. Nun, können Sie mir bitte sagen, wie oft Sie Ihre Trauer anderen Menschen gegenüber erwähnt haben?"

Ich hatte mit Nina und Duke und sogar mit Artimus über Natalia gesprochen. Doch ich hatte nie mit ihnen geweint oder ähnliches. Und erst recht mit niemand anderem. Ich behielt es alles für mich. „Ähm, ich teile sie nicht."

Damit hatte ich mir ein weiteres Kopfschütteln verdient. „Ah, aber Sie müssen Ihre Trauer teilen."

„Ich habe mit der Frau, die ich aus dem Kopf bekommen möchte, mehr über Natalia gesprochen als mit sonst jemandem", verriet ich ihr, „aber ich möchte definitiv nicht mehr mit ihr darüber sprechen. Ich habe mich ihr dadurch nah gefühlt. Ich habe begonnen, Fantasien über sie zu haben. Nun träume ich von ihr statt von Natalia."

Nachdem sie einige weitere Notizen aufgeschrieben hatte, schaute sie mich mit Sorge an, die sich auch in ihrer Stimme wiederspiegelte. „Was denken Sie, ist falsch daran, sich jemandem nah zu fühlen?"

Ich dachte einen langen Augenblick darüber nach, bevor ich antwortete: „Es wäre nicht so schlimm, aber es vertreibt Natalia. Ich will sie nicht vertreiben."

„Sie ist nicht mehr hier, Mr. Lange." Sie hielt es für notwendig, das deutlich zu machen.

„Sie war hier", sagte ich, „zumindest in meinen Träumen. Bis ich begann, die Erinnerung an sie mit Nina zu teilen. Jetzt ist sie weg."

Mehr Notizen. So viele, dass sie umblättern musste, um weiterschreiben zu können. Ich wusste, dass es ziemlich schlecht für mich aussah, wenn sie so viel schrieb. „Wo sind Natalias Sachen, Mr. Lange?"

„Alles, was ich von ihr habe, ist ein Bild, das ich in meinem Portemonnaie habe." Ich zog mein Portemonnaie hervor und zog das Bild für sie hervor. Sie lehnte sich vor und ich ließ sie es sehen. Sie nickte, bevor ich es wieder verstaute. „Ihre Familie kam und nahm alles von ihr mit. Sie sagten, es würde mir helfen, schneller zu heilen."

„Ah!" Sie deutete mit einem Finger in die Luft, als hätte sie die Lösung gefunden. Was ich sehr hoffte. „Ich denke, da haben wir etwas gefunden, Mr. Lange. Wissen Sie, es ist wichtig für den Partner, der zurückbleibt, die Besitztümer des Verstorbenen zu behalten. Es hätte Ihre Entscheidung sein sollen, wann und was Sie von dem entsorgen wollten, was Natalia gehörte. Ich bin mir sicher, dass sie Sie nicht verletzen wollten, doch sie haben Sie verletzt. Das ist ein wichtiger Schritt im Trauerprozess."

„Ich habe mich tatsächlich noch schlechter gefühlt, nachdem sie gekommen waren und alles mitgenommen hatten", erinnerte ich mich. „Es waren erst fünf Tage seit ihrem Tod vergangen. Es war ihr Vater, der dachte, dass es mir helfen würde. Ich kam nach dem Unfall nicht aus dem Bett. Ich habe es geschafft, meinen Arsch gerade lang genug aus dem Bett zu kommen, um zu ihrer Beerdigung zu gehen, die 36 Stunden nach ihrem Tod stattfand. Ich hatte das Gefühl, dass alles viel zu schnell geschah. Die einzige andere Beerdigung, die ich zuvor erlebt hatte, war die meines Großvaters, und die fand drei Tage nach seinem Tod statt. Sie haben alles so verdammt schnell gemacht. Ich fühlte mich verloren."

Ihre Augen wurden warm und fürsorglich. „Ich denke, ihre

Verlobte war Hindu, oder? So machen das die Hindus, Mr. Lange. War Ihnen dieser Aspekt der Religion von ihr und ihrer Familie nicht bewusst?"

„Absolut nicht, schätze ich. Es traf mich alles so hart. Und alles geschah so schnell, alle schienen es eilig zu haben, die Sache hinter sich zu bringen. Ich habe es nie verstanden", gab ich zu. Ich hatte nie darüber nachgedacht, wie ich mich damals gefühlt hatte. „Es war, als schaute ich einen Film oder so. Dinge geschahen, an denen ich nicht teilnahm. Es war alles so verwirrend."

„Wenn wir auch nicht zurückgehen und alles verändern können, was geschehen ist, so können wir doch mental zurückgehen", erklärte sie mir, „Nun haben wir einen Anfangspunkt, Mr. Lange. Ihr Heilungsprozess kann nun beginnen. Natalia gehört nicht mehr in Ihre Träume, nicht einmal wöchentlich, so wie Sie das denken. Sie hat jedoch für immer einen Platz in Ihren Erinnerungen und in Ihrem Herzen. Und es ist meine Meinung als Ihre Therapeutin, dass Sie jede Freundschaft pflegen sollten, die Ihnen das Gefühl gibt, dass Sie diesen Teil Ihrer Vergangenheit teilen können – sogar mit der Frau, von der Sie zuvor sprachen."

Sie hatte keine Ahnung, wie sehr ich vor Nina und dem, was zwischen uns passieren könnte, Angst hatte. „Aber was, wenn ich mich dabei in sie verliebe?"

„Dann ist das gut für Sie beide." Sie warf die Hände in die Luft. „Die Liebe ist wunderbar. Und wenn Sie die Chance haben, nicht nur einmal, sondern zweimal die Liebe zu finden, dann sind Sie doppelt gesegnet."

„Wenn das der Fall ist, wieso habe ich dann so viel Angst davor?", musste ich sie fragen, denn ich verstand es einfach nicht.

„Weil Sie erst den Verlust, den Sie erlitten haben, vollkommen überwinden müssen." Mit einem Nicken kam sie zu ihrer Schlussfolgerung: „Meiner Meinung nach leiden Sie absolut nicht unter MDD. Doch Sie leiden unter Trauer. Heilung und Trauer, das sind beides Prozesse und man kann nicht sagen, wann sie beginnen und enden. Doch Sie gehen einen sehr guten Schritt, indem Sie hier sitzen und mit mir sprechen, und gemeinsam werden wir es schaffen, Ihnen dabei zu helfen, ihr Leben fortzuführen."

Sie hatte mir bereits mehr geholfen, als ich erwartet hatte. Doch ich war nicht komplett ehrlich mit ihr gewesen. „Dr. Patel, da ist noch etwas. Bevor Sie das MDD-Dings komplett ausschließen."

Sie zog die Augenbrauen hoch. "Noch etwas?"

„Ja, noch etwas." Ich schluckte schwer, denn ich wusste, dass es eine große Sache war. „Wissen Sie, ich bin an dem Tag gefahren. Es hatte begonnen zu regnen und der Wagen kam von der Straße ab. Ich verlor die Kontrolle, geriet in den Graben und fuhr gegen einen Baum. So starb Natalia. Es war meine Schuld."

Sie richtete die Augen auf den Boden, seufzte tief und sagte dann: „Das ist tatsächlich ein tragischer Unfall." Dann schaute sie mir direkt in die Augen. „Verstehen Sie die Bedeutung des Worts Unfall, Mr. Lange?"

„Ja. Aber ich weiß auch, dass es viele Dinge gibt, die ich hätte tun können, um den Unfall zu verhindern." Und wieder versuchte ich, jemandem, der keine Ahnung hatte, wie es sich anfühlte, das Blut einer geliebten Person an den Händen kleben zu haben, das Gefühl zu erklären.

Es ging einfach nicht so leicht ab.

Als sie aufstand, dachte ich, sie würde gehen. Stattdessen zog sie den Ärmel ihrer Bluse hoch und ich sah eine lange, zackige Narbe auf der Innenseite ihres Arms. „Die ist von einer Verletzung, die ich mir mit neunzehn Jahren zuzog. Es war mitten in der Nacht. Alle in meinem Haus schliefen. Meine Eltern, Großeltern, meine sechs Brüder und Schwestern auch.

Ich wachte durch den Rauchgeruch auf." Ihre Augen waren fest auf mich gerichtet. „Der Vorhang in meinem Zimmer stand in Flammen. Das Feuer schoss die Wände hoch und in wenigen Augenblicken hüllte es auch die Decke ein. Ich wollte niemandem erzählen, was passiert war."

„Wieso nicht?", fragte ich.

„Weil ich an dem Abend Marihuana in meinem Zimmer geraucht hatte. Als ich einschlief, fiel der Joint aus meinen Fingern auf den Boden neben meinem Bett und steckte den Vorhang in Brand." Ihre Lippen wurden zu einer dünnen Linie und sie ließ das sacken, bevor sie fortfuhr: „Das Feuer verschlang unser gesamtes Haus. Glücklicherweise hatte mein Vater Rauchmelder installiert und alle von ihnen schafften es hinaus, ohne verletzt zu werden."

„Das erklärt nicht die Narbe."

Sie schüttelte den Kopf, als sie sagte: „Nein, das tut es nicht. Denn das ist der Rest der Geschichte. Ich kam nicht aus meinem Zimmer. Das Feuer schloss mich ein. Und es geht noch weiter. Ich hatte mein sechsmonatiges Baby bei mir im Zimmer. Letztendlich schaffte ich es, die Fensterscheibe zu zerbrechen. Ich schnitt mir in den Arm, als ich ihn wieder hineinzog, nachdem ich mein Baby durch das Fenster zu meiner Mutter gereicht hatte, die gekommen war, um uns zu suchen."

„Oh. Also haben Sie sich schuldig gefühlt, weil Sie das Zuhause der Familie abgebrannt haben." Es war nicht ganz die gleiche Schuld, die ich fühlte, doch ich verstand, was es bedeutete.

„Ja, deswegen habe ich Schuldgefühle gehabt. Doch was mich beinahe umgebracht hätte, war der Tod meines kleinen Mädchens, Mr. Lange. Sie starb in der Nacht an den Folgen des Rauchs. Und das war einzig und allein meine Schuld." Sie setzte sich wieder und hielt den Kopf immer noch gehoben, während sie mich anschaute. „Das war mein erstgeborenes Kind. Ich liebte sie mehr als mein Leben. Ich weinte wochenlang, monatelang, ein ganzes Jahr verging und dann, endlich, versiegten die Tränen langsam. Doch meine Liebe für sie hat niemals geendet. Das wird sie nie. Ich habe nun einen Ehemann und vier Kinder. Denken Sie, dass es falsch von mir war, mein Leben weiterzuführen, Mr. Lange?"

Um Himmels willen, nein!

## 17

## NINA

Am Samstagmorgen wachte ich verkatert auf und beschloss, einfach weiterzuschlafen. Ich verschlief den ganzen Tag und abends versuchte Sandy vergeblich, mich wieder zum Ausgehen zu bewegen. Ich hatte nicht vor, den Freitagabend zu wiederholen. „Keine Chance."

„Komm schon, Nina. Du hattest gestern Abend Spaß. Gib es schon zu." Sie warf einen glänzenden schwarzen Schuh mit hohem Absatz auf mein Bett, in dem ich immer noch lag. „Du kannst dir diese hier ausborgen, wenn du willst."

„Wieso sollte ich das wollen? Meine Füße tun immer noch von den Heels von gestern Abend weh." Ich setzte mich auf und griff nach einem Fuß, um ihn zu massieren. „Abgesehen davon haben Ty und ich uns gestern Abend freundschaftlich verabschiedet. Wenn ich wieder ausgehe und er dort ist –"

„Das wird er. Er kommt wieder mit Sloan und mir mit", unterbrach sie mich. „Und er sagte, dass er wirklich hofft, dass du auch mitkämst. Er mag dich, weißt du?"

„Er ist ein guter Junge." Das musste ich ihm lassen. Er hatte absolut keinen Druck auf mich ausgeübt. Doch ich wollte mit niemandem abhängen oder ausgehen. Ich fühlte mich einfach nicht in der Lage. „Aber heute Abend bin ich nicht dabei. Wir werden sehen, was nächstes Wochenende bringt."

Sandy schaute mich mit Hundewelpenblick an. „Er wird enttäuscht sein."

„Dann gewöhnt er sich da besser gleich dran. Da kann er sofort mit anfangen." Ich wusste, dass Ty alle meine Spielchen mitspielen wollte. Doch ich wollte nicht mit ihm spielen.

Letztendlich ließ Sandy mich in Ruhe und ich begann, ein Buch zu lesen. Es war ein spannender Roman über einen Exmarine, der eine verlorene Liebe wiederfand. Die, die heimlich vor mehreren Jahren ein Kind von ihm bekommen hatte. Der Arme hatte posttraumatische Belastungsstörung und das erschwerte ihm sehr, mit seiner neu gefundenen Familie glücklich zu werden.

Ich las bis drei Uhr morgens, um das Buch durchzubekommen, doch das war es wert. Als ich meinen Kindle weglegte, dachte ich über die Geschichte nach, die ich gerade gelesen hatte. Ashton hatte ein ähnliches Problem wie die Hauptperson. Er hatte eine Tragödie erlebt, die ihn verändert hatte.

Seine Wut hatte zuvor keinen Sinn für mich ergeben, doch ich hatte das Gefühl, dass ich ihn nun besser verstand.

Wir hatten uns an dem Wochenende unglaublich gut verstanden. Ich musste etwas getan haben, um diese Reaktion in ihm auszulösen. Ich war mir sicher, dass etwas in seinem Kopf umgesprungen war, sodass er plötzlich meine Nähe mied.

Was ich hingegen nicht verstand, war, wieso er dachte, dass er nicht mit mir darüber sprechen konnte. Wir waren zu lange Freunde gewesen, als dass er sich einfach so von mir abwenden konnte. Wir waren vor allem Freunde. Das wusste er.

Als ich endlich einschlief, träumte ich vom Autowrack. Man konnte nicht erkennen, wer involviert war. Es war, als würde ich von oben zuschauen. Wie ein Helikopter oder so.

Menschen rannten überall herum, während ein Auto in

Flammen stand. Sirenen schrillten, Polizeiautos und Krankenwagen erschienen. Am Ende sackte eine einsame Figur gegen ein Polizeiauto. Der Schmerz erreichte mich durch den Traum und ich wachte weinend auf.

Die Sonne schien durch das Fenster und ließ mich wissen, dass es nur ein Traum gewesen war. Doch der Schmerz hielt noch an. Ich fühlte mich furchtbar.

Eine heiße Dusche half mir, die Erinnerung loszuwerden. Ich machte Frühstück. Bagels mit Streichkäse und ein Glas Apfelsaft, um in den Tag zu starten.

Ich raffte meine Schmutzwäsche zusammen und machte mich an die typisch sonntägliche Hausarbeit. Ich putzte mein Zimmer, wusch die Wäsche und säuberte das Wohnzimmer und die Küche, sodass der Tag vorbeiflog.

Da ich nach dem Abendessen nichts weiter zu tun hatte, suchte ich nach einem neuen Buch auf meinem Kindle. Ein Klopfen an der Tür lenkte mich ab. „Wer könnte das sein?"

Es war etwa sieben Uhr abends. Ich erwartete niemanden. Meine beiden Mitbewohner waren weg, also sollte auch niemand kommen, um sie zu treffen.

Nachdem ich den Kindle weggelegt hatte, ging ich zur Tür. Ich schaute durch den Spion und entdeckte ein Gesicht, das mich zum Lächeln brachte, bevor ich mich davon abhalten und an all die Dinge denken konnte, wieso ich ihn nicht anlächeln sollte.

Ich öffnete die Tür und ein riesiger Strauß roter Rosen füllte mein Blickfeld. „Ich bin's. Der Idiot. Ich bin gekommen, um dich um Entschuldigung zu bitten." Als die Blumen sich senkten, war dort Ashtons gutaussehendes Gesicht. „Kannst du mir jemals vergeben, Nina?"

Ich machte einen Schritt zur Seite, um ihn hineinzulassen. „Vielleicht. Was hat die Verteidigung vorzubringen?"

Er kam herein und küsste mich auf die Wange, als er an mir

vorbeiging. „Ich werde dir alles erklären." Als er die Blumenvase auf den Couchtisch stellte, zog er eine Schachtel Pralinen aus seinem Jackett und legte sie daneben. „Ich dachte, Süßigkeiten könnten auch helfen."

„Die schaden nie." Ich setzte mich und griff nach der Schachtel, um zu sehen, was für Schokolade darin war. „Ja, ich liebe diese hier mit vielen Nüssen. Gut gemacht, Ashton."

Er setzte sich auf den Stuhl, der mir gegenüberstand. „Gut zu wissen. Nach einer Woche, in der ich alles falschgemacht habe, ist es erleichternd, mal etwas richtigzumachen."

Während ich eine Erdnusspraline auspackte, beäugte ich ihn. Er schaute leicht verändert aus. „Also, was ist passiert?" Ich war ziemlich froh, dass ich am Vorabend das Buch gelesen hatte. Es hatte den Großteil meiner Wut in Mitgefühl umgewandelt, wobei ich immer noch wollte, dass er sich ein bisschen um meine Vergebung bemühte.

Seine blauen Augen schauten weg. Ich wusste, dass ihm sein Verhalten unangenehm war. „Nina, ich wollte mich von dir fernhalten, weil ich dir die Schuld für etwas gab."

„Habe ich etwas getan, was mir nicht bewusst war?", fragte ich ihn, dann steckte ich mir die Schokolade in den Mund.

Er nickte und ich zog die Augenbrauen hoch. Mir fiel nichts ein, was ich getan haben sollte. „Weißt du, ich mag dich wirklich."

„Okay. Das ist nichts Schlimmes." Ich nahm meine Wasserflasche vom Tisch. „Möchtest du etwas trinken? Ich habe Wasser und ich glaube, ich habe auch irgendwo noch ein Bier."

„Nein", sagte er und schüttelte den Kopf, „ich brauche nichts. Ich möchte nur das hier vom Herzen bekommen."

„Alles klar. Dann erzähl mal." Ich wartete, um zu hören, was er mir zu sagen hatte.

Sein Zögern sagte mir, dass es ihm schwerfiel, den Anfang zu finden, doch letztendlich begann er: „Ich hatte letztes

Wochenende so viel Spaß mit dir. Und der ganze Spaß ließ mich einen Tag vergessen, der seit mehreren Jahren der wichtigste Tag in meinem Leben gewesen war. Ich wurde letztendlich daran erinnert, welcher Tag es war, als ich mit den Jungs in eine Bar gegangen bin, während ihr Mädels weiter eingekauft habt. Sonntag war Natalias Todestag."

Nun verstand ich alles. Ich legte die Hand auf den Mund und mir war klar, welchen Schmerz und Verwirrung er gefühlt haben musste. „Oh, Gott."

Er stand auf und setzte sich neben mich. Seine Hand auf meiner Schulter ließ mich erzittern. „Nina, ich war auf dich wütend, weil das Zusammensein mit dir mich alles andere vergessen ließ. Es war falsch von mir, mich dir gegenüber so zu verhalten und es war falsch, dir dafür die Schuld zu geben. Weißt du, ich träumte immer noch von ihr. Jetzt träume ich nur noch von dir."

Mein Herz hüpfte vor Freude über diese Neuigkeiten. Doch es schmerzte auch, da ich wusste, dass er nicht komplett erfreut darüber war – ich wusste, dass die Träume Teil seiner Trauer und Erinnerung an seine Verlobte gewesen waren. „Ashton, es tut mir leid, dass du darunter gelitten hast."

Seine Augen suchten die meinen und ich sah so viel mehr in ihnen als jemals zuvor. „Da bin ich mir sicher. Ich habe mir jetzt Hilfe gesucht. Ich arbeite mit einer Therapeutin. Ich bin noch nicht bereit für etwas Romantisches, aber ich brauche wirklich unsere Freundschaft. Denkst du, dass wir wieder Freunde sein können, Nina?"

Ich stand den Tränen nahe. Alles, was ich tun konnte, war ihn zu umarmen. „Wir können Freunde sein, Ashton. Ich werde immer für dich da sein."

Wir umarmten uns eine Minute lang und hielten uns fest. Die Anziehung war immer noch da, aber ich wollte, dass er meine Sorge um ihn mehr spürte als meinen Hunger.

„Danke, Nina. Es tut mir wirklich leid, wie ich dich die letzte Woche über behandelt habe." Er zog sich zurück und nahm mein Kinn in die Hand. „Ich hatte einfach Angst."

„Angst davor, dass ich Natalias Platz einnehme." Ich nickte. „Ich möchte, dass du weißt, dass ich niemals die Art von Person sein werde, die sie so ersetzen wollte. Ich bin nicht eifersüchtig auf sie. Und das werde ich auch nie sein." Ich hoffte, dass das, was ich sagte, für immer wahr sein würde. Ich wollte, dass er sich niemals dafür schlecht fühlte, Liebe für eine andere Frau zu spüren. Nicht, wenn sie nicht mehr hier war.

Das Wichtigste war, dass wir unsere Freundschaft zurückhatten.

## 18

## ASHTON

Da ich nun keine Angst mehr vor dem Montag hatte, nachdem ich mit Nina gesprochen hatte, betrat ich den Sender morgens in ziemlich guter Stimmung. Ich fühlte mich erneuert. Ich hatte meine Trauer und Schuld noch nicht zu hundert Prozent überwunden, doch ich war bereit, daran zu arbeiten.

Ich hatte eine Entschuldigung bereit für Artimus, also ging ich direkt hinauf zu seinem Büro. Als sich die Aufzugtüren öffneten, standen Brady und Veronica komplett still und schauten mich an.

Zögernd begann Brady zu sprechen. „Guten Morgen?", kam seine Frage.

Nach der Tirade am Freitag verstand ich seine Vorsicht. „Es ist ein guter Morgen, Brady. Wie ist euer Morgen so?"

Veronica nickte. „Gut. Bist du hier, um jemanden zu treffen, Ashton?"

„Ja, bin ich. Ist Artimus schon da?" Ich ging zu seiner Tür, denn ich war mir sicher, dass er bereits da war. Er kam immer früh.

„Ja, ist er", antwortete Brady mir. „Julia ist bei ihm."

„Gut." Ich klopfte an der Tür, bereit, mich bei meinem Freund zu entschuldigen.

„Herein", erklang Julias Stimme, während sich die Tür öffnete.

Artimus stand von seinem Stuhl auf und kam auf mich zu. „Ich hoffe, du bist nicht wütend."

Ich schüttelte den Kopf und ging auf ihn zu, um nach seiner Hand zu greifen. „Alles außer das." Wir schüttelten uns die Hand und ich umarmte ihn kurz. „Danke, Artimus. Nur ein guter Freund tut, was du getan hast. Dr. Patel ist die Beste. Ich habe seit Freitag jeden Tag lang mit ihr gesprochen. Ich weiß, dass mit ihrer Hilfe alles besser werden wird."

Julia umarmte mich, als ich von Artimus wegtrat. „Das ist so schön zu hören, Ashton!" Sie wiegte uns vor und zurück in unserer Umarmung. „Ich freue mich so für dich."

„Ich freue mich auch ziemlich für mich." Als sie mich losließ, sah ich, wie Artimus mich zu ihm herüberwinkte, also ging ich zu seinem Schreibtisch und setzte mich zu ihm. „Nur damit ihr es wisst, ich bin zu Nina gegangen und habe mich bei ihr entschuldigt. Wir sind kein Paar oder so, aber wir sind wieder Freunde."

„Gut." Julia ging zur Tür, die ihre Büros verband. „Ich muss mich an die Arbeit machen. Ihr zwei unterhaltet euch weiter. Bis später, Ashton. Wir werden zusammen zu Mittag essen müssen."

„Klar, Julia." Ich winkte ihr zum Abschied und schaute Artimus an. „Mit Dr. Patels Hilfe habe ich eine große Entdeckung gemacht, wieso ich so an Natalia festgehalten habe."

„Und zwar?", fragte er.

„Alle ihre Dinge wurden viel zu früh nach ihrem Tod aus unserer Wohnung entfernt. Ihre Familie glaubte, dass mir das helfen würde." Ich seufzte, während ich darüber nachdachte, was für liebe Personen sie alle waren. „Sie wollten mir damit nur helfen, aber sie haben meinen Trauerprozess unterbrochen. Dieses Wochenende habe ich ihren Vater angerufen und nach einigen ihrer Sachen gefragt. Er hat mir erzählt, dass die meisten ihrer Besitztümer an bedürftige Menschen gegangen sind. Das hat mich glücklich gemacht. Natalia hätte gewollt, dass ihre Sachen für einen guten Zweck genutzt werden und nicht wie Museumsstücke herumstehen."

Ich bekam ein Lächeln von Artimus. „Gut. Ich bin sehr froh zu hören, dass du zufrieden damit bist, wie es gelaufen ist. Ich kann mir vorstellen, wie das Verschwinden all ihrer Sachen ein Rückschlag für dich war. Ich meine, an einem Tag war sie bei dir und am nächsten war sie weg. Ich kann mir vorstellen, wie das einen Menschen aus der Fassung bringen kann."

Ich fuhr mir mit der Hand durchs Haar und versuchte, das zu tun, was Dr. Patel mir aufgetragen hatte. Jenen Moment zu erleben. Mich selbst den Schmerz fühlen zulassen. Und ihn mit den Menschen, die mir etwas bedeuten, zu teilen. „Ich hatte die Erinnerungen an jene Zeit in die hintersten Winkel meines Gedächtnisses verdrängt. Abgesehen von ihrem Verlust war das wohl die traumatischste Sache, die ich durchgemacht habe. Und das Komische ist, dass ich nie jemandem erzählt habe, wie sehr es mir wehgetan hat, mich umzuschauen und keine Spur von ihr mehr in unserer Wohnung zu sehen. Selbst ihr Shampoo und die Haarspülung waren weg."

Artimus schaute betreten zu Boden. „Ich kann es mir kaum vorstellen, Ashton. Das muss grausam für dich gewesen sein. Ich weiß nicht, ob ich das ausgehalten hätte."

„Das hättest du. Ich meine, es bringt dich nicht um." Ich schüttelte den Kopf. "Aber es fühlt sich so an, als könnte es das."

Mit einem Nicken sagte er: „Ich bin mir sicher, dass es sich so angefühlt hat. Und wie gehst du jetzt damit um?"

Ich musste lächeln. „Besser. Nina und ich haben uns heute bis ein Uhr morgens unterhalten. Ich habe viel von Natalia mit ihr geteilt. Ich fühle mich jetzt unglaublich viel besser. Nina ist sehr besonderer Mensch."

„Das ist sie." Er lachte. „Die meisten Frauen hätten nicht so lange durchgehalten. Das ist dir klar, oder?"

„Ja." Es gab da noch etwas, worüber ich mit ihm sprechen wollte, aber ich war mir nicht sicher, wie. Dann hielt ich mich an den Rat der Doktorin und öffnete einfach den Mund und sagte, was ich auf dem Herzen hatte: „Ich habe immer noch Angst, Artimus. Ich habe immer noch Angst, mich in Nina zu verlieben und dadurch Natalia auszulöschen."

„Ich denke nicht, dass sie das zulassen wird, Ashton." Er schüttelte den Kopf. „Nina ist nicht der Typ, der versucht, die Kontrolle zu übernehmen. Ich denke, dass sie immer das Beste für dich will und wollen wird."

„Du hast wahrscheinlich Recht." Ich stand auf, es war Zeit für die Arbeit. "Naja, ich habe einen hektischen Morgen vor mir. Mein Zusammenbruch letzte Woche tut mir leid."

„Kein Problem. Wir haben alle ab und zu einen Zusammenbruch, Ashton. Und wenn du das gebraucht hast, um endlich Hilfe anzunehmen, dann bin ich froh darüber." Er stand auf und begleitete mich zur Tür und klopfte mir auf den Rücken. „Hab einen guten Tag. Wir sehen uns zum Mittagessen."

Ich verließ das Büro mit einem viel besseren Gefühl im Bauch in Bezug auf die ganze Sache. Und erst recht über meine Fähigkeit, meinen Freunden von meinen Problemen zu erzählen. Ich hatte viel zu lange alles für mich behalten. Es fühlte sich gut an, mich meinem Freund anzuvertrauen.

Als ich herunter zum Set ging, wo die Morgennachrichten bald beginnen sollten, fand ich Nina, die wie üblich an dem langen Tisch den Teleprompter vorbereitete.

Einer der Kameramänner hielt mich auf, bevor ich zu ihr gelangte. „Hey, Ashton. Mann, ich bin froh, dass du heute Morgen heruntergekommen bist. Ich brauche mal deine Hilfe mit dieser Kamera. Da scheint irgendwas nicht richtig zu funktionieren."

Ich schaute sie mir an und behob das Problem, dann war es Zeit, die Show zu beginnen. Ich setzte mich in meinen üblichen Stuhl im hinteren Teil des Studios und zählte die Sekunden bis zum Beginn der Show herunter.

Nina beugte sich über den Tisch, um der Kamera auszuweichen. Ich musste ihren runden Hintern bewundern, der von einem cremigen Stoff bedeckt war, der sich genau richtig anschmiegte.

Als alles lief, schweifte ich ab und sah Nina genauso vorgebeugt wie jetzt, jedoch in meinem Büro, über meinen Schreibtisch gebeugt. Sie schaute über ihre Schulter zu mir, während sie den beigefarbenen Rock hochschob und auf ihre Unterlippe biss.

Ich stellte mich hinter sie und griff nach ihren beiden Arschbacken, während ich lange an ihrem Nacken roch. Der Zitronengeruch füllte meine Nase, während ich meine Lippen an ihrem Hals entlanggleiten ließ. Ihr Arsch war von Gänsehaut überzogen, während ich ihn streichelte.

„Werbung, Ashton", flüsterte meine Assistentin in mein Ohr. Scheiße!

Ich gab das Zeichen zum Schnitt zur Werbung und alle entspannten sich für die zweiminütige Pause. Nina stand auf und drehte sich zu mir um. Sie winkte mir leicht zu und ich winkte zurück.

Sobald die Nachrichtensendung vorbei war, ging ich zu Nina. „Komm mal in mein Büro, wenn du Zeit hast, okay?"

Mit einem Nicken sammelte sie ihre Sachen ein und nahm sie mit. „Ich bin in einer Viertelstunde da. Ich muss nur kurz einige Zettel zerschreddern und wegwerfen."

Ich hatte ihr ein Geschenk mitgebracht. Am Vorabend hatte ich ihr Rosen und Schokolade mitgebracht. Doch ich wollte ihr das Geschenk geben, das ich ihr am Sonntag gekauft hatte, bevor ich ausgeflippt war.

Als sie in mein Büro kam, war ich überrascht, dass sie ein Geschenk in den Händen hielt. Ich deutete darauf und fragte: „Für mich?"

Sie nickte, während sie es auf meinen Schreibtisch stellte. Ich öffnete die Schublade, wo ich ihr Geschenk verstaut hatte. Es war in einer kleinen pinken Tüte und ich legte sie vor ihr auf den Schreibtisch.

Sie lächelte. „Sieht so aus, als hätten wir die gleiche Idee gehabt."

Ich nahm mein Geschenk und sie nahm ihres, dann öffneten wir sie beide. „Oh, wow!" Sie hatte mir die gleiche Bacon-Pfanne geschenkt, die wir bei Artimus und Julia gefunden hatten.

„Ich habe sie gesehen und musste an dich denken." Sie zwinkerte mir zu. „Vielleicht kannst du mir ja mal Bacon machen."

Mit dem Kopf deutete ich zu der Tüte, die sie in den Händen hielt, und sagte: „Vielleicht werde ich das. Komm schon, mach es auf. Ich bin so neugierig, was du sagen wirst."

Als sie das teure Tuch hervorzog, das sie am Sonntag in den Hamptons begutachtet hatte, überzog ein Lächeln ihr ganzes Gesicht. „Das hast du nicht getan!"

„Doch, das habe ich." Ich nahm es ihr aus den Händen und wickelte es ihr um den Hals. „Schau, es passt sogar zu deinem Outfit."

Ihre Lippen berührten meine Wange und schickten einen Stromschlag von meiner Wange bis zu meinem Schwanz, der daraufhin pulsierte. „Ich liebe es. Vielen Dank."

Ich küsste ihre Wange und mein Schwanz wurde noch härter. "Danke dir auch."

Ihre Hand legte sich auf meine Brust, während wir nah bei einander standen. Ihre Augen wanderten zu meinen, während sie sich auf die Unterlippe biss. Es war der gleiche Blick, den sie in meinem kleinen Tagtraum gehabt hatte.

Meine Augen rissen sich von ihr los und wanderten zum Schreibtisch herüber. Er sah absolut nicht so aus wie in meiner Fantasie. Er war mit Papieren und allen möglichen anderen Dingen übersät. Sie alle beiseite zu wischen wäre zwar dramatisch, aber auch sehr unordentlich.

Und ich wollte Nina nicht in meinem Büro verschlingen. Sie verdiente etwas viel Besseres.

Ich griff nach ihren Handgelenken, schaute sie an und seufzte. Ich würde sie momentan nicht in meine ungeordnete Welt holen. Ich musste noch sehr viel mehr in Ordnung bringen, bevor ich das tun könnte. „Wir werden alle zusammen zu Mittag essen. Du solltest auch mitkommen."

Sie leckte sich die Lippen. „Alles klar. Mache ich."

Mein Körper stand in Flammen und ich wusste, dass sie das Einzige auf der Welt war, was ihn löschen konnte. Doch das konnte ich ihr nicht antun. Nicht, bevor ich mit mir selbst vollkommen im Reinen war. Sie hatte meinetwegen schon genug durchgemacht. „Ich würde mich übrigens sehr über eine Tasse von deinem Kaffee freuen, falls du heute welchen machst."

„Das werde ich und ich bringe dir welchen vorbei." Ihre Brüste hoben und senkten sich, als sie tief einatmete. „Ich möchte, dass du weißt, dass ich vor allem deine Freundin bin, Ashton. Gestern Abend, als du so offen mit mir warst, habe ich mich dir so viel näher gefühlt als jemals zuvor. Danke, dass du dich mir anvertraut hast. Es ist mir eine Ehre und ein Privileg."

Ihre blonden Haare waren ihr ein wenig ins Gesicht gefallen und ich strich sie zurück. „Ich möchte dir dafür danken, immer für mich da zu sein. Die Ehre ist meinerseits, dich als Freundin zu haben, Nina Kramer."

Ich meinte jedes Wort, das ich ihr sagte, absolut ernst. Und ein Kuss hätte sich in dem Moment absolut richtig angefühlt.

Doch ich tat selten, was richtig war.

Ich trat zurück und ging von ihr zu meinem Schreibtisch. „Wir sehen uns später."

Einen Moment lang erschien Verwirrung auf ihrem Gesicht, dann nickte sie. „Ja, ich komme später mit dem Kaffee vorbei."

Nachdem ich ihren süßen Arsch betrachtet hatte, der sich von links nach rechts wiegte, als sie mein Büro verließ, schaute ich auf meinen steifen Schwanz herunter. „Was? Sie verdient mich in meinem besten Zustand. Du wirst noch etwas warten müssen."

# 19

## NINA

Die Woche verging und alles lief großartig. Besser als großartig. Doch am Freitag wurde alles sogar noch besser.

Ashton kam in mein Büro und ging direkt auf mich zu. „Hey, du."

Ich schaute von meinem Computer auf. „Hey."

Es war fast Mittag und ich dachte, er sei gekommen, um mit mir für die Mittagsnachrichtenzum Studio zu gehen. Also stand ich auf, um mit ihm zu gehen.

Doch seine Hände auf meinen Schultern stoppten mich. „Wo willst du hin, Nina?"

„Ähm, zum Studio. Bist du nicht deshalb hier?", fragte ich.

Er schüttelte den Kopf. „Nein. Du hast das Wochenende über frei und zwar ab jetzt."

„Und wieso das?", fragte ich und fühlte die Spannung in mir steigen.

Er schaute über seine Schulter und schloss die Tür mit einem Fuß. Seine Augen erfassten mich von oben bis unten, bevor sie sich auf meine Augen richteten. „Ich möchte dich etwas fragen. Und bitte sei ehrlich."

„Natürlich."

„Ich bin noch nicht zu hundert Prozent über alles hinweg. Aber Dr. Patel meint, auf Perfektion zu warten, sei ein Fehler. Also werde ich nicht mehr warten." Seine Augen schlossen sich und mein Herz raste. Als er sie öffnete, fragte er: „Möchtest du mit mir ausgehen?"

„Ja!", schoss es aus meinem Mund, ohne dass ich überhaupt eine Sekunde darüber nachgedacht hatte. Und ich war bereit für den Kuss, auf den ich so lange gewartet hatte.

„Gut." Er küsste mich tatsächlich, aber nur auf die Wange. „Ich habe heute Abend ein ziemlich großartiges Date für uns organisiert. Aber dein Teil wird schon jetzt beginnen. Ich habe einen Spa-Tag für dich gebucht. Artimus war großzügig genug, uns seinen Fahrer und sein Stadtauto zu leihen. Sie werden dich zum Spa bringen, wo du eine volle Behandlung bekommst. Es sind ein paar Päckchen im Kofferraum für dich. Das sind meine Geschenke für dich und ich würde mich freuen, wenn du sie zum Abendessen trägst."

„Du behandelst mich wie eine Prinzessin, Ashton." Ich war überwältigt. Doch ich wollte nicht, dass er dachte, dass ich die Art von Mädchen war, die verwöhnt werden musste. „Du musst das alles nicht tun."

„Ich weiß, dass ich nicht muss." Er küsste mich auf die andere Wange. „Ich will aber. Lass mich das tun."

Ich würde mich nicht beschweren.

„In Ordnung. Also, um wie viel Uhr soll ich zum Abendessen bereit sein?", fragte ich, während mein Kopf raste.

„Acht. Wir haben eine Reservierung für halb neun im River Café in Brooklyn." Sein Lächeln war riesig und zeigte die Erleichterung darüber, dass er es endlich gewagt hatte.

„Wow. Ein Spa-Tag und ein Essen in einem berühmten Restaurant?" Ich war auf Wolke sieben, während er mich zum Auto vor dem Sender führte.

Nach einem kurzen Kuss auf die Stirn war ich auf dem Weg zu einem außergewöhnlichen Tag.

Nachdem ich eingeweicht, mit verschiedenen Dingen abgerieben und in einen glücklichen Zustand massiert worden war, kam ich nach Hause und zog das kleine schwarze Kleid an, das er für mich gekauft hatte. In einer kleineren Schachtel lagen Diamantohrringe und eine Halskette für mich.

Als ich vor meinem Spiegel stand, erkannte ich mich selbst kaum wieder. Und als ich ins Wohnzimmer ging, um auf Ashton zu warten, waren dort Sandy, Sloan und Ty, die etwas tranken, bevor sie später ausgehen würden.

Ty schaute mich von oben bis unten an und pfiff. „Machst du dich hübsch zum Putzen oder was, Nina?"

Sandys Mund stand offen. „Wo hast du das alles her, Nina? Sind das echte Diamanten?"

"Ja, sind es", sagte ich nickend. „Ashton hat sie mir geschenkt. Wir haben endlich unser erstes Date. Er führt mich zum Abendessen ins River Café in Brooklyn aus. Und er hat mich heute ins Spa geschickt."

Ty klang etwas grimmig, als er sagte: „Dieser Typ hat also einen Haufen Kohle. Da hatte ich ja nie eine Chance."

Mit einem Kopfschütteln korrigierte ich ihn: „Nein, du hattest nie eine Chance. Nicht, weil Ashton reich ist. Ich meine, es geht ihm gut, aber das ist nicht der Grund, aus dem du keine Chance gegen ihn hattest. Ich bin ziemlich in ihn verliebt. Das habe ich dir erzählt. Und jetzt zeigt er mir endlich, dass er auch in mich verliebt ist."

Dann lächelte Ty und gab mir einen Kuss auf die Wange. „Dieser Kerl hat verdammt viel Glück."

„Danke, Ty." Es klopfte an der Tür und ich drehte mich um. „Ich wette, das ist er."

Durch den Spion sah ich Ashton, der in seinem schwarzen Anzug und Krawatte umwerfend aussah. Ich öffnete die Tür und er griff nach meiner Hand. „Du siehst toll aus, Nina. Ich wusste es." Er berührte die Kette, die er mir geschenkt hatte. „Es sieht alles perfekt an dir aus, genau wie ich es mir vorgestellt hatte."

Sandy räusperte sich. „Hey."

Ich drehte mich um, um Ashton allen vorzustellen. „Das ist meine Mitbewohnerin, Sandy. Und das neben ihr ist Sloan. Und das ist Ty." Ty stand nun hinter mir.

Er reichte Ashton die Hand. „Hi."

Ashton sah etwas verwirrt aus, als er sagte: „Hi. Schön euch alle kennenzulernen."

„Du führst sie also zu einem edlen Abendessen aus, was?", fragte Ty.

Ashton nickte. „Genau."

„Um wie viel Uhr bringst du sie zurück nach Hause?", fragte Ty.

Ich lachte und zog an Ashtons Hand. „Komm, Ashton. Er macht nur Witze. Gute Nacht, Leute. Passt auf euch auf." Ich schloss die Tür hinter uns.

Als wir zum Aufzug hinübergingen, schaute Ashton mich mit verwundertem Gesichtsausdruck an. „Und wer ist er, Nina?"

„Ich glaube, er mag mich. Aber er ist ein netter Junge. Niemand, um den du dich sorgen musst", ließ ich ihn wissen.

„Okay, wenn du das sagst." Ashton drückte auf den Aufzugknopf und schon waren wir auf dem Weg zu unserem ersten offiziellen Date.

Das Restaurant war sogar noch besser, als ich es mir vorgestellt hatte. Das Ambiente war umwerfend und das Essen auch.

Der Kellner brachte uns eine Flasche Wein – ein '07er Alfred Gratien Cuvee Paradis aus Frankreich, der 230$ pro Flasche kostete. Nachdem unsere Gläser gefüllt waren, lehnte ich mich zu Ashton und flüsterte ihm ins Ohr: „Du schlachtest wirklich das Sparschwein für dieses Date, was?"

Als seine Fingerspitzen mein Kinn entlangstrichen, schmolz

ich fast auf meinem Stuhl. „Ich möchte dir zeigen, wie wichtig du mir bist." Seine Lippen berührten fast mein Ohr. „Baby."

Der Kosename ließ meinen Magen sich so zusammenziehen, dass ich mich fragte, was für Gefühle noch auf mich zukamen.

Dieser Abend wird ein Traum!

Die Vorspeisen kamen und meine Augen wurden so groß wie Untertassen, als ich die traumhaften Kreationen betrachtete, die vor uns abgestellt wurden. Eine hieß Drei Muscheln und bestand aus einer Reihe von Muschelsorten. Frische Abalone war angerichtet mit Zitronengras, Soja und Limette. Kumamato-Austern waren bedeckt von einer Gurken-Champagner-Mignonette. Und ein Ceviche von Taylor-Bay-Jakobsmuscheln war gemischt mit Seebohne, Tomate und Koriander.

Ashton fütterte mich mit kleinen Bissen von allem. Er hatte keine Ahnung, welchen Effekt es auf mich hatte, als er das Essen in meinen Mund gab. „Es ist fantastisch."

Ich nahm eine kleine Gabel und spießte eine Jakobsmuschel auf, die ich ihm in den Mund schob. Er stöhnte, während er kaute. „Du hast recht, es ist unglaublich."

Die Vorspeise allein genügte, doch es folgte noch mehr.

Die Hauptgerichte waren genauso dekadent. Er hatte schwarzen Seebarsch, der in brauner Hummerbutter angebraten war. Er wurde mit gegrillten Artischocken-Ravioli und frischer Artischocke serviert.

Ich hatte pochierten Hummer aus Nova Scotia. Dazu bekam ich Risotto von süßem und saurem Kürbis, Trumpet-Royale-Pilze und Rosenkohlblätter.

„Dieses Essen ist so beeindruckend." Ich hatte jeden Krümel aufgegessen und säuberte meinen Teller.

Er blickte mit einem Lächeln im Gesicht auf den leeren Teller. „Ich bin auch beeindruckt. Und nun das Dessert."

Das einzige Dessert, was ich wollte, war er.

Doch es schien, als hätte er es bereits bestellt. Unser Kellner kam und nahm unsere Teller mit, bevor das Dessert von einem sehr stolzen Dessertkoch gebracht wurde. „Unser berühmtes Chocolate Brooklyn Bridge. Es besteht aus Milchschokoladen-Marquise, Himbeersorbet, Vanille-Eiscreme, Baiser und ist bedeckt mit einer dunklen Schokoladenglasur."

„Es ist wunderschön", merkte ich an, „und ich bin mir sicher, dass es genauso gut schmecken wird, wie es aussieht."

Der Koch nickte, dann ließ er uns allein, um die dekadente Leckerei zu genießen.

Ashton fütterte mich wieder. Auch ich gab ihm Bissen und dem Glühen seiner Wangen nach zu urteilen war es kaum zu übersehen, dass er genauso heiß war wie ich.

Er nahm seine Serviette und fuhr damit über meine Lippen. „Etwas Schokolade", erklärte er. Dann berührten seine Lippen den Punkt direkt neben den meinen und ich hätte mich fast gedreht, um sie zu treffen.

Doch ich tat es nicht. Mein Begehren würde an einem öffentlichen Ort nicht erfüllt werden. Meine einzige Hoffnung war, dass Ashton mich nicht viel länger auf den Kuss warten lassen würde, von dem ich die letzten zwei Jahre geträumt hatte.

Die Heimfahrt war still. Er hielt meine Hand, sein Daumen fuhr über meinen Handrücken hin und her. Mein Inneres war wie Wackelpudding. Meine Oberschenkel zitterten vor Verlangen.

Im Spa war mir jedes einzelne Körperhaar entfernt worden und dafür war ich verdammt dankbar. Ich betete, dass Ashton jeden Fleck meines Körpers mit langsamen, brennenden Küssen bedecken würde.

Und sogar noch während ich darüber nachdachte, was ich von ihm wollte, hatte ich keine Ahnung, was seine Pläne waren.

Ich wollte ihn nicht drängen. Aber mein Gott, wie sehr wollte ich, dass er sich über mich hermachte.

Als das Auto vor meinem Gebäude hielt, brach mir der Schweiß aus. Ich überkreuzte die Finger hinter dem Rücken und fragte: „Du kommst noch mit hoch, oder?"

Er nickte, während der Fahrer ausstieg, um uns die Tür zu öffnen. „Ich möchte nicht, dass du allein hochgehst, Baby."

Mein Herz schlug schneller, als er mich wieder Baby nannte. Ich liebte es, das Wort aus seinem Mund zu hören. Ich wollte es noch viele weitere Male in mein Ohr geflüstert hören, während er mich nahm.

Auch als wir zu meiner Wohnung hochgingen, war ich mir noch nicht sicher, ob er mit hineinkommen würde. Er hatte nur gesagt, dass er mich nicht allein hochgehen lassen wollte.

Als sich die Aufzugtüren öffneten und wir zu meiner Tür gingen, wurden meine Knie weich. Mein Körper zitterte vor Lust.

Er muss mit mir hineinkommen!

Ich wusste, dass ich ihn lieber nicht fragen sollte, doch ich betete, dass er mich fragen würde.

Er hielt mir die Hand in, damit ich den Schlüssel hineinlegen konnte, dann öffnete er die Tür für mich. „Du bist so ein Gentleman, Ashton."

Ich sah seinen Adamsapfel in seinem Hals hüpfen, als er schluckte. „Ich bin froh, dass du das denkst." Er zog mich ins dunkle Wohnzimmer, doch blieb direkt hinter der Schwelle stehen.

Ich fühlte mein Herz in meiner Brust rasen, als er seine Hände auf meine Schultern legte und sie dann auf meinen Rücken gleiten ließ, um mich an ihn zu ziehen. Es war so dunkel, dass ich seine Augen nicht sehen konnte. Doch ich konnte die Energie zwischen uns fühlen.

Er bewegte sich so langsam, dass ich mich langsam fragte, ob er es wirklich tun würde. Doch als seine Lippen die meinen berührten, während er mich festhielt, konnte ich mich nicht mehr zusammenreißen. Meine Fingernägel gruben sich in seinen Bizeps. Dann schob er seine Zunge zwischen meine Lippen.

Ein Feuerwerk erstrahlte in meinem Kopf und ich verlor mich in ihm auf eine Weise, die ich niemals für möglich gehalten hatte.

## 20

## ASHTON

Ein Kuss war eindeutig nicht genug für mich. Nicht nun, da ich sie endlich in meinen Armen hielt. Mit ihrem Mund auf meinem. Mit ihrem Schlafzimmer direkt neben uns. Ich würde es mir nicht länger vorenthalten.

Ich konnte nicht, selbst wenn ich es gewollt hätte.

Unsere Hände bewegten sich glühend über den anderen und lernten den anderen Körper kennen. Irgendwie dachte ich noch daran, die Tür hinter uns zu schließen, bevor sie mich in ihr Zimmer führte.

Ich wollte es langsam angehen, wirklich. Doch unsere Körper übernahmen die Kontrolle. Ihre Hände zerrten an meiner Kleidung und meine an der ihren. Alles, was sie noch anhatte, war der Schmuck, den ich ihr geschenkt hatte. Und er funkelte wie Magie, wenn das schummrige Licht auf das Gold und die Diamanten traf.

Ich schob sie aufs Bett, mein Mund wollte jeden Körperteil von ihr küssen. Ich begann unten, an ihren rosafarbenen Zehen, und bewegte mich dann nach oben, bis mein Mund an ihrer feuchten Muschi war.

Als ich zu ihr hochschaute, sah ich, dass sie so stark auf ihre

Lippe biss, dass ich Angst bekam, sie könne zu bluten beginnen, wenn ich nichts tat. Also küsste ich ihre Musche und sie stöhnte laut auf, während sie sich aufbäumte. „Ja! Oh Gott, ja!"

Meine Finger gruben sich in das Fleisch ihrer cremigen Oberschenkel, während ich meine Zunge auf und ab über ihre heiße Musche gleiten ließ. „Baby...Baby, du schmeckst so gut."

Ihre Hände fuhren durch mein Haar, während ich sie küsste und leckte. Mein Schwanz pulsierte – er wollte so sehr in ihr sein. Und als sie mich schwer atmend hochzog und sagte: „Ashton, bitte, Baby. Ich will dich in mir spüren. Bitte", da konnte ich dem Verlangen nicht mehr widerstehen.

Ich bewegte mich ihren Körper hinauf und genoss das Gefühl, wie ihre Haut meinen Körper entlangstrich. Sie zog die Knie hoch, als ich mich zwischen ihren Beinen platzierte.

Mit einer Hand hielt ich ihr Gesicht, sodass sie mir in die Augen schaute, während ich meine andere Hand benutzte, um meinen Schwanz in sie zu führen. Die Art, wie sie die Augen schloss, als ich in sie eindrang, traf mich bis ins Herz. „Ja", klang ihre Stimme leise. Ihre Hände griffen meine Arme fest. „Oh, Gott, ja."

„Baby", murmelte ich, während ich mich langsam bewegte und das Gefühl genoss, wie sich ihre Muschi eng um meinen Schwanz schloss. Es war so verdammt lang her gewesen. Doch noch nie zuvor hatte ich etwas wie das hier gefühlt.

Es sollte einfach geschehen. Das wusste ich ohne jeden Zweifel.

Mein Kopf schaltete sich ab und mein Körper übernahm die Kontrolle. Während ich mich in ihre süße Muschi und wieder heraus bewegte, wusste ich, dass ich zu Hause war.

Es war kein Sex. Es war so viel mehr als das. Ich sah Sterne, ich fühlte Wellen durch mich rollen. Es war nicht normal. Es überstieg meine wildesten Träume.

Als ich meinen Weg hinauf zu ihrem Hals und dann über

ihre Wange küsste, fühlte ich Nässe. Sie hatte geweint. „Ist alles in Ordnung?", flüsterte ich an ihrer Wange.

Ihre Hände wanderten hinauf zu meinem Gesicht. „Ich bin so viel mehr als nur in Ordnung, Ashton. Du hast keine Ahnung, wie gut es mir geht."

Ich war froh, das zu hören. „Gut. Mir geht es auch gut. Das hier ist richtig. Ich spüre es. Es war falsch, so lange zu warten."

„Mach dir darüber keine Sorgen." Sie zog mich zu einem Kuss heran, dann ließ sie meinen Lippen los. „Alles, was zählt, ist, dass wir uns jetzt haben."

Ich stimmte ihr zu: „Das ist alles, was zählt." Ich küsste meinen Weg zu ihrem Ohr, biss in ihr Ohrläppchen und flüsterte dann: „Ich liebe dich."

Mit einem Stöhnen sagte sie: „Ich liebe dich auch."

Mit unserer verbalen Eröffnung kam ein Energiestoß.

Sie liebt mich!

Ich bewegte mich schneller und härter, nahm ihren Körper und zeigte ihr, dass sie zu mir gehörte. Niemand anderes konnte ihr das Gefühl geben, das ich ihr gab.

Schwer atmend und stöhnend bewegte auch sie sich schneller. Ihre Nägel gruben sich in meinen Rücken, während unsere Körper sich an einander rieben.

Das Liebemachen war zu etwas anderem geworden. Unsere Körper verlangten nach mehr. Ich stieß meinen Schwanz in sie und spürte, wie er noch tiefer in sie eindrang. Dann zog ich ihn heraus und drehte sie um. Ich wollte, dass er noch tiefer eindrang, und an der Art, wie sie sich auf Händen und Knien gegen mich drückte, erkannte ich, dass sie das auch wollte.

Ich hielt ihre Taille, während ich wieder in sie stieß. „Ja!", schrie sie.

Ich schlug auf ihren Arsch und drang wieder und wieder wild in sie ein. Das war mir überhaupt nicht ähnlich. Ich war nie diese Art von Liebhaber gewesen. Ich war immer sanft und süß gewesen. Das hier war neu für mich.

Aber es war etwas Neues, was mir sehr gefiel.

Nina brachte Dinge in mir zum Vorschein, von denen ich keine Ahnung hatte, dass sie in mir waren.

Das erste Zusammenziehen ihrer Muschi um meinen Schwanz sagte mir, dass sie sich dem Höhepunkt näherte, und als ihr Körper sich um mich verkrampfte, war ich hilflos. Ich schoss mein Sperma in sie, während wir beide vor Erleichterung schrien.

Sie fiel auf das Bett und ich fiel direkt auf sie, während wir uns bemühten, wieder zu Atem zu kommen. Ich hatte Angst, sie unter mir zu zerdrücken, also rollte ich mich zur Seite. Sie kam direkt, um sich auf meine Brust zu legen, und küsste sie, während sie murmelte: „Ich liebe dich so sehr."

Mein Herz schmerzte, so viel Liebe fühlte ich für sie. Ich legte meinen Arm um ihre Schultern und küsste ihren Kopf. „Ich auch, Baby. Ich auch."

Als wir beide wieder normal atmen konnten, hob sie den Kopf und schaute mich an. „Willst du mit mir duschen? Ich muss das Makeup hier abwaschen. Ich schlafe nie damit."

„Klar will ich." Ich sprang aus dem Bett, nahm sie hoch und trug sie nackt durch den Raum.

„Ashton, ich habe Mitbewohner. Wir können nicht nackt rausgehen." Sie wies mit dem Kopf zum Schrank. „Lass uns Bademäntel anziehen. Meiner wird dir nicht besonders gut passen, aber besser als nichts."

Als ich sie abstellte und darauf wartete, dass sie uns etwas zum Anziehen suchte, dachte ich über ihr Wohnarrangement nach. Und ich wusste, dass es für mich nicht funktionieren würde.

Doch es war zu früh, um sie bereits um mehr zu bitten.

Der Bademantel war einengend, um es milde auszudrücken.

Doch er bedeckte genug von mir, um zum gemeinsamen Badezimmer gehen zu können.

Nachdem ich die Tür abgeschlossen hatte, zog ich den Bademantel aus und betrachtete sie, während sie ihren fallenließ.

Mein Schwanz erwachte zum Leben und griff sie beinahe an, während sie mit dem Rücken zu mir dastand und die Dusche anstellte. „Ashton!"

Ich biss ihr in den Nacken und hob ihre Arme. „Oh, Baby, diese Dusche wird so viel Spaß machen."

Ich stieg mit ihr in die Wanne und drückte ihren Körper gegen die Wand. Dann zog ich ihre Beine hoch und legte sie um mich, bevor ich meinen harten Schwanz in sie drückte.

Die Art, wie ihre Nägel meinen Rücken auf und ab wanderten, machten mich heiß auf sie. Ich konnte nicht genug bekommen. Endlich hatte ich sie und ich hatte nicht vor, sie auch nur eine Minute schlafen zu lassen.

Das warme Wasser floss über uns, während ich sie fickte, als wäre sie die einzige Frau auf der Welt. Sie machte mich zu einer wilden Bestie, die sie auf jede Weise haben musste, die ich bekommen konnte.

Als ihre Nägel sich in meinen Rücken gruben, machte ich mich bereit für das Gefühl ihrer pulsierenden Muschi um meinen Schwanz. Ich kannte bereits die Zeichen ihres Körpers und als sie kam, kam auch ich.

Ich knurrte und stöhnte, als mein Sperma sie füllte. Mein Schwanz pulsierte und zuckte, während er noch mehr Sperma in sie schickte.

Erst als das abebbte, begann mein Hirn wieder zu funktionieren. „Ähm, ich habe vergessen, dich zu fragen. Ich habe nicht klar gedacht. Verhütest du irgendwie?"

Sie lachte. „Die Spritze. Kein Grund zur Sorge."

„Ich habe keine Angst." Ich küsste die Seite ihres Halses,

bevor ich sie herunterließ. „Ich war nur neugierig. Wenn du schwanger würdest, wäre das kein Problem für mich."

Sie schaute mich sehr ernst an. „Bist du dir sicher?"

Ich nickte, dann griff ich nach der Flasche Zitronenshampoo. „Ich wusste, dass du das hier benutzt. Und ja, ich bin mir sicher über das, was ich gesagt habe. Jetzt, wo ich dich habe, habe ich nicht vor, dich jemals gehen zu lassen, nur damit du es weißt. Und auch damit du es weißt, du bist offiziell vom Markt."

„Oh, bin ich das?", fragte sie kichernd.

Ich goss etwas Shampoo in meine Handfläche und massierte ihr den Kopf. „Ja, bist du. Keine Männer mehr für dich, du süßes Ding. Ab jetzt nur noch ich."

„Na du bist ja überzeugt von dir selbst", sagte sie mit einem Lächeln. Dann zwinkerte sie mir zu. „Aber dazu hast du auch jedes Recht. Und nur damit du es weißt, du bist auch nicht mehr auf dem Markt."

„Ich war eh nicht auf dem Markt." Ich strich ihr Haar zurück, um es auszuspülen.

Als ich ihren Kopf wieder hochzog, sah ich ihre Augen glitzern. „Passiert das hier wirklich, Ashton?"

Mit einem Kuss auf ihre geschwollenen Lippen ließ ich sie wissen, dass es echt war. „Ich liebe dich, Nina Kramer. Ich glaube, dass ich das bereits seit einer langen Zeit tue."

Sie seufzte und lehnte den Kopf an meine Brust. „Ich auch."

Innerlich schimpfte ich mich dafür aus, so lange gewartet zu haben. Ich war ein Idiot gewesen. Doch dann fuhr sie mit den Händen über meine Arme als wüsste sie, was ich tat. „Es war endlich der richtige Zeitpunkt. Ich bin froh, dass wir gewartet haben. Dich wirklich zu kennen und mehr über dich als Freund gelernt zu haben, macht das hier so besonders."

Lachend musste ich sagen: „Mädchen, du kannst wirklich meine Gedanken lesen." Ich küsste sie wieder und liebte die

Tatsache, dass ich sie nun küssen konnte, wann immer ich wollte.

Sie entzog sich mir. „Jetzt muss ich dir die Haare waschen."

Sie reichte mir nur bis zu den Schultern, sodass ich sie fragend anschaute. „Und wie willst du das tun, wenn ich fragen darf?"

Sie stellte die Dusche aus und steckte den Stöpsel in den Abfluss. „In der Badewanne natürlich."

Wir legten uns in die Wanne, ich vor ihr. Sie brachte mich dazu, mich gegen ihre weichen Brüste zu lehnen, während sie meine Haare wusch. Ich hatte mich noch nie so wohlgefühlt. Die Art, wie ihre Hände über mich glitten, beruhigten mich so sehr, wie ich es nie für möglich gehalten hätte.

„Da könnte ich mich dran gewöhnen, Baby."

Sie fuhr mit ihren eingeseiften Händen über meine Brust. „Ich auch."

Ich nahm ihre Hand, zog sie hoch und küsste sie. Dann drehte ich mich um und zog ihre Beine herunter. „Ich schaffe es nicht, meinen Schwanz davon abzuhalten, hart zu werden."

„Habe ich ein Glück", sagte sie grinsend.

„Ich weiß nicht, wie wir das bei der Arbeit machen sollen." Ich schob meinen Schwanz wieder in ihre enge Muschi.

„Wir werden einfach diskret sein müssen." Sie bewegte ihre Beine, um Platz für mich zu machen.

Der Gedanke daran, wie sie sich über meinen Schreibtisch beugt, kam mir wieder in den Sinn. „Und leise." Ich bewegte mich in langsamen Stößen, um nicht zu viel Wasser zu vergießen.

Pläne hatten bereits begonnen, sich in meinem Kopf zu entwickeln. Die Zukunft lag uns zu Füßen. Und sie sah strahlend aus.

## 21
## NINA

Meine Augenlider waren schwer, als ich erwachte. Ein Bein lag auf mir, ein Arm an meiner Seite. Und ein warmer Atem strich mir gleichmäßig über den Nacken.
*Es ist real!*
Die vorherige Nacht war so fantastisch gewesen, dass ich sicher gewesen war, dass es ein Traum gewesen sein musste. Doch Ashton neben mir liegen und mich umarmen zu fühlen war absolut kein Traum.
*Es ist real!*
Ich öffnete die Augen nicht. Ich lag absolut still und genoss jede Sekunde. Wie seine Haut mich berührte, wie sein Körper gegen meinen lehnte, sogar sein Atem faszinierte mich.
*Ich könnte ewig hier liegen.*
Im Bett, in Ashtons Umarmung, diesen Ort wollte ich niemals verlassen. Und das hätte ich auch nicht, wenn meine Blase nicht voll gewesen und es langsam unangenehm geworden wäre.
Vorsichtig schob ich seinen Arm von mir, dann sein Bein, setzte mich auf und rieb mir mit dem Handrücken die Augen.

Als ich aufstand, tat mein Körper auf die allerbeste Art und Weise weh. Mit meinem Muskelkater machte ich mich hinkend auf den Weg ins Bad und stellte sicher, dass mein Bademantel mich ordentlich bedeckte, bevor ich mein Zimmer verließ.

Im Badezimmerspiegel sah ich, dass meine Haare chaotisch waren, doch mein Gesicht strahlte. „Alter, er hat dich richtig durchgenommen, Schwester." Meine Wangen waren rot von seinen Bartstoppeln, meine Lippen geschwollen von seinen Küssen.

Als ich mich auf die Toilette setzte, sah ich, dass die Innenseiten meiner Oberschenkel rot waren, ebenfalls von seinen Bartstoppeln. Ein Lächeln schlich sich auf meine Lippen. Das verschwand jedoch so schnell, wie es gekommen war, als ich zu pinkeln begann und es brannte wie Feuer. „Autsch!"

Doch das Lächeln schlich sich zurück, als ich mich daran erinnerte, woher das Brennen kam, und plötzlich war mir der Schmerz ganz egal. Gut, mein gesamter Körper schmerzte, doch das lag an dem Sport, den er mit Ashton getrieben hatte. Einen äußerst befriedigenden Sport.

Nachdem ich mein Gesicht gewaschen, Zähne geputzt, Haare gekämmt und mich mit einem Lavendel-Spray eingesprüht hatte, fühlte ich mich bereit, ins Bett zurückzukehren. Mit Ashton zu kuscheln schien mir äußerst verlockend.

Als ich mein Zimmer betrat, saß Ashton im Bett. Er schaute mich an. „Ich habe dich vermisst."

„Ich war nur ein paar Minuten lang weg." Ich zog den Bademantel aus und warf ihn zur Seite. Auf dem kurzen Weg zu ihm schwang ich die Hüften.

Seine Hände griffen nach meinen Hüften und hielten mich still. „Lass mich dich ansehen." Seine Lippen küssten meinen Bauch, dann fuhr er mit der Zunge um meinen Bauchnabel.

Es ließ mich erzittern. Ich fuhr mit den Händen durch seine blonden Wellen, die aus dem Haarknoten gefallen waren, den er in der Nacht getragen hatte. Nun war sein Haar offen und ich wollte nichts mehr, als meine Hände darin zu vergraben.

Gerade, als ich mich in Ashton verlieren wollte, knallte etwas laut gegen die Wand. Dann folgten fluchende und lachende Stimmen. „Das ist Sandys Zimmer."

Der Klang von gleich zwei männlichen Stimmen, die auf der anderen Seite lachten, ließen Ashton und mich uns mit hochgezogenen Augenbrauchen anschauen. „Hat sie zwei Freunde?"

Ich schüttelte den Kopf. „Sie führt keine Beziehungen. Sie lehnt Monogamie ab. Aber das ist das erste Mal, dass ich zwei Kerle gleichzeitig bei ihr höre."

„Ich zuerst!", rief einer der Typen.

„Jungs, kein Grund zum Streiten. Einer kann nach oben und der andere nach unten", bot Sandy ihnen an.

Es war mir so peinlich, dass mir heiß wurde. „Oh, Gott. Ashton, es tut mir so leid."

Lächelnd zog er mich auf sich. „Das muss es nicht. Komm einfach her und wir machen unseren eigenen Lärm. Vergiss sie. Ich habe es bereits."

Er drehte sich mit mir um und klemmte mich unter sich fest. Seine blauen Augen schauten in meine, während ich sein langes Haar zurückstrich. „Es ist schön, dich heute Morgen in meinem Bett zu sehen, Ashton."

„Es ist schön, heute Morgen in deinem Bett zu sein, Nina." Er küsste meine Nasenspitze. „Ich hoffe, du weißt, dass ich vorhabe, deine Zeit dieses Wochenende zu monopolisieren."

„Ich hoffe, du weißt, dass mich das sehr glücklich macht." Ich strich mit den Händen über seine breiten Schultern und biss mir auf die Lippe, als sich seine Muskeln zusammenzogen.

Er vergrub sein Gesicht an meinem Hals und flüsterte: „Ich sollte mich mal ein bisschen frisch machen."

Ich wollte nicht, dass er ging. Doch ich musste ihn gehen lassen. „Alles klar. Ich warte hier auf dich."

Mit einem kurzen Kuss auf meine Wange schwang er sich aus dem Bett und ging. Ich drehte mich auf die Seite, um ihm nachzuschauen. Sein Po war perfekt. Seine Schultern waren breit und seine Rückenmuskeln bewegten sich mit jedem Schritt. Auf einer seiner Schulterblätter war ein Adler mit gespreizten Flügeln, so als flöge er.

Ich wusste nicht, dass Ashton ein Tattoo hatte. Es gab noch viele Dinge über diesen Mann zu lernen, von dem ich gedacht hatte, dass ich ihn bereits ziemlich gut kannte.

Nachdem er einen meiner Bademäntel übergeworfen hatte, verließ er mein Zimmer. Ich schloss die Augen. Ich konnte mich nicht daran erinnern, jemals so glücklich wie in jenem Moment gewesen zu sein. Mein Herz schlug ruhig. Ich fühlte mich munter, obwohl ich kaum geschlafen hatte.

Das muss Liebe sein.

Es gab nichts anderes, was dieses Glücksgefühl erklären konnte.

Ich liebe Ashton Lange.

Ich hatte in den letzten zwei Jahren, in denen ich diesen Mann kannte, nie Liebe erwähnt oder auch nur daran gedacht. Doch bei unserem ersten Kuss wusste ich, dass ich ihn liebte. Ich hatte mich über die Jahre in ihn verliebt und es nicht einmal bemerkt.

Während ich dalag, träumte ich von der Zukunft. Ich war mir sicher, dass er in unserer Beziehung schnell die nächsten Schritte gehen wollen würde, da wir nun offen mit einander waren. Doch wie schnell wollte ich voranschreiten?

Ich war mir nicht sicher. Ich war immer noch etwas besorgt, wie er mit allem umgehen würde. Ich war nicht so naiv zu denken, dass seine Probleme aus der Vergangenheit durch unsere Beziehung einfach verschwinden würden.

Ich hoffte jedoch, dass seine Probleme mit der Zeit weniger würden. Und nun, da er mit einer Therapeutin arbeitete, hatte ich große Hoffnungen, dass sich sein Zustand verbessern würde.

Wir könnten uns zusammen eine Zukunft aufbauen. Ich wusste, dass wir das konnten. Und ich wusste, dass nicht alles rosig sein würde. Doch ich war bereit. Was auch immer käme, mit diesem Mann würde ich es überstehen.

Als sich meine Tür öffnete, kam Ashton mit rotem Gesicht hereingestampft. „Ich habe einen der Freunde deiner Mitbewohnerin getroffen."

„Oh, Scheiße!" Ich setzte mich auf und die Bettdecke fiel mir von den Brüsten.

Er schaute sie direkt an. „Äh ja." Er zog den Bademantel an und griff direkt nach seinen Klamotten, die überall herumlagen. „Wir sollten zu mir gehen."

„Aber es ist so früh." Ich räkelte mich und klopfte auf das Bett. „Komm schon, lass uns noch ein Weilchen bleiben und dann können wir zu dir gehen, wenn du willst."

„Ich will jetzt gehen." Er zog seine Unterwäsche an. „Der Typ hat gesagt, dass noch mehr Leute kommen. Anscheinend gibt es hier eine Samstagsorgie, Baby." Er schaute mich mit einem merkwürdigen Gesichtsausdruck an. „Hattest du davon eine Ahnung?"

Ich lachte. „Nein. Ich bin mir sicher, dass er nur einen Witz gemacht hat." Ich klopfte wieder auf das Bett, damit er zu mir zurückkam.

„Ich weiß nicht." Er schüttelte mit dem Kopf, während er seine Hose vom Boden aufhob. „Er hat gesagt, dass wir uns zu ihnen gesellen sollten. Er schien es ziemlich ernst zu meinen. Ich würde mich besser fühlen, wenn wir gingen." Er zog die Hose an und schaute mich ernst an. „Und du kommst mit. Glaube ja nicht, dass ich alleine gehe. Aufstehen, Fräulein. Wir hauen ab."

Ich lachte und stand auf. Es war offensichtlich, dass Ashton gehen wollte. Und ich mochte es, dass er so offen zeigte, dass er wollte, dass ich mitkam.

Er hatte mich immer beschützt. Ich schätzte, das würde noch stärker werden durch unsere beginnende Beziehung. „Okay, Daddy."

„Daddy?", fragte er und hielt kurz inne. „Das gefällt mir."

Kichern ging ich zu ihm und legte ihm die Arme um den Hals. „Trag mich, Daddy."

Er hob mich hoch und ich küsste ihn, während ich meine Beine um ihn schlang. Meine Muschi pulsierte gegen seinen nun bedeckten Schwanz. Ich wollte ihn so sehr, dass ich meine Bewegungen nicht kontrollieren konnte.

Doch dann drang ein lautes Stöhnen durch die Wand, gefolgt von einem schrillen Schrei von Sandy. Dann war auch ich bereit zum Aufbruch.

Er setzte mich ab und grummelte: „Lass uns abhauen, bevor wir Dinge hören, die uns verfolgen werden."

Ich hatte keine Ahnung, was mit Sandy los war, doch ich wollte definitiv nicht mitmachen. Ich nahm an, dass Kyles Abwesenheit an dem Wochenende sie zu diesem Plan angetrieben hatte.

Gerade als ich darüber nachdachte, was ich tun würde, wenn ihre Orgie das ganze Wochenende dauern würde, sagte Ashton: „Pack deine Tasche. Du bleibst das Wochenende über bei mir. Du kannst am Montag nach der Arbeit zurückkommen."

Ich war nicht daran gewöhnt, gesagt zu bekommen, was ich tun sollte, doch es gefiel mir. „In Ordnung."

Nachdem ich meine Tasche gepackt und mich angezogen hatte, gingen wir nach unten, um ein Taxi zu seiner Wohnung zu nehmen. Er hielt meine Hand und streichelte mit dem Daumen über meinen Handrücken, dann schaute er mich an.

„Wir können bei mir Frühstück machen. Ich habe Eier und Bacon."

„Gut, ich mache die Eier, du den Bacon, so werden wir schnell fertig." Ich lehnte mich herüber, um seine Wange zu küssen. Und dann rutschte es mir einfach wieder heraus: „Ich liebe dich."

Sein schiefes Lächeln brachte mich zum Lächeln. „Ich liebe dich auch." Seine Lippen küssten mir die Stirn. „Mehr als ich je für möglich gehalten habe."

Mein Herz blieb fast stehen. Heißt das, dass er mich mehr liebt, als er Natalia zuvor geliebt hat?

Ich traute mich nicht, nachzufragen. Doch ich fragte mich, ob er das damit gemeint hatte.

Ich kuschelte mich an seine Seite und flüsterte: „Ich fühle mehr für dich, als ich je für jemanden gefühlt habe."

Seine Hand legte sich auf mein Kinn, als er seine Lippen auf die meinen legte. Die Berührung war so sanft, dass mein Körper ganz unruhig wurde. Ich hatte Schmetterlinge im Bauch. Mein Kopf leerte sich.

Er seufzte lang und tief, als er sich zurückzog. „Das wird ein Zuckerschlecken."

Ich war mir nicht sicher, was er meinte. „Was denn?"

„Dich zu lieben." Seine Augen funkelten, als er mich anschaute. „Ich habe so lange dagegen angekämpft. Ich hatte so viel Angst davor, von Freunden zu einem Paar zu werden. Doch nichts hieran fühlt sich komisch an. Es kommt mir alles so natürlich vor. Als hätten wir es bereits seit einer Ewigkeit getan."

Die Art, auf die er mich anschaute, gab mir das Gefühl, dass er noch mehr zu sagen hatte und sich nicht sicher war, wie er es ausdrücken sollte. Also riet ich und hoffte, dass er noch mehr mit mir teilen würde. „Es fühlt sich anders mit ihr an, oder?"

Er nickte. „Ja, das tut es."

Da er nicht gezögert hatte, ging ich noch ein Stück weiter. „Es fühlt sich natürlicher an, oder?"

„Ja, das tut es." Seine Hände fuhren meinen Arm herauf und dann berührten seine Fingerspitzen mein Kinn. „Ich habe absolut keine Zweifel wegen dir, Nina. Jetzt, wo ich losgelassen habe, bin ich ganz bei der Sache. Ich war noch nie ganz bei der Sache. Nicht so, wie ich es bei dir bin."

Mein Herz raste bei dem Gedanken daran, dass ich nicht im Schatten eines toten Mädchens leben würde. Ich hatte sein Herz und das war alles, was für mich zählte, denn auch er hatte mein Herz.

## 22

## ASHTON

Der Montag kam und das Wochenende blieb hinter uns als ein Mischmasch aus Bettzeug, Duschen und einigen intensiven Mahlzeiten, die ich niemals vergessen würde. Käse und Aufschnitt von Ninas Bauch zu essen war besser als jedes Käsebrett, das ich je gegessen hatte.

Doch die Arbeitswoche unterbrach unsere Zweisamkeit und trennte uns den ganzen langen Tag über. Jedenfalls für kurze Zeitspannen.

Ich schaute in ihrem Büro vorbei und traf sie dabei an, wie sie die sozialen Medien für Lila aktualisierte. "Hey."

Ihre grünen Augen flogen vom Computerbildschirm zu mir. „Hey du."

Ich schloss die Tür hinter mir und ging direkt zu ihr, hob sie hoch und setzte sie auf dem kleinen Schreibtisch ab. Ich konnte mich nicht davon abhalten, ich musste sie küssen.

Nach einem langen Kuss zog ich mich zurück und legte meine Stirn an ihre. „Ich war noch nie so froh, dass wir zusammenarbeiten. Immerhin bekomme ich ab und zu ein bisschen von dir, da wir im gleichen Gebäude sind."

Ihre Finger malten Kreise auf meinem Rücken. „Ich auch."

Sie beugte sich für einen weiteren Kuss vor und ich gab ihn ihr.

Als unsere Lippen sich trennten, seufzte ich: „Baby, ich bin so verknallt."

Sie lachte. Ein süßer Klang, der ein Echo in meinem Herzen hinterließ. „Ich auch, Schatz. Es ist Zeit für einen Kaffee in Lilas Büro. Ich bringe dir eine große Tasse mit. Ich bin so aufgeregt, ihnen von unseren großen Neuigkeiten zu erzählen."

Selbst wenn ich gewollt hätte, hätte ich das Grinsen nicht von meinem Gesicht wischen können. Ich klatschte ihr auf den Hintern, als sie sich von mir entfernte, und sagte: „Erzähle ihnen nicht alle Details. Wir müssen ein paar Geheimnisse für uns behalten."

Sie wandte sich mir zu und legte den Finger an die Lippen. „Keine Sorge. Niemand wird je erfahren, wie sehr ich es mag, wenn du ..."

Ich unterbrach sie. „Scht. Die Wände haben Ohren."

Sie öffnete die Tür und lachte, während sie aus ihrem Büro ging. Ich folgte ihr hinaus, um nach oben zu Artimus zu gehen. Wir nahmen den Aufzug zusammen. Ihre Hand griff nach der meinen, als wir zurücktraten, um mehr Menschen hereinzulassen. Ich liebte das Gefühl von ihrer Hand in meiner.

Es war verrückt, wie mein Herz vor Liebe anschwoll bei jeder ihrer Berührungen. Ich wusste, dass es in den Augen von manchen Leuten wenig Zeit war. Aber unsere Liebe zueinander war über die vergangenen zwei Jahre heimlich gewachsen, ob wir es bemerkt hatten oder nicht. Es schien mir absolut logisch.

Die letzten Stockwerke fuhren wir allein nach oben und ich nutzte die Chance, mir einen letzten Kuss zu holen, bevor wir uns trennen mussten. „Vermiss mich", sagte ich ihr, bevor sich die Aufzugtüren öffneten und wir in der Penthouse-Lobby standen.

Sie warf mir einen Kuss zu und ging dann den Flur herunter,

während ich zu Artimus' Büro ging. Brady und Veronica starrten uns an.

Ich schaute sie über die Schulter an. „Ja, wir sind zusammen."

Brady räusperte sich. „Wir auch."

Ich hielt an und drehte mich um, um sie anzusehen. „Wirklich?" Ich scherzte nur. Alle wussten von ihren Putzmittelschrank-Eskapaden.

Veronica nickte. „Wir sind letzte Woche zusammengezogen."

„Na, ihr beide meint es ja ernster, als irgendwer geahnt hätte." Ich nickte mit dem Kopf zum Putzmittelschrank. „Wir dachten alle, ihr hättet nur eine bedeutungslose Arbeitsplatzaffäre. Dann herzlichen Glückwunsch. Ich wünsche euch alles Gute."

Veronica starrte den Schrank an und sagte nichts. Doch Brady bedankte sich schnell: „Danke, Ashton. Dir und Nina auch alles Gute."

„Danke." Ich klopfte an Artimus' Tür. „Ich bin's. Ashton."

Als die Tür sich öffnete, sah ich, dass auch Duke unseren Chef besucht hatte. „Da ist er."

Ich ging hinein und setzte mich auf das Sofa gegenüber von ihnen. „Da bin ich. Und ich habe Neuigkeiten für euch."

Artimus lächelte mich an. „Das Date ist also gut gelaufen?"

„Mehr als gut." Ich überkreuzte die Beine und hielt mir einen Knöchel, während ich an das leidenschaftliche Wochenende dachte.

Duke brach in Lachen aus. „Klingt, als wäre jemand flachgelegt worden."

Ich schüttelte den Kopf. „Es war mehr als das, Duke. So viel mehr."

Artimus schien überrascht. „Mehr als das? Was habt ihr zwei am Freitagabend getan?"

„Wir sind ausgegangen und hatten ein tolles Abendessen.

Haben uns großartig unterhalten. Und zum Schluss habe ich sie zu ihrer Wohnung begleitet. Ich habe ihr einen Gutenachtkuss gegeben." Ich seufzte.

Duke lachte wieder. „Euer erster Kuss, oder?"

„Ja." Ich konnte wieder das Kribbeln in meiner Zunge fühlen wie in dem Moment, als ich sie geküsst hatte.

Artimus drängte auf mehr Informationen. „Und dann bist du gegangen?"

Ich schüttelte den Kopf, als ich fortfuhr: „Nein. Ich bin nicht gegangen."

Duke heulte wie ein Wolf. „Die Trockenzeit ist vorüber. Er hat endlich Regen bekommen."

Artimus boxte Duke auf den Arm. „Alter Schlingel!" Er schaute mich an. „Hör nicht auf ihn. Du weißt, wie Sportler sind. Hast du die Nacht mit ihr verbracht?"

„Ja, habe ich." Meine Brust schwoll vor Stolz. „Und am nächsten Morgen habe ich sie mit zu mir genommen. Wo ich sie bis heute Morgen behalten habe. Wir sind zusammen zur Arbeit gefahren."

„Zieht sie bereits zu dir?", fragte Duke mich mit überraschtem Gesichtsausdruck.

„Noch nicht." Meine Finger klopften auf meinen Oberschenkel, während ich darüber nachdachte. „Aber ich möchte, dass sie so bald wie möglich zu mir zieht."

„Ich weiß nicht", sagte Artimus und seine Hand fuhr über sein Kinn. „Ich würde es nicht übereilen, Ashton. Sprich zumindest mit Dr. Patel darüber, wie du fortfahren solltest. Wir wollen ja nicht, dass du dich in die Beziehung stürzt und dann einen Rückfall erleidest."

Es gefiel mir nicht, wie er über meinen Trauerprozess sprach. „Artimus, ich habe nicht Krebs. Ich habe ein paar Probleme, aber mehr auch nicht."

„Trotzdem, übereile nichts", warnte er mich, „Ich weiß, dass ihr zwei Jahre lang gewartet habt, aber begeht nicht den Fehler, jetzt hektisch zu werden."

Ich hatte das Gefühl, dass es viel zu spät war, um diese Achterbahn noch zu stoppen. „Leichter gesagt als getan."

Duke nickte. „Ja, ich weiß." Er boxte Artimus auf den Arm. „Du und ich sind deinem Rat nicht gerade gefolgt, Artimus. Und wir haben es ganz gut hinbekommen."

Mit stoischem Gesichtsausdruck informierte Artimus ihn: „Wir hatten auch nicht seine Vergangenheit." Er schaute mich an. „Geh es langsam an, Ashton. Sei vorsichtig. Ich fände es schrecklich, wenn du oder Nina verletzt würdet, weil ihr es überstürzt habt."

„Ich werde es versuchen, Artimus. Das werde ich. Aber es scheint mir fast unmöglich zu sein." Ich dachte daran zurück, wie ich mir unser erstes Mal vorgestellt hatte. „Ich hatte den Plan, unser erstes Mal besonders zu machen. Ihr wisst schon, es langsam zu machen und mir Zeit zu nehmen."

Duke lachte. „Ich wette, du hast es absolut nicht langsam angehen lassen."

Mit einem Kopfschütteln gab ich zu: „Nein, das habe ich nicht." Dann fügte ich hinzu: „Und ich hätte nie gedacht, dass ich sie darum bitten würde, das Wochenende sofort bei mir zu verbringen. Aber als ihre Mitbewohnerin entschied, selbst ein sexy Wochenende zu haben – mit mehr als nur ein paar Gästen – habe ich Nina nicht darum gebeten, mit mir zu kommen. Ich habe es von ihr verlangt."

„Ihre Mitbewohnerin hat was getan?", fragte Artimus.

Meine Augen legten sich auf ihn, um seine Reaktion zu beobachten. „Sie hatte eine Orgie."

Duke prustete. „Nicht wahr!"

„Ich schwöre." Meine Hände flogen in die Luft. „Wir hörten sie in ihrem Zimmer mit zwei Kerlen. Dann bin ich ins Bad gegangen und da war einer von ihnen. Er stand im Flur mit nichts an als etwas, was aussah wie ihr Höschen. Er hat uns zu ihrer Orgie eingeladen. Also habe ich Nina gesagt, dass wir abhauen würden."

Duke und Artimus schauten mich überrumpelt an. Dann sagte Artimus: „Lass das nicht den Grund sein, aus dem du sie darum bittest, zu dir zu ziehen, Ashton."

„Oh, das wird einer der Gründe sein, aus denen ich sie darum bitten werde, zu mir zu ziehen – ich will nicht, dass sie an einem Ort lebt, an dem sie sich unwohl fühlt. Doch der wichtigste Grund ist, dass ich bezweifele, dass ich ohne sie gut schlafen kann." Ich kratzte mich am Kopf, während ich darüber nachdachte, wie ich das heute Abend schaffen würde. „Ich weiß, dass es erst drei Nächte waren, aber ich bin mir ziemlich sicher, dass ich bereits süchtig danach bin, sie die ganze Nacht lang zu umarmen."

Duke stand auf und ging zum Kühlschrank, um etwas herauszunehmen. „Okay, Artimus. Es ist Zeit, eine Wette abzuschließen. Ich gebe unserem Romeo einen Monat, bis er ihr einen Heiratsantrag macht."

„Ich bin nicht so impulsiv, Duke. Das musst du mir lassen." Doch noch als ich diese Worte sagte, erschienen mir Verlobungsringe vor Augen.

Artimus Gesichtsausdruck war wie versteinert. „Ich meine es ernst, Ashton. Stürz dich nicht in etwas Dauerhaftes."

Ich war so lange allein gewesen. Hatte so lange in der Erinnerung an Natalia gelebt. Doch jetzt hatte ich Nina. Ich wollte nicht mehr allein sein. Aber ich wusste auch, dass Artimus recht hatte. Ich musste es langsam angehen lassen. „Ich werde mir wirklich Mühe geben, mir Zeit zu lassen. Sie wird die Woche über bei sich schlafen. Und ich werde schauen, ob ich das nächste Wochenende ohne sie überstehe." Ich schüttelte den Kopf. „Nein. Wieso sollte ich mir das antun? Artimus, ich war so lange allein. Wieso muss ich mir das jetzt verbieten?"

„Ich habe nicht gesagt, dass du dir alles verbieten sollst. Ich meine nur, dass du die Worte ‚zieh bei mir ein' und ‚heirate mich' noch eine Weile nicht in den Mund nehmen solltest. Das ist alles." Er schaute Duke an, der in den Kühlschrank starrte. „Kannst du mir einen Apfelsaft geben, Duke?"

„Klar." Duke schaute mich an. „Willst du irgendetwas?"

„Nee. Nina macht Kaffee in Lilas Büro. Sie bringt mir bald einen." Mit einem tiefen Einatmen versuchte ich, meine Gedanken zu verlangsamen. Ich eilte auf Nina zu und es schien mir unmöglich anzuhalten.

Artimus fragte Duke: „Wieso trinkst du ihren Kaffee nicht, Duke? Er ist großartig."

„Ich trinke kein Koffein." Er warf Artimus eine Flasche Apfelsaft zu, dann öffnete er sich ein Wasser. „Habt ihr das noch nie bemerkt?"

Ich schüttelte den Kopf. „Also ich habe es nicht bemerkt."

„Ich auch nicht." Artimus nahm einen großen Schluck Saft. „Gibt es einen bestimmten Grund, wieso du dich von Koffein fernhältst?"

„Es macht mich nervös. Ich hasse es, nervös zu sein." Er kippte sein Wasser herunter. „Ich gehe ins Fitnessstudio. Will jemand mit?"

„Ich könnte etwas Sport gebrauchen." Ich stand auf, um ihm zu folgen.

Artimus nickte und stand auch auf. „Gute Idee. Sport, ein bisschen Kaffee und dann bald Mittagessen. Klingt wie ein ganz normaler Tag für uns."

Damit hatte er recht. Das war unser typischer Tag. Wir brachten das Beste in einander hervor.

Ich wusste, dass diese Jungs mich unterstützten. Ich wusste, dass sie mir nur sagten, dass ich es mit Nina langsam angehen sollte, weil sie um mich besorgt waren.

Als wir in den Aufzug stiegen, stieß ich Artimus mit der

Schulter an. „Danke noch mal dafür, dass du mich mit Dr. Patel bekanntgemacht hast."

„Dafür hat man Freunde, Ashton. Wir machen Sachen, selbst wenn unsere Freunde sich beschweren und uns sagen, dass wir sie nicht tun sollen." Er stieß meine Schulter zurück an. „Und ich möchte, dass du weißt, dass ich für dich da bin. Friss nicht wieder alles in dich hinein, okay?"

Ich hatte so vieles so lang für mich behalten, doch er hatte recht. Ich musste ihm und Duke gegenüber offen sein. „Versprochen." Und dann dachte ich wieder an Nina. „Wir haben bereits das L-Wort zu einander gesagt. Und ich muss euch etwas gestehen: Ich liebe sie mehr, als ich je jemanden geliebt habe."

„Das weißt du jetzt schon?", fragte Duke mit großen Augen.

„Ja." Ich war mir sicher, dass ich sie mehr als alles liebte.

Artimus machte einen tss-Klang. „Na, es langsam anzugehen, scheint euch ja wirklich unmöglich zu sein."

Das sah ich ähnlich.

## 23

## NINA

Es war Donnerstagabend und ich lag mit dem Handy in der Hand und dem Kopf auf dem Kissen im Bett und telefonierte mit Ashton. „Ich vermisse dich auch."

Obwohl wir uns jeden Tag bei der Arbeit sahen, war es schwer, abends getrennte Wege zu gehen.

„Bitte denke noch einmal über Samstag nach, Baby", bat er mich wieder.

Er hatte mich darum gebeten, zumindest Samstagnacht mit ihm zu verbringen. Und ich wollte, doch Lila und Julia hatten mich davor gewarnt, die Dinge mit ihm zu überstürzen. Und ich hatte das Gefühl, dass sie recht hatten. „Ich weiß nicht, Ashton."

„Du wirst es nicht bereuen, Nina. Ich habe Schokoladeneis, Kirschen und Schlagsahne. Ich kann einen Nina-Sundae machen", lockte er mich.

„Das klingt gut." Wen wollte ich belügen? Das klang umwerfend.

Es war schwer, die Dinge nach all dieser Zeit langsam anzugehen. „Schließe die Augen und stell dir vor, wie ich Schokolade von dir ablecke, während sie von deinem Bauch herunter zu deinem reifen Pfirsich läuft …"

„Ashton!", stöhnte ich. Mir war absolut klar, was er da tat, doch ich war bereits feucht vor Verlangen und hilflos gegen seine kleinen Tricks.

„Komm schon, Baby. Sag Daddy, was er hören will." Er knurrte tief, was mir den letzten Anstoß gab.

„In Ordnung!" Ich setzte mich im Bett auf und Vorfreude erfüllte mich. „Ja, ich werde Samstagnacht mit dir verbringen."

Mit einem tiefen Lachen fragte er: „Wie wäre es dann auch mit Freitag- und Sonntagnacht?"

„Ich würde. Ich würde wirklich. Aber ich muss am Sonntag meine Wäsche waschen. Und am Freitag habe ich einen Zahnarzttermin. Ich muss früher von Arbeit weg, um zu dem Termin zu gehen. Aber am Samstag komme ich zu dir." Ich dachte bereits an all die Dinge, die wir tun könnten, und wurde bei dem Gedanken ganz heiß.

„Ich nehme, was ich kriegen kann", sagte er. „Ich liebe dich."

Die Worte waren neu, aber sie würden niemals langweilig werden. „Ich liebe dich auch, Ashton."

Da ich nur den halben Freitag arbeitete, fiel es mir schwer, mich von Ashton zu verabschieden, als er mir in seinem Büro einen Abschiedskuss gab. Ich bemerkte, dass sein normalerweise chaotischer Schreibtisch leer war. Und als er mich dagegen drückte, hatte ich das Gefühl, dass er etwas im Schilde führte.

„Ich muss los. Ich habe den Termin", erinnerte ich ihn.

„Deine Zähne sehen bereits großartig aus." Sein Mund legte sich auf meinen, bevor ich antworten konnte. „Sag den Termin einfach ab."

Ich spürte seinen harten Schwanz gegen mich drücken. „Das würde ich tun, aber ich müsste trotzdem bezahlen. Ich muss los, Schatz."

Seine Hände kletterten meinen Rücken herauf und hielten mich dann an Hinterkopf, während er mich fest umarmte. „Ich versuche, es langsam mit dir angehen zu lassen, Nina, aber ich schaffe es nicht. Ich denke ununterbrochen an dich. Ich wache auf und merke, dass ich die Kissen umarme und mir wünsche, dass du es wärst. Und wenn ich merke, dass du nicht da bist, kann ich kaum wieder einschlafen. Ich liebe dich. Ich vermisse dich."

„Ich auch." Ich log nicht. Ich vermisste ihn wirklich wie verrückt. Und ich verstand seinen Kampf damit, es langsam angehen zu lassen, nur zu gut. „Sprich mit Dr. Patel. Schau, was sie dazu sagt. Und höre auf sie, Ashton. Was auch immer sie sagt. Ich muss los."

Seine Hände hielten mich fest. „Komm zu mir nach deinem Termin." Er griff in seine Tasche und zog einen Schlüssel heraus, den er in meine Hand legte. „Bitte, verbring das Wochenende mit mir. Ich will nicht bis morgen warten. Ich will nicht, dass du mich am Sonntag verlässt. Bleib bis zum Montag bei mir. Bitte, Schatz. Du hast keine Vorstellung davon, wie schwer es für mich ist."

„Aber meine Wäsche", erinnerte ich ihn.

Mit einem Schnauben sagte er: „Mach sie, wenn du zu dir gehst, um deine Tasche zu packen, oder bring sie mit zu mir." Er lächelte mich an, da er dachte, dass er alles gelöst hatte. Dann küsste er mich auf die Nasenspitze. „Ich werde Abendessen mitbringen. Und du wartest auf mich. Es wird ein Traum für mich wahr."

Ich konnte seinen Traum doch nicht zerstören. „Okay."

Und mit dem einen Wort verdiente ich mir einen weiteren unglaublichen Kuss.

Der Rest des Tages verging langsam. Der Zahnarzttermin dauerte ewig. Die Wäsche dauerte noch ewiger. Und dann musste ich packen und ein Taxi zu ihm nehmen.

Mich selbst ihn seine Wohnung hereinzulassen fühlte sich etwas merkwürdig an. Ich schaute mich um, als ich hineinging.

Es würde noch zwei Stunden dauern, bis Ashton nach Hause kam. Ich hatte keine Ahnung, was ich mit meiner Zeit anstellen sollte.

Dann rief er an. „Hi, Baby."

„Bist du schon zuhause?", fragte er mich.

„Ja, ich bin bei dir." Ich lächelte über seinen Ausrutscher. Ich schaute mich um. Ich konnte mir leicht vorstellen, diesen Ort zu unserem Zuhause zu machen.

„Gut. Steig in die Badewanne und gönn dir ein Glas Wein. Du solltest fertig sein, wenn ich nach Hause komme. Ich bringe etwas vom Chinesen mit", sagte er mir.

„Lecker. Vergiss nicht ..."

Er unterbrach mich: „Die Frühlingsrollen. Keine Sorge. Ich weiß doch, was du magst, Baby."

Das wusste er wirklich. Wir hatten so oft zusammen gegessen, er wusste ganz genau, was ich mochte. Und ich wusste auch, was er mochte.

Es war großartig, den Mann bereits so gut zu kennen.

„Okay, ich werde also ein Bad nehmen."

„Und zieh eins meiner T-Shirts an. Ich habe Fantasien davon, nach Hause zu kommen und dich in einem von ihnen zu finden. Und zieh kein Höschen an", fügte er hinzu.

„Bist du scharf, Baby?"

„Sehr. Bis dann. Mach dich frisch für Daddy."

„Ciao, du Freak." Ich legte auf und lachte den ganzen Weg bis zur Küche.

Seine Wohnung war schöner als meine. Sie war größer und hatte neue Geräte. Die Böden und Arbeitsplatten waren von guter Qualität.

Ich hatte das Gefühl, dass er mich bald darum bitten würde, bei ihm einzuziehen. Und ich war mir nicht sicher, was ich tun würde, wenn er es täte.

Während ich Wein trank und in der heißen Badewanne lag, ließ ich meine Gedanken zu dem Thema wandern.

Meine Mitbewohner würden Ersatz für mich finden müssen. Sie konnten sich die Miete allein nicht leisten. Doch ich war mir ziemlich sicher, dass Sandy jemanden finden würde. Sie kannte eine Menge Leute.

Doch ich wollte mich nicht von Ashton aushalten lassen. Vielleicht könnte ich die Hälfte der Rechnungen bezahlen. Das wäre fair und ich würde mich nicht wie ein Klotz am Bein fühlen.

Während ich so im heißen Wasser dalag, dachte ich über den Ort nach, den ich sicherlich mein Zuhause nennen können würde. Dann klingelte mein Handy und ich musste meinen kleinen Traum abbrechen, um aus der Badewanne zu steigen.

Es war wieder Ashton. „Ja?"

„Kannst du kurz zur Tür kommen und aufmachen? Ich habe dir meinen Schlüssel gegeben. Ich habe geklingelt, aber es scheint, als würdest du es nicht hören", sagte er.

„Scheiße! Bin sofort da." Ich legte das Handy ab und griff nach einem Handtuch, das ich um mich wickelte, während ich zur Tür rannte.

In dem Augenblick, als die Tür aufschwang, ging ein Nachbar hinter ihm vorbei. Er hielt an und versuchte nicht einmal zu verbergen, dass er mich in Ruhe anschaute. Meine Augen wurden so groß wie Untertassen und ich machte einige Schritte zurück, um mich vor dem Fremden zu verstecken.

Glücklicherweise bemerkte Ashton den Mann nicht und kam lächelnd auf mich zu. „Hey, Baby."

Ich schlug die Tür vor dem Mann zu, schloss ab und versuchte zu vergessen, dass ich gerade von einem Fremden angegafft worden war. „Ich ziehe mich schnell an."

„Musst du nicht." Er stellte die Tüte mit chinesischem Essen auf den Couch-Tisch, dann hob er mich hoch und ließ das Handtuch herunterfallen. „Ich bin eh hungrig auf dich."

Seine Zähne fuhren an meinem Hals entlang, während er mich direkt zu seinem Schlafzimmer trug. „Ernsthaft?"

„Na sicher." Er warf mich aufs Bett und zog sich in Rekordzeit aus. Sein Schwanz war startbereit. Doch dann hielt er inne und zog eine Augenbraue hoch. „Warte. Hast du Hunger?"

Ich stützte mich auf Händen und Knien ab und lockte ihn mit dem Finger an. „Ja, habe ich. Komm her."

Das sexy Grinsen, das auf seinem Gesicht erschien, fachte meine Lust weiter an. Er kam zu mir und legte mir die Hände auf die Schultern. „Habe ich etwas, was du möchtest?"

„Ja, hast du." Ich leckte mir die Lippen, während ich seinen Schwanz in die Hände nahm und mit ihnen an ihm hoch und runter fuhr. „Darf ich essen, bis ich satt bin?" Ich schaute zu ihm auf, um meine Antwort zu bekommen.

Als ich ihm zuvor einen geblasen hatte, wollte er nie in meinem Mund kommen, sondern lieber in meiner Muschi, hatte er mir gesagt. Deshalb fragte ich. Als er nickte, jauchzte ich erfreut und küsste dann die Spitze seines Schwanzes.

„Ja, Baby. Leg los." Er streichelte mein Haar, während ich seinen Penis in den Mund nahm. Sein Stöhnen machte mich sofort feucht.

Ich bewegte meinen Kopf an seinem Schwanz auf und ab und saugte leicht daran, während meine Zunge an seiner Unterseite entlangfuhr. Mit den Händen stimulierte ich alle Teile seines Stücks.

Er bewegte die Hüften und half mir dabei, ihn in dem Rhythmus zu saugen, den er brauchte. Sein Stöhnen ließ meinen Körper erzittern und als der erste Freudentropfen meine Zunge berührte, wurde ich feurig.

„Ah!", schrie er, während er seinen Samen in meinen Mund schoss. „Verdammt!"

Der salzige Geschmack seines Spermas befriedigte mein Verlangen. Doch ich war nicht die Einzige mit Verlangen, das befriedigt werden musste. Er schob mich zurück und küsste meine Muschi, bevor er meine Falten mit seiner heißen, feuchten Zunge leckte.

Er legte seine Hände auf meine Brüste und massierte sie, während er mich leckte. Mein Körper pulsierte. Ich nahm alles so intensiv wahr. Sein Mund bewegte sich über mich als kannte er ihn bereits seit Ewigkeiten und wüsste genau, was mich anmacht.

Ich drückte den Rücken durch, damit seine Zunge tiefer in meine Muschi eindrang, und als ich kam, schrie ich: „Oh, Gott!"

Er leckte alles auf, was er aus mir herausgebracht hatte, und knurrte wie ein hungriger Wolf. Dann zog er den Kopf weg und wischte sich den Mund mit dem Handrücken. „Leg dich auf den Bauch."

Ich drehte mich auf den Bauch und er legte seinen Körper auf meinen. Sein Schwanz drang in mich ein, während er meinen Nacken küsste.

Ich schnurrte wie ein Kätzchen und genoss das Gefühl seiner Haut, während sein Körper sich an meiner Rückseite rieb. Niemand hatte mich je so genommen. Es fühlte sich sogar noch intimer als die Missionarsstellung an.

Er versuchte nicht einmal, sein Gewicht von mir abzuhalten. Ich konnte seinen gesamten Körper spüren, während er seinen Schwanz tiefer in mich stieß, als er es in jeder anderen Position konnte.

Seine Lippen berührten meine Ohrmuschel. „Ich liebe dich so sehr, Baby. Du hast keine Ahnung, wie sehr."

Eine seiner Hände glitt meinen Arm entlang und zog meine Hand hoch. Unsere Finger verknoteten sich und machten unsere Verbindung sogar noch besser. „Ich liebe dich mehr, als du es verstehen kannst", ließ ich ihn wissen, während ich meinen Körper gegen ihn drückte und alles verlangte, was er mir geben konnte.

Sein Mund bewegte sich über meinen Nacken und schickte Stromstöße durch mich. Er leckte mich an einer Seite des Halses, dann biss er in mein Ohrläppchen. „Ich werde dich das ganze Wochenende nicht aus meinem Bett lassen, Baby."

„Versprochen?"

## 24
## ASHTON

Nina kaltes chinesisches Essen vorzusetzen war mir nicht genug. Sie musste etwas Warmes zu essen bekommen, auch wenn sie protestierte, dass kaltes Essen für sie in Ordnung sei.

Also bestellte ich uns um drei Uhr morgens eine Veggie-Pizza mit extra viel Käse. „Ja, fünfzehn Minuten ist absolut in Ordnung, danke." Ich legte auf und schaute Nina an, die aus dem Bett gestiegen war und zum Badezimmer ging. „Was möchtest du trinken, Baby?"

„Ein Glas kalte Milch, wenn du welche hast", sagte sie, dann ging sie ins Bad und schloss die Tür hinter sich.

Ich stieg aus dem Bett, zog mir einen Schlafanzug an und ging in die Küche, um uns Getränke, Pappteller und Servietten zu holen. Ich dachte, ein Picknick im Bett klang gut.

Dann kam sie ins Wohnzimmer und trug eins meiner T-Shirts und sonst nichts. Mein Schwanz wurde wieder hart. „Oh, verdammt." Ich schaute herunter und sah, dass meine Schlafanzughose zum Zelt wurde.

Sie zeigte auf meine Erektion und legte Hand auf den Mund, während sie kicherte. „War ich das?"

Ich legte alles, was ich trug, auf die Arbeitsfläche, ging zu ihr und hob sie hoch. „Gibt es irgendetwas an dir, was mich nicht anmacht?"

Sie zuckte mit den Achseln und wir lachten beide, während ich sie herumwirbelte. Ich bekam nicht genug von dieser Frau, so viel war klar. Wir kämpften herum, bis es an der Tür klopfte. „Pizza ist da." Ich ließ sie los, um zur Tür zu gehen.

Sie versteckte sich in der Küche, sodass sie in dem kurzen T-Shirt nicht gesehen wurde. „Ich schenke die Milch ein. Möchtest du auch ein Glas?"

„Ja." Ich öffnete die Tür, nahm die Pizza entgegen und gab dem Lieferjungen sein Trinkgeld. „Danke, Mann."

Er schaute auf den Zehner, den ich ihm gegeben hatte, und lächelte. „Danke!"

Ich nahm unsere Pizza und machte mich auf den Weg ins Schlafzimmer. „Komm, Schatz."

„Ashton, komm sofort zurück. Wir werden nicht im Bett essen. Bist du verrückt geworden?" Sie stellte ihr Glas Milch auf den Tisch und legte dann auch die Pappteller ab. „Wir sind keine Barbaren."

„Pizza im Bett essen ist barbarisch?", musste ich fragen, da ich keine Ahnung hatte, dass es in meinem Haus solche Regeln gab.

Sie zog einen Stuhl zurück und setzte sich. „Ja, ist es. Meine Mutter hat uns nie mehr als ein Glas Wasser mit in unsere Zimmer nehmen lassen. Wenn du Essen oder zuckrige Getränke herumliegen lässt, dann kommen Insekten. Du willst doch keine Insekten in deiner Wohnung haben, oder?"

Ich schätze, ich wollte keine Insekten in meiner Wohnung, denn ich brachte die Pizza zum Tisch und setzte mich hin. „Da habe ich nie drüber nachgedacht."

Sie schaute mich zynisch an. „Isst du oft im Schlafzimmer?"

„Nein. Das wäre sogar das erste Mal gewesen." Ich hatte

einen Plan im Kopf gehabt. Dann erinnerte ich mich daran, wie ich beim letzten Mal Käse und Aufschnitt von ihrem Bauch gegessen hatte. „Und was ist mit deinem Zimmer in eurer Wohnung, Nina?"

Sie schaute weg, als hätte ich sie beim Lügen erwischt. „Ach, da ist das egal. Kyle und Sandy nehmen allen möglichen Kram mit in ihre Zimmer. Wir müssen jede Woche gegen Insekten spritzen, um sie fernzuhalten. Aber hier, naja, die Wohnung ist so schön. Viel zu schön, um überall zu essen, wo man gerade Lust hat."

„Also kein Nina-Sundae im Bett?", fragte ich und verzog das Gesicht.

Sie schüttelte den Kopf und schaute dann in Richtung Küche. „Aber da drin schon."

Ihr sexy Grinsen brachte mich zum Lachen. Währenddessen legte sie uns beiden Pizzastücke auf die Teller. „Okay, ich sehe schon, wie das jetzt läuft. Du stellst Regeln auf. Gefällt mir."

Sie zog den Kopf ein und schaute mich schüchtern an. „So hatte ich das gar nicht betrachtet. Ich wollte nur nicht, dass deine schöne Wohnung schmutzig wird. Du hast es so toll hier. Sie sollte gut behandelt werden."

Ich nahm ihre Hand in meine und entschied, eine neue Regel aufzustellen. „Wie wäre es damit, unser eigenes Ritual zu beginnen?"

Sie schaute unsere Hände an. „Zum Beispiel?"

„Ich bin nicht sonderlich religiös, aber ich würde gerne irgendeine Tradition einführen, die wir bei jedem Essen machen. Für mich sind es die vielen Mahlzeiten, die wir geteilt haben, die uns einander so nah gebracht haben." Es war wahr. Sie und ich hatten unsere Freundschaft begonnen, indem wir an den meisten Tagen zusammen zu Mittag gegessen hatten.

„Das klingt schön." Sie lehnte sich zu mir und küsste mich

auf die Wange. „Wie wäre es, wenn wir uns etwas darüber sagen, wie sehr wir gutes Essen und gute Begleitung mögen?"

„Die Idee gefällt mir." Ich dachte einen Augenblick lang nach, bis mir etwas einfiel. „Ich möchte dem Herrn für dieses leckere Essen und die Liebe dieser Frau danken. Amen." Ich lachte etwas. „Was meinst du?"

„Nicht schlecht, aber das kann man noch verbessern", grübelte sie.

„Dann versuch du es mal." Ich kaute auf meiner Pizza, während sie darüber nachdachte. Eine Minute verging und sie hatte noch kein Wort gesagt. „Siehst du, es ist nicht so einfach, was?"

„Nein, ist es nicht." Mit einem Schulterzucken gab sie zu: „Du hast gewonnen."

Ich genoss meinen Sieg. „Also, kein Essen im Schlafzimmer, das ist deine Regel. Und meine Regel ist ein kleines Gebet vor dem Essen. Ich mag diese Regelsache. Wir sollten noch mehr aufstellen."

Sie hob die Hand wie in der Schule. „Oh! Ich weiß noch eine."

„Leg los." Ich nahm einen Schluck Milch, während ich auf ihre neue Regel wartete.

„Wir sollten immer den Toilettendeckel herunterklappen." Sie nickte. „Das ist eine gute."

„Ich verstehe nicht, wieso wir das tun sollten", sagte ich verwirrt. „Naja, ich habe bemerkt, dass du ihn meist oben lässt", sagte sie zu mir, während sie etwas in ihrem Stuhl herumrutschte. „Und wenn ich nachts aufstehe und das Licht nicht anmachen will, dann könnte ich hineinfallen und einen nassen Hintern bekommen."

Nun machte es Sinn. „Verstehe. Okay, wir werden beide den Klodeckel heruntermachen."

Sie wirkte dankbar. „Danke. Das wird mir einige schockierende Momente ersparen."

„Das wird es sicherlich." Mir fiel eine weitere großartige Regel ein. „Und hier kommt die nächste Regel: Wir schlafen jede Nacht nackt."

Sie stimmte nickend zu. „Jede Nacht, die wir zusammen verbringen, können wir nackt schlafen, wenn du willst. Das finde ich auch gut."

Ich wollte ihr so gerne sagen, dass ich jede Nacht mit ihr zusammen schlafen wollte. Doch Dr. Patel hatte mir gesagt, dass ich das Zusammenziehen nicht übereilen sollte. Und ich hatte gerade erst meine Therapie begonnen.

Das schien mir nicht so wichtig zu sein wie es allen anderen war. Ich fühlte das überwältigende Bedürfnis danach, Nina in meinem Leben zu haben – Vollzeit und schnell. Doch ich wollte nicht riskieren, Rückschritte wegen meiner Ungeduld zu machen.

Zeit ist wichtig, hatte die Therapeutin mir gesagt. Sie brauchen Zeit, um zu trauern, Zeit, um sich von der Schuld zu befreien, die Sie über die Jahre aufgebaut haben.

Und ich brauchte Zeit, um Nina richtig in mein Herz aufzunehmen, ein Herz, das bis vor Kurzem noch verschlossen gewesen war.

Das Lustige war, dass ich nicht fand, dass ich Zeit benötigte, um Nina in mein Herz zu lassen. Ich hatte Dr. Patel das gesagt. Doch sie schüttelte nur mit dem Kopf, als wüsste sie es besser als ich.

In Hinsicht auf die Trauer, ich fühlte sie nicht mehr so stark wie zuvor. Ich hatte mehr Freude im Herzen, als ich mich daran erinnern konnte, je gehabt zu haben.

Die Schuld? Gut, die war immer noch da. Ich glaubte nicht, dass sie jemals verschwinden würde. Doch ich dachte, wenn die Doktorin über ihre Schuld am Tod ihres Babys hinwegkommen konnte, dann konnte ich eines Tages mit meiner Rolle bei Natalias frühem Tod klarkommen.

„Du bist in Gedanken verloren, Ashton", holte mich Ninas Stimme zurück in die Gegenwart.

Ich hielt ein Stück Pizza in einer Hand und das Milchglas in der anderen. Ich war abgeschweift. „Ich habe nur nachgedacht."

„Über?", fragte sie und bewegte meine Hand mit der Milch vorsichtig zum Tisch. „Du solltest das hier wahrscheinlich abstellen, bevor du es vergießt."

Ich wollte ihr nicht erzählen, worüber ich nachgedacht hatte. „Ach, nichts."

„Doch, da ist etwas." Sie legte ihre Pizza ab, nahm meine Hand und legte sie sich ans Herz, während sie mir in die Augen schaute. „Erzähl es mir."

„Dr. Patel hat mir gesagt, dass ich es mit dir langsam angehen lassen soll." Ich sah, wie sie nickte. „Stimmst du zu?"

„Ich möchte, dass die Dinge sich voranbewegen. Und ich möchte, dass es schnell geht. Aber ich weiß, dass das für keinen von uns gut ist. Noch vor ein paar Wochen hast du dein Herz und die Erinnerung an Natalia beschützt. Jetzt, nur weil wir uns einander geöffnet haben, glauben wir, dass wir die Dinge überstürzen können. Aber das können wir nicht. Wir können nicht, weil es nicht gut für dich ist."

Ich hasste das Gefühl, dass etwas nicht mit mir stimmte. „Ich bin nicht krank, Nina. Ich habe ein paar Probleme und ich arbeite an ihnen. Und ich liebe dich so sehr, ich weiß, dass mir das hilft." Ich war davon überzeugt, auch wenn Dr. Patel nur mit dem Kopf geschüttelt hatte, als ich es ihr erzählte.

Ninas Augen wurden weich und ließen mein Herz schmelzen. Sie streichelte meine bärtige Wange. „Ohh, Ashton, das ist das Süßeste, was ich je gehört habe."

Ich nahm ihre Hand und hielt sie fest. „Nina, was, wenn sie alle falsch liegen? Was, wenn wir nicht warten müssen? Wieso müssen wir einen Zeitrahmen einhalten, den andere Leute für uns festlegen? Niemand scheint die Zeit zu bedenken, die wir Freunde waren, enge Freunde."

Sie zog eine Schnute, während sie darüber nachdachte. „Aber die Ärztin ist Profi. Ich bin mir sicher, dass sie bereits Fälle wie deinen hatte. Sie muss wissen, was am besten für dich ist."

„Was ist mit mir? Weiß ich nicht, was gut für mich ist?", fragte ich sie ernst.

Sie fuhr mit den Lippen über einander, als suchte sie nach dem Mut, um mir etwas zu sagen, von dem sie wusste, dass ich es nicht hören wollte. „Schau, ich weiß, dass du ein schlauer Mann bist."

„Wieso klingt es, als käme ein ‚aber'?" Ich fuhr mit dem Daumen über ihre Knöchel und mein Magen zog sich vor Nervosität zusammen.

„Aber", sie nickte mir zu, „du warst nicht derjenige, der professionelle Hilfe gesucht hat. Du dachtest, du könntest mit all dem allein umgehen. Und das funktionierte nicht besonders gut."

Sie hatte recht.

Ich war ins tiefe Wasser gefallen und hatte es nicht geschafft, allein wieder zum Rand zu schwimmen. Ich musste gerettet werden. Artimus hatte mich gerettet, indem er mir einen Rettungsring in Form von Dr. Patel zugeworfen hatte.

„Ich werde ihrem Rat folgen", sah ich geschlagen ein.

Nina stand auf und stellte sich hinter mich, um mit der Hand über meine Schultern zu streicheln. „Gut. Ich bin immer bei dir, Schatz. Also dann, wie wäre es damit, das restliche Wochenende zu unserem verrückten Sex zurückzukehren, bis wir am Montag wieder zur Arbeit müssen?"

Ich stand auf und ließ sie mich zum Schlafzimmer führen. „Ich mag deine Art zu denken." Ich versuchte, in den Moment zurückzukehren und nicht weiter über die Zukunft nachzugrübeln.

Vorerst hatte ich Nina. Ich hatte sie das ganze Wochenende, und das war alles, was momentan wichtig war.

Die Zukunft lief nicht weg.

## 25

## NINA

Ein Monat verging, in dem Ashton und ich jedes Wochenende zusammen verbrachten. Drei Nächte die Woche schliefen wir zusammen. Und die Dinge erblühten.

Die Sonntage waren am schwersten für ihn. Wir gerieten sogar in einen kleinen Streit, weil er jeden Sonntagmorgen damit begann, mich darum zu bitten, auch noch Montagnacht zu bleiben. Nur noch eine Nacht, das war den ganzen Tag lang sein Betteln.

Die Sonne strahlte durch das Fenster und weckte mich. Der Sonntag war da und ich war bereit für den Schwall an Gründen, wieso eine weitere Nacht keinen Schaden anrichten würde.

Doch als ich mich umdrehte, war er gar nicht im Bett. Ich setzte mich auf und sah, dass die Badezimmertür weit aufstand und auch keine Geräusche herausdrangen.

Ich stand auf, nahm ein Handtuch vom Boden und wickelte mich hinein. Ich ging zum Wohnzimmer und bemerkte, dass er gar nicht in der Wohnung war. Es war sieben Uhr morgens.

Wo zum Teufel kann er sein?

Ich ging zurück ins Schlafzimmer, um ihn von meinem

Handy aus anzurufen. Da bemerkte ich, dass ich eine Nachricht von ihm verschlafen hatte, die er eine Stunde zuvor geschickt hatte.

-Hole ein paar Sachen. Bin bald zurück-

Ich hatte keine Ahnung, wo er um sieben Uhr an einem Sonntag hinmusste, also zuckte ich mit den Schultern, ging mich duschen und für den Tag fertig machen. Wir hatten es uns zur Gewohnheit gemacht, sonntags Ausflüge zu machen.

Als ich angezogen war, schaute ich auf meinem Handy nach, was an dem Tag in der Stadt los war. Ein Theaterstück im Park klang interessant und ich fand eins, von dem ich dachte, dass es auch Ashton gefallen könnte.

Ich saß im Wohnzimmer, als er hereinkam. Er hatte eine Tüte in der Hand und kam zu mir, um mich zu küssen. „Hey du. Du siehst umwerfend aus heute Morgen.

„Danke, du siehst auch ziemlich strahlend aus." Ich stand auf, um ihm in die Küche zu folgen. „Und wo warst du?"

Er stellte die Tüte auf die Arbeitsfläche und nahm dann alles heraus. „Ich erfinde eine neue Sonntagstradition. Ich mache Frühstück und du räumst mein Chaos auf."

„Oh, super!", sagte ich mit vorgetäuschtem Enthusiasmus und klatschte langsam in die Hände.

Er hielt inne und schaute mich fragend an. „Ich dachte, du hättest gesagt, dass du gerne abspülst, als wir bei Artimus und Julia waren."

„Das habe ich." Ich fühlte mich dumm, weil ich so zickig gewesen war. „In Ordnung, wir können die Tradition einführen. Also, was gibt es?"

„Ich habe frische Blaubeeren gekauft. Ich werde hausgemachte Muffins ausprobieren. Ich backe gerne, aber tue es selten, weil man hinterher so viel abspülen muss." Er klopfte mir auf den Rücken. „Aber wenn du abspülst, könnte es lustig sein. Und an Sonntagen machen wir doch spaßige Sachen."

Ich wickelte mir eine Schürze um, nahm eine weitere aus der Schublade, in die ich sie gelegt hatte, als ich sie neu gekauft hatte, und band sie um seine Taille. Sie passten zusammen: Meine hatte eine Minnie Mouse und seine war Mickey Mouse. Ich fand, wir sahen süß aus.

„Heute gibt es um eins ein Theaterstück im Park. Lust, hinzugehen?", fragte ich, während ich über seine Schulter auf das Rezept schaute. „Soll ich die Schüsseln für dich holen? Ich habe letzte Woche ein Set gekauft und eingeräumt." Ich schnippte mit den Fingern. „Und ich habe einen Messbecher gekauft. Den hole ich auch."

Ich hatte eine Reihe von Dingen für seine Wohnung gekauft. Ich konnte mich nicht zurückhalten. Es kam mir einfach so vor als fände ich jedes Mal, wenn ich einkaufen ging, Dinge, die perfekt für ihn waren.

„Was für ein Theaterstück ist das?", fragte er mich, bevor er zum Kühlschrank ging, um Eier und Milch herauszunehmen.

„Eine Liebesgeschichte." Ich stellte die Schüsseln vor ihm auf die Arbeitsfläche. „Willst du den Mixer benutzen, den ich letztens gekauft habe? Oder ist ein Schneebesen besser?"

Er lächelte, als er die Milch und Eier abstellte. „Du hast aber viel in der letzten Zeit gekauft, Nina. Das Bad ist kaum wiederzuerkennen."

Plötzlich fragte ich mich, ob er vielleicht nicht wollte, dass ich Dinge für sein Zuhause kaufte. „Tut mir leid. Ich kann sie wieder mitnehmen. Ich dachte nur, sie machen die Wohnung gemütlicher."

Mit einem Lachen umarmte er mich. „Nein, ich mag sie alle. Ich habe es nur bemerkt." Er ließ mich los und holte die restlichen Zutaten. „Und das Theaterstück klingt gut. Ein Tag im Park wäre toll."

Der Morgen verging und ich bemerkte, dass er kein einziges Wort darüber verlor, dass ich auch Montagnacht bleiben solle.

Was komisch war. Und ich war ein bisschen traurig, dass er nicht fragte.

Vielleicht hat er keine Lust mehr auf mich.

Die Muffins waren perfekt geworden und er packte mir welche für den Kaffee mit Lila und Julia am nächsten Tag ein. „Die Mädels werden sie mögen", sagte er, während er sie verpackte.

„Du bist ein richtiger Hausmann", witzelte ich.

Er zog mich in seine Arme und küsste mich, bevor er sagte: „Und du eine Hausfrau."

Das Theaterstück war schön, das Wetter gut und der Tag verlief gut. Das Einzige, was fehlte, war sein Betteln, dass ich noch eine Nacht lang bei ihm bliebe. Und ich wurde tatsächlich besorgt deswegen.

Will er mich nicht hier haben?

Es war nicht leicht gewesen, ihm die Bitte all diese Male abzuschlagen. Ich hatte es getan, weil seine Therapeutin dachte, dass die Zeit noch nicht gekommen war, um zusammenzuziehen.

So schwer es auch gewesen war, ihrem Rat zu folgen, wenn ich nichts lieber wollte, als so viel Zeit wie möglich mit ihm zu verbringen, hatte ich doch getan, was sie wollte. Und nun schien es, als hätte Ashton sich daran gewöhnt, dass ich nein sagte, also fragte er gar nicht mehr.

Und das machte mich traurig.

Nie hatte ich gedacht, dass ihr Ratschlag dazu führen würde, dass Ashton und ich uns voneinander entfernen würden, doch so fühlte es sich an. Das war absolut nicht der Plan.

Der Plan war, uns immer näher zu kommen und eines Tages mehr als nur Freund und Freundin zu werden. Doch nun begann ich, es zu hinterfragen.

Nach dem Theaterstück gingen wir im Park spazieren,

hielten Händchen und genossen den schönen Tag. „Wo möchtest du heute Abend essen?"

Ich dachte eine Sekunde lang nach, bevor ich antwortete: „Lass uns nicht ausgehen. Wir können Spaghetti machen."

„Gute Idee. Wir können einen guten Wein dazu aufmachen." Er begann aus dem Park zu gehen. „Wir können auch frische Kräuter für die Sauce besorgen."

Obwohl ich glücklich war, dass wir zusammen kochen würden, war ich doch nicht komplett glücklich. Er hatte immer noch nicht erwähnt, ob ich eine weitere Nacht bleiben könnte.

Wir gingen einkaufen, dann gingen wir zurück zu seiner Wohnung und er ging sich duschen. „Ich habe ein bisschen geschwitzt, als wir draußen waren. Ich dusche mich kurz. Gieß dir schon mal ein Glas Wein ein und wir können mit dem Kochen beginnen, wenn ich aus der Dusche komme."

Ich schenkte mir ein Glas des Rotweins ein, den wir gekauft hatte, setzte mich aufs Sofa und legte die Füße hoch. Der Tag hatte sich lang angefühlt. Ich wusste nicht wirklich, wieso. Das Einzige, was mir einfiel, war die Tatsache, dass ich die ganze Zeit darauf gewartet hatte, dass er etwas sagte, was nicht geschehen war.

Und obwohl er es nicht gesagt hatte, hatten wir uns super verstanden und er war genauso aufmerksam wie immer. Es gab keinen Grund, deswegen aufgebracht zu sein.

Ich begann zu denken, dass ich übertrieb. Er hatte zu oft von mir ein ‚Nein' als Antwort bekommen, schätzte ich. Ich musste einfach darüber hinwegkommen.

Doch das fiel mir schwerer, als ich gedacht hatte. Er kam zurück, roch frisch und sah so frisch und gut aus wie immer. Alles, woran ich denken konnte, war, wie schön es wäre, nach einem langen Arbeitstag mit ihm nach Hause zu kommen. Wir konnten gemeinsam duschen und dann ins Bett gehen.

Aber er fragt mich nicht mehr, ob ich bleiben kann!

Ich schnitt eine Zwiebel, als die Worte von allein aus meinem Mund kamen: „Wenn du möchtest, dass ich morgen bei dir bleibe, kann ich das tun."

„Oh?" Er schaute mich an, die Verwirrung stand ihm ins Gesicht geschrieben. „Ich dachte, du hältst das für eine schlechte Idee."

„Ja, das habe ich gesagt." Ich wusste nicht, wie ich es ausdrücken sollte. Ich wollte nicht übertrieben anhänglich rüberkommen. „Aber du hast mich seit Wochen danach gefragt. Ich habe das Gefühl, es war falsch von mir, so häufig Nein zu sagen."

„Das ist lieb von dir." Er rollte seine nächste Frikadelle. Doch er sagte kein weiteres Wort darüber, ob ich noch eine Nacht bleiben sollte.

Ich wartete eine Weile, während ich eine Paprika kleinschnitt, bevor ich das Thema wieder zur Sprache brachte. „Also möchtest du, dass ich auch morgen Nacht bei dir schlafe?"

„Ich möchte nicht, dass du irgendetwas tust, was du für falsch hältst, Nina." Er schob die fertigen Frikadellen in den Ofen.

Ich wusste nicht, was ich darauf antworten sollte. Also beendete ich, was ich gerade tat, und als wir fertig waren, aßen wir schweigend.

Ich fühlte mich komisch, als hätte ich etwas Falsches gesagt. Und nun war ich auch noch absolut verwirrt darüber, was er wollte.

Will er, dass ich bleibe, oder nicht?

Am Ende der Mahlzeit lehnte er sich zurück und klopfte sich auf den Bauch. „Noch ein großartiges Essen, was wir gemacht haben, Nina. Ich finde, wir sind ein tolles Team, oder?"

„Das sind wir." Ich fand wirklich, dass wir ein gutes Team waren, doch ich war immer noch etwas geknickt wegen seiner vagen Antwort und weil das Thema für ihn abgeschlossen zu sein schien. Ich stand auf und brachte die Teller zum Spülbecken, um sie kurz unter den Wasserhahn zu halten, bevor ich sie in die Spülmaschine stellte.

Er stellte sich hinter mich. „Ich habe über etwas nachgedacht. Vielleicht ist das für dich noch zu früh, um darüber zu sprechen, aber was für eine Hochzeit stellst du dir für dich vor?"

Ich drehte mich zu ihm um und fühlte einen leichten Schock in den Knochen. Er hatte mich nicht darum gebeten, eine weitere Nacht zu bleiben, obwohl ich ihm gesagt hatte, dass ich es tun würde, und jetzt fragte er mich danach, was für eine Hochzeit ich wollte?

„Nichts Besonderes", sagte ich und machte mich wieder an die Arbeit.

„Verstehe." Er stellte die Weingläser neben die Spüle. Er lehnte sich über meine Schulter und sagte: „Also nur im engsten Kreis?"

„Ja, ich denke schon." Seine Nähe half sehr, meinen Unmut zu vertreiben. „Ich will nichts Großes. Ich will keinen Haufen Geld ausgeben. Ich will einfach nur eine kleine, intime Feier."

„Klingt gut." Er lehnte sich zurück gegen die Arbeitsfläche und verschränkte die Arme. „Die Vorstellung gefällt mir auch."

„Gut." Ich stellte das restliche Geschirr in die Spülmaschine, schloss sie und stellte sie an. Das Gebrumme war laut, also nahm er meine Hand und führte mich aus der geräuschvollen Küche.

Er schob mich sanft aufs Sofa und reichte mir dann ein kleines, schwarzes Kästchen. Ich war mir nicht sicher, was er vorhatte. „Willst du ...?"

Bevor ich den Satz beenden konnte, sagte er: „Frag nicht. Öffne einfach das Kästchen."

Als ich es öffnete, sah ich einen Schlüssel. „Und das ist?"

„Mein Wohnungsschlüssel. Ich möchte, dass du bei mir einziehst. Ich möchte nicht, dass du vier Nächte die Woche bei mir schläfst – ich möchte, dass du jede Nacht hier schläfst." Er setzte sich neben mich. „Und bevor du etwas sagst, ich habe mit Dr. Patel gesprochen und sie denkt, ich bin so weit."

Meine Gedanken wirbelten durcheinander, während ich den Schlüssel in meinen Händen anstarrte. „Wir ziehen zusammen?"

Er nickte. „Das tun wir."

Ich warf meine Arme um seinen Hals und begann zu weinen. Ich war so glücklich.

Endlich würde es mit uns vorangehen.

## 26

## ASHTON

Eine geschäftige Arbeitswoche bedeutete, dass Ninas Umzug zu mir schwerer war als erwartet. Wir mussten bis zum Wochenende warten, um den Großteil ihrer Sachen zu mir zu bringen. Glücklicherweise besaß sie nicht allzu viele Dinge und ließ all ihre Möbel zurück, da sie die an ihren Nachmieter verkaufte, den Sandy gefunden hatte.

Nachdem sie das letzte Kleidungsstück in den Schrank gehängt hatte, drehte Nina sich um und schaute mich mit einem riesigen, strahlenden Lächeln auf ihrem schönen Gesicht an.

„Das war's. Ich bin offiziell eingezogen!"

Ich breitete die Arme aus und sie sprang direkt hinein. Der darauffolgende Kuss fühlte sich zehn Mal stärker an als alle unsere vorherigen Küsse. Den nächsten Schritt in unserer Beziehung zu machen schien die Leidenschaft anzufachen.

Der Himmel war noch hell, doch unsere Nacht begann bereits. Ich schob den Träger ihres Kleids von ihrer Schulter und küsste ihre weiche Haut entlang.

Eine Hand fuhr mir durch die Haare, während sie einen leisen, schnurrenden Laut machte. Ich schob auch den anderen

Träger weg, sodass ihr Kleid bald auf dem Boden um ihre Füße lag.

Ich hob sie hoch und trug sie zum Bett, während ich in die goldenen Tiefen ihrer umwerfenden Augen schaute. „Ich liebe dich so sehr, Nina Kramer."

Ihre sanften Finger berührten meine Wange. „Und ich liebe dich mehr, als ich es je für möglich gehalten hätte, Ashton Lange."

Ihre rosafarbene Unterwäsche war alles, was ihren Körper vor meinen gierigen Blicken schützte. Ich zog sie ihr aus und schaute ihren nackten Körper an, wie er auf dem dalag, was nun ‚unser' Bett war.

Mein Herz schwoll mir in der Brust an und ich wusste, dass wir die richtige Entscheidung getroffen hatten. Eines Tages, in nicht allzu ferner Zukunft, würde diese Frau meinen Namen annehmen, das wusste ich ohne den geringsten Zweifel.

Ich begann, von ihren Zehen an jeden Fleck ihres Körpers zu küssen, bis ich zu ihren Lippen gelangte. Ihr Lächeln betörte mich. Ich strich ihr blondes Haar zurück, dann küsste ich ihre Wangen, Stirn, Nasenspitze und schließlich ihre süßen Lippen.

Ich atmete ihren Geruch ein und vergaß alles außer ihr. Nina hatte sich in mir eingenistet und jeden Teil von mir eingenommen. Sie war mit meiner Seele verschmolzen, mit meinem Hirn verbunden und füllte die leeren Stellen, die in mir zurückgeblieben waren.

Wenn es so etwas wie Seelenverwandte gab, war Nina die meine.

Sie schaute mir in die Augen, als ich ihre Lippen freiließ. Dann schob sie ihre Hände unter mein T-Shirt und zog es mir über den Kopf. Ihre Hände öffneten den Reißverschluss meiner kurzen Hose und zogen sie herunter. Sie hakte ihre Finger ins Bündchen meiner Boxershorts und befreite mich auch aus ihnen.

Nachdem sie mich auf den Rücken gedreht hatte, begann nun sie, mich überall zu küssen. Doch sie startete oben und bewegte sich von dort nach Süden. Ihre Lippen liebkosten meine Haut und fuhren sanft über meinen ganzen Körper.

Meine Haut kribbelte. Ich konnte die Augen nicht von ihr abwenden, während sie ihren Mund über mich gleiten ließ. Sie küsste sich bis zu meinen Zehen hinab, dann kam sie wieder hoch. Ihre Augen lagen auf meinem steifen Schwanz, doch ich wollte etwas Anderes. Ich wollte in ihr sein.

Ich griff ihr unter die Arme und zog sie hoch, während ich mich aufsetzte. Nachdem ich sie hochgehoben hatte, setzte ich sie wieder auf mir ab und ihre enge Muschi glitt an meinem Schwanz hinab. Sie streckte die Füße hinter mich und so saßen wir da, wie Puzzlestücke ineinandergesteckt.

Ich wollte noch nicht, dass sie sich bewegte. Ich wollte einfach nur so dasitzen. Wir schauten einander in die Augen, so nah wie möglich beieinander, mit mir in ihr, und versanken ineinander, wie ich es noch nie zuvor mit jemandem getan hatte.

Wir mussten kein Wort sagen. Eine Träne fiel ihr auf die Wange und ich lehnte mich vor, um sie weg zu küssen. Ich musste nicht fragen, wieso sie weinte – ich wusste es. Die Dinge wurden ernst zwischen uns beiden. Wir hatten uns beide weit geöffnet und ließen den Anderen hinein. Es war wunderschön.

Meine Lippen auf ihrer Wange bewegten sich nach unten zu ihrem Mund. Der Kuss war weich und liebevoll. Unsere Zungen bewegten sich sanft. Ihre Brüste drückten sich gegen meine Brust, und ich fühlte, wie ihr Herz langsam schlug.

Wir machten Liebe. Wir hatten zuvor gedacht, dass wir Liebe gemacht hatten, doch das hatten wir nicht. Jetzt teilten wir unsere Liebe in ihrer reinsten Form. Eines Tages in ferner Zukunft würden wir alt und grau und nicht mehr in der Lage sein, die Bewegungen auszuführen, die wir heute noch machen konnten. Dann würden wir uns so umarmen wie jetzt, die

Verbindung genießen und nichts Anderes brauchen, um unsere Liebe über die Jahre aufrechtzuerhalten.

Bei dem Gedanken zuckte mein Schwanz. Ninas Herzschlag wurde schneller, ihr Körper heißer in meinen Armen. Mit der kleinen Bewegung hatte ich sie angestoßen und den Moment von purer Liebe zu purer Lust gewandelt.

Sie bewegte sich auf mir hin und her, während unser Kuss immer tiefer, heißer und hungriger wurde.

Meine Hände wurden immer gröber mit ihrem Körper, rissen sie zurück und zogen sie wieder näher an mich. Ihre Hände vergruben sich in meinen Haaren. Sie zog das Haarband aus dem Knoten in meinem Nacken und fuhr mir dann mit den Fingern durch die offenen Haare.

Ich hob sie hoch und wieder runter, um meinen Schwanz zu streicheln, und hielt sie an ihrer Taille, bis unser Kuss endete. Sie atmete bereits schwer, als sie meine Brust mit den Händen herunterdrückte, sodass ich lag. Sie brachte ihre Beine in Position, um mich reiten zu können. Ihre Brüste wippten bei jeder ihrer Bewegungen.

Ich musste sie in die Hände nehmen und drücken, sie waren so verführerisch. Ich setzte mich auf und saugte an einer, während ich mit der anderen spielte. Sie stöhnte und grub die Fingernägel in meinen Rücken. „Ashton ... Baby ... Ja!"

Als ich das nächste Mal die Augen öffnete, war es dunkel im Schlafzimmer geworden. Ich drehte mich mit ihr um und war nun über ihr, als ich ihre Beine hochzog und ihre Füße neben ihren Kopf hielt. Ich drückte meinen Schwanz nun viel tiefer in sie und liebte das tiefe Stöhnen, das ihr jedes Mal entfloh, wenn ich ihn in sie hineinschob.

Jeder meiner Stöße brachte sie zu einem kleinen Stöhnen. Egal, wie hart ich es ihr gab, sie nahm mich auf. Sie hielt sich an meinen Handgelenken fest, während ich wieder und wieder in sie eindrang, bis ich eine heiße Flüssigkeit aus ihr strömen fühlte, als ihr Körper den Höhepunkt erreichte.

Ihre Muschi pulsierte um meinen Schwanz. Ich ließ ihre Beine los, sodass sie herabfielen. Sie legte sie um mich und drückte ihre Hüfte hinauf. „Härter", kam ihr kurzer Befehl.

Mein Schwanz war kurz vor der Explosion, als ich hart und schnell in sie stieß. Ihre Muschi pulsierte weiter um mich, während sie sich an mir festhielt und meinen Namen immer und immer wieder schrie, bis ich es nicht mehr aushielt.

Ich kam und füllte sie mit meinem Sperma. Dann verließ mich alle Kraft und ich fiel auf sie, unsere Haut war rutschig vor Schweiß. Ich spürte, wie ihr Herz in ihrer Brust hämmerte.

Ich hatte nicht gewusst, dass ein solcher Austausch möglich war. Wir hatten beide alles gegeben. Kein bisschen Scham oder Schüchternheit war mehr übrig. Ich hatte das Gefühl, dass sie genauso zu mir gehörte wie ich selbst. Und dass ich ein Teil von ihr war.

Ich drehte mich auf die Seite und fuhr mit den Fingern über ihren Bauch. Ich sagte nichts, doch dachte dabei, dass ich eines Tages diesen Bauch rund und mit meinem Kind in ihm sehen würde.

Meine Zukunft lag in ihr. Nina Kramer war und würde immer meine Zukunft sein. Die Eine für mich.

Und als ich das dachte, begannen meine Augen zu brennen. Sie füllten sich mit Tränen. Natalia erschien mir vor Augen. Ihr Bild verbrannte mein Gehirn. Die Erinnerung an sie kam so schnell und intensiv, dass ich sie nicht vorhersehen hätte können.

Ich hatte auch gedacht, dass sie die Eine für mich war. Sie war es gewesen.

Was geschieht mit mir?

Eine Hand legte sich auf meine Brust, dann erschien Ninas süßes Gesicht in meinem Blickfeld. Ihre Lippen drückten sich auf meine Stirn. „Es wird alles gut, Ashton. Es ist Platz für uns beide in deinem Herzen. Du brauchst keine Angst zu haben." Sie küsste alle Tränen weg, bevor sie sagte: „Die Liebe, die du für jede von uns empfindest, ist unterschiedlich. Aber du kannst eine Liebe wie die unsere nicht mit einer Person haben, die nicht mehr hier ist. Sie versteht das, das versichere ich dir. Deine Liebe für sie ist nicht weg. Sie ist jetzt nur in deinem Hinterkopf. Du wirst sie nie komplett verlieren. Mach dir keine Sorgen."

Ich griff nach ihrer Hand und krächzte: „Was habe ich getan, um dich zu verdienen?"

„Scht." Sie küsste meine Wange. „Du und ich sind für einander bestimmt. Das Leben ist verrückt. Eine Achterbahnfahrt. Und zu jeder Fahrt gehört die Gefahr. Manche schaffen es bis zum Ende und andere schaffen es nicht. So ist das. Das heißt nicht, dass einer wichtiger ist als der andere. So ist einfach das Leben."

Endlich beruhigte ich mich. „Wenn sie noch am Leben wäre, hätte ich das hier niemals mit dir gehabt. Ich hätte niemals gewusst, wie gut alles sein könnte."

„Das stimmt." Ninas Lippen drückten sich gegen die meinen. „Und ich hätte es auch nie gewusst. Es tut mir leid, dass du Teil des Unfalls warst, der Natalias Leben genommen hat. Es tut mir leid, dass du Schuld dafür empfindest. Aber ich denke, dass du wissen sollst, dass nichts ohne Grund geschieht. Nichts, Ashton."

Ich lag da und dachte darüber nach, was ich gerade erfahren hatte. Es veränderte mein Leben. Es machte wenig Sinn für mich, dass Sex so tief die Seele berühren konnte. Aber so war es. Es war intensiv. Und wir waren definitiv füreinander bestimmt.

Ich legte meinen Arm um Ninas Schultern, zog sie an mich und küsste sie auf den Kopf. „Ich habe nicht den geringsten Zweifel daran, dass wir füreinander bestimmt sind, Nina. Ob es nun so passiert ist oder anders, es kann kein Fehler gewesen sein."

„Das denke ich auch." Sie kuschelte sich an meine Seite. „Ich frage mich, ob wir etwas sogar noch Intensiveres fühlen werden, wenn wir heiraten." Sie lachte. „Hör mich einer an. Du hast mich noch nicht einmal gefragt, ob ich dich heiraten will, und ich spreche, als hättest du das bereits getan. Ignoriere mich einfach. Ich bin nur high von unserem wunderbaren Bettspiel."

„Eines Tages, Nina Kramer." Ich küsste ihre Schläfe. „Eines Tages wirst du Nina Lange sein und wir werden unser Happy End haben. Du wirst schon sehen."

Sie seufzte tief. „Ich kann warten. Für dich kann ich alles tun, Ashton. Absolut alles."

Als ich so dalag und sie festhielt, hätte ich schwören können, dass diese Frau meine Gedanken lesen konnte. Es gab einfach keine andere Erklärung dafür, dass sie immer genau wusste, was ich hören musste.

Also brachte ich einen letzten Gedanken zustande, bevor ich einschlief.

Ich werde dich für immer lieben, Nina Kramer.

## 27

## NINA

Die nächsten Monate flogen vorüber. Das Leben mit Ashton war ein Traum. Wir hatten mehr Spaß zusammen, als ich es je für möglich gehalten hätte. Selbst Haushaltstätigkeiten machten mit ihm Spaß.

Wenn wir die Wäsche hinunter in den Wäschekeller brachten, erzählten wir einander Horrorgeschichten, damit die Zeit schneller verging.

Ich erfand eine großartige. „Letztens habe ich eine alte Frau im Aufzug getroffen. Sie hat mir erzählt, dass sie seit siebzig Jahren hier wohnt."

„So lange?", fragte er überrascht. „Ich habe noch nie jemanden so Altes im Gebäude getroffen. Bist du dir sicher?"

Nickend fuhr ich mit meiner kleinen Geschichte fort. „Ich bin mir sicher. Sie sagte, dass sie in einem der oberen Stockwerke wohnt. Sie kommt selten hinaus. Ihre Lebensmittel werden ihr geliefert", entschied ich hinzuzufügen, um die Geschichte plausibler zu machen.

„Okay", sagte er, schaute jedoch skeptisch, „und was hat dir diese alte Frau sonst noch erzählt?"

Ich fuhr mir mit den Händen über die Arme als hätte ich Gänsehaut. Die hatte ich natürlich nicht, doch ich würde das Meiste aus dieser Geschichte herausholen. „Sie fragte mich, ob ich bereits im Keller gewesen sei, worauf ich antwortete, dass ich hier gewesen war. Schließlich ist hier der Wäscheraum."

„Aha", sagte er, während er Kleingeld in den Trockner warf, „ein Wäschekeller, der neue Geräte gebrauchen könnte, wenn du mich fragst. Ich muss jetzt schon zum dritten Mal diesen Trockner anwerfen."

„Sag das dem Verwalter, Ashton." Ich verdrehte die Augen, bevor ich mit meiner Geschichte fortfuhr. „Also, diese alte Dame hat mir erzählt, dass hier ein Mann lebte, sogar noch bevor sie hier hinzog. Und dieser Mann war der Hausmeister. Eines Tages wurde er dabei erwischt, wie er einige Kinder entführte und sie in diesem Gefängnis versteckte. Äh. Ich meinte in diesem Keller."

Nun verdrehte Ashton die Augen. „Ach ja? Und was hat er diesen Kindern angeblich angetan, Nina?"

Ich wog meine Optionen ab, bevor ich antwortete: „Er aß sie!"

Mit einer Grimasse sagte er: „Ekelig." Dann ging er hinüber, um die Klamotten aus einer der Waschmaschinen zu nehmen. „Die hier können in den Trockner."

Ich brachte ihm den Wäschekorb und ließ ihn die nassen Klamotten hineinlegen, bevor ich sie hinüber zu einem leeren Trockner brachte. „Die Eltern der Kinder fanden ihn eines Tages in genau diesem Keller und brachten ihn um."

„Und wie haben sie das getan?", fragte er mich mit einem Grinsen im Gesicht.

Ich schaute mich um, entdeckte einen alten Heizkessel und zeigte darauf. „Sie haben ihn in dieses Ding geworfen. Und was wirklich Gruselige daran ist ..."

Er führte meinen Satz fort: „Dass er die Bewohner dieses Gebäudes nachts besucht und versucht, sie zu töten."

Mit einem Schulterzucken sagte ich: „Scheint, als hättest du diese Geschichte bereits gehört, Ashton."

„Ja, sie heißt Mörderische Träume." Er lachte laut und klopfte sich auf die Schenkel. „Du wirst dir schon etwas Neues ausdenken müssen, wenn du mich überzeugen willst, Süße. Ich habe jeden Horrorfilm gesehen, der je gedreht wurde."

„Mir war nicht klar, dass ich eine Geschichte erfand, die bereits existierte. Ich schätze, ich habe den Film irgendwann als Kind gesehen oder so." Ich lachte. „Witzig, oder?"

„Wahrscheinlich." Er warf erneut Kleingeld in den Trockner. „Ich hoffe, dieser hier funktioniert besser als der letzte. Ich will nicht unseren gesamten Sonntag hier unten verbringen."

„Was sind deine Pläne für heute?", fragte ich ihn, da wir noch nichts besprochen hatten."

„Ich habe Pläne, Baby. Große Pläne. Und sie spielen sich nicht außerhalb unserer vier Wände ab", informierte er mich.

Ich war etwas enttäuscht von seiner Verkündigung. „Oh. Wieso nicht?"

Er kniff mich in die Wangen und lächelte mich an. „Kein Grund zum Jammern, Baby. Es wird dir gefallen. Versprochen."

„Kannst du mir einen Tipp geben, was wir tun werden?", fragte ich, während ich den Wäschekorb mit mir zerrte.

„Nun, ich werde dir ein großartiges Mittagessen zaubern. Und wir werden ein Picknick auf dem Wohnzimmerboden machen." Er machte eine ausladende Geste, als breitete er eine Picknickdecke auf dem Boden aus.

„Wieso können wir kein echtes Picknick draußen machen? Vielleicht im Park. Das klingt doch auch gut, oder nicht?", fragte ich in dem Versuch, ihn aus dem Haus zu bekommen.

Er nickte. „Das klingt auch gut, aber das hier muss genau so durchgeführt werden, wie ich es geplant habe."

Ich merkte, dass ich ihn nicht davon überzeugen konnte, sich umzuentscheiden, also gab ich es auf. Wir nahmen die letzten Kleidungsstücke aus dem Trockner, während er mir eine Geschichte erzählte, die mir wirklich Angst einjagte, sodass ich hinterher kaum die Treppe hochkam. „Jetzt denke ich die ganze Zeit, dass eine Hand unter der Treppe hervorkommen und nach meinem Knöchel greifen wird, Ashton. Vielen Dank!"

„Dafür bin ich da, um das Leben für dich interessant zu machen, Schatz." Er lachte über seinen Witz, während ich vorsichtig weiterging, um nicht zu fallen, falls etwas tatsächlich nach meinem Knöchel griff.

Glücklicherweise schaffte ich es die Treppe hinauf und wir gingen hoch zu unserer Wohnung. Ich verstaute die Wäsche, während er begann, sein besonderes Mittagessen vorzubereiten. Er legte eine Decke für uns auf den Wohnzimmerboden.

Er hatte die Möbel weggeschoben, um Platz zu schaffen für sein Picknick-Bankett. Ich roch Räucherschinken, während ich im Schlafzimmer unsere Kleidung in den Schrank legte. „Das riecht umwerfend, Schatz", rief ich ihm zu.

„Ich lege jetzt alles auf die Decke. Bist du bald soweit?", fragte er mich.

Ich verstaute die Handtücher und rief: „Ja. Bist du bereit für mich?"

„Bin ich", rief er zurück.

Ich schaute eine Sekunde in den Badezimmerspiegel, fuhr mir mit der Hand durch die Haare und dann über mein T-Shirt, um einige Falten zu glätten. „Nicht schlecht."

Als ich das Wohnzimmer betrat, lag Ashton auf der Seite, sein Oberkörper gestützt von seinem Arm, und schaute mich an. „Hey, du." Er klopfte auf die Decke. „Setz dich."

Ich setzte mich im Schneidersitz vor ihn. „Okay, was haben wir denn da?"

Er breitete den Arm aus und zeigte auf das Essen. „Wir haben Räucherschinken, Kartoffelsalat und grüne Bohnen. Und dazu Weißwein." Nun kniete er sich hin und vergrub die Hand in einer seiner Hosentaschen. „Doch zuerst muss ich dich etwas fragen."

Ich dachte, er musste Eintrittskarten für etwas in der Tasche haben, mit denen er mich für einen spaßigen Sonntag überraschen wollte. Ich klatschte in die Hände. „Oh, wie cool!"

Er drehte sich zu mir, ging auf ein Knie und hielt mir ein kleines, weißes Kästchen entgegen. Er öffnete den Deckel und grinste, als meine Augen sich auf den umwerfenden Diamantring darin legten.

Meine Hände legten sich auf meinen Mund. „Nina Velma Kramer, würdest du mir die Ehre machen, meine Frau zu werden?"

Tränen traten mir in die Augen, während ich nickte, doch ich hatte einen riesigen Kloß im Hals, durch den ich kein einziges Wort hervorbringen konnte. Doch mein Nicken genügte ihm und er nahm meine linke Hand und schob mir den Ring auf den Finger.

Ich wischte mir die Tränen mit dem Handrücken meiner freien Hand aus den Augen und konnte endlich krächzen: „Ja."

„Gut, dich das Wort sagen zu hören, Nina", lachte Ashton, dann krabbelte er zu mir. Seine Lippen berührten meine und ich warf die Arme um ihn.

„Ich kann es nicht fassen, dass du das heute getan hast, Ashton!" Ich weinte nun wie ein Baby. „Das ist der beste Tag meines Lebens!"

„Ich hoffe, dir noch viele weitere beste Tage bescheren zu können, Schatz. Viele, viele weitere." Er stand auf, zog mich mit ihm hoch und nun tanzten wir ohne jegliche Musik durch den Raum.

Ich schwebte, während wir umhertanzten, und betrachtete den Ring, den er mir geschenkt hatte. „Er ist so schön. Ich werde ihn niemals abnehmen. Ich schwöre."

Er lachte erneut, dann küssten wir uns. Wir küssten und umarmten uns so lang wie nie zuvor. Er hatte mir den perfekten Sonntag bereitet. Ich würde ihn nie vergessen.

Dann setzten wir uns und aßen das Mittagessen, das er uns gemacht hatte und ich musste noch eine Kleinigkeit besorgen. „Ich muss kurz unten in den kleinen Laden an der Ecke. Ich habe Unterleibsschmerzen und will lieber Tampons kaufen, bevor Mutter Natur zuschlägt."

„Ich komme mit", sagte er, während er das Geschirr in die Küche brachte.

„Das musst du nicht." Ich winkte ab. "Es dauert nur ein paar Minuten, dann bin ich wieder da. Ich denke, es wäre schön, wenn du mich im Bett erwarten würdest. Nackt und auf mich wartend, so wie man es von einem guten Verlobten erwarten würde."

Er nickte in Richtung Picknickdecke, die noch gesäubert werden musste, und sagte: „Sobald ich das in Ordnung gebracht habe, werde ich mich brav ausziehen und wie verlangt auf meine Verlobte warten."

„Sehr gut. Bin sofort zurück." Ich griff nach meinem Portemonnaie und Haustürschlüssel, dann ging ich hinunter zu dem Laden.

Der Gehweg war voll wie immer, als ich hinaustrat. Die Luft war kühl, sodass die Leute etwas schneller gingen. Ich mischte mich unter die Leute und machte mich auf den Weg zu dem Geschäft am Ende des Straßenblocks.

Ein Mann schrie etwas in sein Telefon, während er an mir vorbeiging. Ich zuckte zusammen und dachte, dass er mich anschrie. „Hör zu, du Schlampe."

Mit wem auch immer er sprach, die Person war meiner

Meinung nach eine Idiotin. Wenn jemand so mit mir spräche, würde ich auflegen, bevor er auch nur ein weiteres Wort sagen könnte.

Die Stimme des dämlichen Kerls verebbte, als er an mir vorbeieilte. Irgendwo weit weg klang die Hupe eines Autos unentwegt. Sie hörte nicht auf und kam immer näher.

Ich ging etwas näher zur Innenseite des Gehwegs, um das Geschäft zu betreten. Doch ein paar nervige Jungs schnitten mir den Weg ab und spielten um mich herum fangen oder so. „Hey, ihr Blödmänner!"

Einer von ihnen schubste mich tatsächlich vor einen der anderen Jungen und rief: "Du kriegst mich niemals, Joey!"

Joey schubste mich aus dem Weg, als wäre ich keine echte Person. „Ha, fick dich, Ray-Ray! Ich kriege dich. Du wirst schon sehen."

Während sie in die Menschenmenge verschwanden, drehte ich mich um, um durch die Ladentür zu gehen. Nun schimpfte ich leise vor mich hin. „Kleine Bastarde. Wo sind ihre Eltern? Wie verzogen!"

Ein Mann schrie: „Weg da!"

Ich hielt an, um zu sehen, wer jetzt schon wieder so unhöflich war. Ich hatte die Nase voll von unhöflichen Menschen. Ich war bereit, mich mit ihm auseinanderzusetzen, egal wer oder wie groß er war. „Was willst du?", schrie ich zurück.

Doch die Menge teilte sich, Menschen rannten in alle Richtungen. Die Auto-Hupe war nun so laut, dass ich nicht richtig denken konnte.

„Weg da!", kam der laute Befehl erneut. Doch diesmal war es eine Frau, die es gesagt hatte. „Aus dem Weg, verdammt noch mal!"

Ich wusste nicht, wohin ich sollte. Menschen rannten in jede Himmelsrichtung. Panik überflutete mich, als drei Leute, die

Sekunden zuvor noch vor mir gewesen waren, plötzlich nicht mehr da waren.

Er fährt durch die Menge!", kam ein weiterer Schrei.

Und dann war die Stoßstange eines Pickups direkt vor mir. Mähte jeden in seinem Weg um.

Mich auch.

## 28

## ASHTON

Als das Picknick weggeräumt war, ging ich zum Schlafzimmer, um mich auszuziehen und mich auf meine neue Verlobte vorzubereiten. Ich lachte bei dem Gedanken an ihren Gesichtsausdruck, als sie den Ring sah.

Ich ging ins Schlafzimmer und dachte, ich könnte ein Fenster öffnen, um etwas frische Luft hineinzulassen. Und als ich das tat, hörte ich Sirenen von der Straße her tönen.

Als ich hinunterschaute, sah ich, dass die Szene ungewöhnlich aussah. Die Menschen bewegten sich merkwürdig. Sie rannten oder stolperten in alle Richtungen. Und dann entdeckten meine Augen etwas, was absolut nicht dort hingehörte. Ein riesiger Pickup auf dem Gehweg.

Mein Herz stoppte, als ich Polizeiwagen auf beiden Seiten des Fahrzeugs sah. Polizisten stiegen mit gezückten Waffen aus und zielten auf das Fahrzeug. Dann drang eine laute Stimme zu mir hoch, als ein Polizist in ein Megaphon sprach: „Steigen Sie mit gehobenen Händen aus dem Fahrzeug."

Meine Hände zitterten, als ich mein Handy aus der Tasche zog und Ninas Namen wählte. Das Telefon klingelte und ich hörte es in der Wohnung. Sie hatte ihr Handy auf dem Nachttisch liegenlassen. „Scheiße!"

Ich rannte so schnell ich konnte, um zum Aufzug zu gelangen. Ich musste zu Nina. Ich konnte nicht dasitzen und abwarten.

Doch ich war nicht der Einzige, der herauseilte, um nach jemandem zu sehen. Der Aufzug war brechend voll, alle wollten ins Erdgeschoss.

Die Tür war verstopft, da alle gleichzeitig versuchten, hinauszukommen. „Immer mit der Ruhe, Leute", rief ein Mann. „Einer nach dem anderen."

Panik war aufgekommen und jeder dachte zuerst an sich selbst. Endlich schaffte ich es heraus und lief in die Richtung, die Nina eingeschlagen haben musste. Dann hielten alle inne, als Pistolenschüsse erklangen.

Ich kletterte an einer Straßenlaterne hinauf, um etwas zu sehen. Die Polizei eilte auf den Pickup zu. Dann sah ich, dass einer der Polizisten winkte, und mehr folgten ihm. Ein Krankenwagen fuhr heran und die Polizisten brachten die Person, die sich offensichtlich erschossen hatte, in den hinteren Raum.

Erst dann sah ich, dass Menschen auf dem Bürgersteig lagen. Ich konnte keine Einzelheiten erkennen. Ich schaute die Menschen in der Menge um mich an und suchte verzweifelt nach Ninas Gesicht.

Als ich es nicht finden konnte, stieg ich den Laternenpfahl hinab und versuchte, zu der Unfallstelle zu gelangen. Ich betete ununterbrochen, dass sie unversehrt in dem Laden sei, während ich mir meinen Weg durch die Menschenmenge bahnte.

Als ich in die Nähe des Orts kam, zu dem ich wollte, hielt ein starker Arm mich fest. „Niemand kann weiter als hier gehen", sagte der Polizist, der mich angehalten hatte.

„Meine Ehefrau ist hier unten. Ich muss sie finden", flehte ich ihn an.

„Hier unten sind viele Ehefrauen und -männer. Sie werden warten müssen wie alle anderen auch." Er schubste mich leicht, damit ich zurück ging, was mich nur wütend machte.

„Hören Sie mir zu", sagte ich durch zusammengebissene Zähne.

Der Klang von mehr Krankenwagen ließ mich aufschauen. Drei hielten an und die Notärzte sprangen hinaus. Sie schlängelten sich durch die herumstehenden Menschen. „Räumen Sie das gesamte Gebiet. Wir müssen die Verletzten sehen können."

Mein Herz blieb stehen, als jemand rief: „Wir haben einen Zivilisten, der nicht reagiert."

Ein anderer rief: „Kein Puls hier."

„Ladet sie in die Krankenwagen", rief ein anderer.

Ich sah dabei zu, wie Menschen auf Tragen gelegt, festgezurrt und dann in die Krankenwagen geschoben wurden. Drei fuhren weg, dann kamen drei weitere.

Das Gleiche geschah. Die Notärzte suchten, fanden und transportierten ab. Doch diesmal sah ich blondes Haar von einer Liege fallen. „Hey! Wartet!"

Der Polizist schaute mich grimmig an. „Ich dachte, ich hätte Ihnen gesagt ..."

„Ich glaube, das ist sie." Ich deutete auf die Liege, die gerade in einen der Krankenwagen geschoben wurde. „Bitte lassen Sie mich nur schnell nachschauen, ob es sie ist."

Er hob den Arm und deutete mit dem Kopf in die Richtung. „Beeilen Sie sich."

Ich rannte zu der Liege und bei jedem Schritt wurde mein Blut ein Grad kälter. Als ich sie endlich erreichte, sah ich ihr Gesicht. Blut rann in Strömen über ihre Stirn und Nase. „Oh, Gott!" Meine Knie gaben unter mir nach.

„Kennen Sie sie?", fragte einer der Notärzte.

„Sie ist meine Frau." Ich wusste, dass sie mich sie nicht

sehen lassen würden, wenn ich irgendetwas anderes gesagt hätte – das hatte ich zuvor lernen müssen.

„Kommen Sie", sagte der Mann, während er und der andere Notarzt sie in den Krankenwagen luden.

Ich kletterte hinein und setzte mich neben sie, während einer der Notärzte sie festschnallte und der andere die Türen schloss und zum Fahrersitz rannte, um uns zum Krankenhaus zu fahren.

„Ist sie ..." Ich konnte mich nicht dazu überwinden, das Wort auszusprechen.

Der Notarzt wusste, was ich hören wollte. „Ihr Herz schlägt und sie atmet selbstständig. Also ja, sie ist am Leben. Vorerst." Er fuhr mit der Hand im Kreis über ihren Bauch. Erst da bemerkte ich, dass Blut auf die Decke sickerte, die sie bedeckte. „Sie wird sofort notoperiert werden müssen. Sie hat Bauchwunden und es sieht aus, als hätte sie auch innere Blutungen."

„Wurde sie angefahren?", fragte ich.

Er nickte. „Sie war anscheinend die letzte Person, die der Fahrer getroffen hat, bevor er anhielt. Ihr ist es besser ergangen als anderen. Manche sind immer noch unter dem Fahrzeug eingeklemmt und können nicht behandelt werden, bevor es bewegt wird. Die Menschenmenge verlangsamt alles."

„Verdammtes New York", murmelte ich. „Ich bringe sie hier weg."

Die Art, wie er wegschaute, machte mir Sorge. Ich starrte ihn an, bis er mich anschaute. „Ich hoffe, Sie bekommen die Chance." Er schaute den Ring an, den ich gerade erst auf ihren Finger gesteckt hatte. „Sie kommt direkt in den OP. Sie sollten ihren Ring nehmen, damit er nicht verloren geht. Wie heißt sie übrigens?"

Er nahm ihr den Verlobungsring vom Finger und legte ihn in meine Handfläche. „Sie heißt Nina Kramer."

Er schrieb den Namen auf das Papier, was er auf einem

Klemmbrett hatte. „Sie sollten ihre Familie anrufen. Sie sollten hier sein."

Ich wusste, dass es ernst war, doch ich hatte keine Ahnung gehabt, dass es so ernst war. „Das werde ich. Ich werde sie anrufen." Ich nahm ihre Hand, als sie von der Liege rutschte. „Nina, du musst für mich durchhalten. Du weißt, dass du das musst, Schatz. Du kannst mich hier nicht allein lassen. Bitte lass mich nicht zurück. Ich kann nicht wieder allein sein. Ich kann nicht." Dann brach ich zusammen. Ich konnte mich nicht zusammenreißen. Ich flehte sie an, bei mir zu bleiben.

Als wir das Krankenhaus erreichten, ging ich so weit mit, wie sie mich ließen, und hielt ihre Hand, während ich ihr den ganzen Weg lang sagte, sie solle mich nicht verlassen.

Als wir die Doppeltür erreichten, ab der Familienangehörige nicht mehr erlaubt waren, fiel ich auf die Knie. Ich schaute auf zu Gott und betete, dass er sie noch nicht zu sich nähme. Bitte, lass sie bei mir bleiben.

Jemand legte mir die Hände auf die Schultern. „Kommen Sie. Ich bringen Sie zu einem Wartezimmer."

Ein großer Mann in weißem Kittel half mir auf und stütze mich, während er mich in einen stillen, leeren Raum brachte. Er half mir, mich zu setzen, dann reichte er mir eine Schachtel mit Taschentüchern. „Danke." Ich zog eines heraus und putzte mir die Nase.

„Ich war auch schon in Ihrer Position." Er klopfte mir auf die Schulter.

„Das ist mein zweites Mal." Ich wischte mir über die Augen, war mir jedoch nicht sicher, wieso ich das getan hatte. Meine Tränen hatten nicht aufgehört zu fließen.

„Das zweite Mal?", fragte er besorgt. "Mann, das ist hart. Alles, was Sie jetzt tun können, ist beten. Beten Sie und hören Sie nicht auf, bis es ihr besser geht. Haben Sie das verstanden?"

Ich nickte. „Beten, bis es ihr besser geht. Verstanden." Das

Einzige, was er nicht wusste, war, dass ich das auch schon getan hatte. Damals hatte es nicht funktioniert. Wieso sollte es jetzt funktionieren?"

Als mein Handy klingelte, zuckte ich nicht einmal zusammen, so betäubt war ich. Ich sah, dass es Artimus war. „Sie ist verletzt", sagte ich, sobald ich abgenommen hatte, und hielt ihn davon ab, nach dem Angriff zu fragen und danach, ob wir zu Hause gewesen waren.

„Scheiße", kam seine schnelle Antwort. „Wir kommen zu dir, Ashton. Julia wird ihre Familie anrufen."

„Danke." Ich atmete tief ein, um mich etwas zu beruhigen. „Ich werde verrückt. Wirklich. Ich habe mich noch nie so hilflos und verloren gefühlt. Noch nie. Das hier ist schlimmer als letztes Mal. Ich schaffe das nicht alleine. Ich schaffe es einfach nicht."

„Das musst du auch nicht. Wir sind auf dem Weg zu dir. Halte durch. Wir sind für dich da." Er legte auf und ich fiel zurück in den Stuhl.

Mein Leben lag schon wieder in Trümmern. Ich hatte keine Ahnung, was ich tun sollte. Wie ich weiterleben sollte, sollte sie mich verlassen.

Ich steckte ihren Ring auf meinen kleinen Finger. Er passte nur ein Stück weit darauf. Ich küsste ihn und betete: „Bitte, nimm sie nicht auch von mir, Gott. Ich werde alles tun, wenn du sie mir nicht nimmst."

Es fühlte sich an wie eine Ewigkeit, bis die Anderen kamen. Duke und Lila eilten auf mich zu. Lila erreichte mich zuerst und umarmte mich fest. „Sie wird wieder gesund werden, Ashton. Mach dir keine Sorgen."

Ich schob sie von mir und hoffte, sie hatte mit jemandem sprechen können, der ihr das gesagt hatte. „Hast du mit jemandem darüber sprechen können, wie es bei ihr im OP läuft?"

Sie riss die blauen Augen auf. „Sie ist im OP?"

„Das wusstest du nicht?", fragte ich überrascht.

Sie schüttelte den Kopf, dann kam Duke zu uns. „Was zur Hölle ist passiert, Ashton?"

„Es war eine Art Anschlag. Ein Pickup hat sie überfahren. Sie hat innere Verletzungen, haben sie mir gesagt, und ihr Kopf blutete auch." Ich schluckte trocken, während ich mich wieder setzte. „Sie haben sie direkt in den OP gebracht, als wir hier ankamen."

„Hat sie gesprochen?", fragte Lila.

„Nein." Ich schüttelte den Kopf. „Sie war bewusstlos."

„Betäubt von den Medikamenten, die sie ihr gegeben haben, oder durch den Schmerz?", fragte Duke hoffnungsvoll.

„Nein." Ich versuchte, logische Worte zu finden, doch es war schwierig. „Bewusstlos. So wurde sie gefunden."

Lila legte ihre Hand auf meine, während sie sich neben mich setzte, und Duke setzte sich an meine andere Seite. „Hat sie geatmet?"

Ich nickte. „Ja." Meine Hände bewegten sich über mein Gesicht. „Blut lief ihr übers Gesicht. Ihre Nase blutete." Meine Hand bewegte sich zu meinem Bauch. „Es war Blut auf der Decke über ihrem Bauch."

Alle Farbe verließ Lilas Gesicht. „Verstehe."

Duke legte seinen Arm hinter mich, um die Hand auf Lilas Schulter zu legen. „Wir müssen zuversichtlich sein, Leute. Wir können jetzt nicht die Hoffnung verlieren. Sie ist eine Kämpferin. Sie hat geatmet, als sie eingeliefert wurde. Das ist besser als nichts."

Es war kaum besser als nichts. Aber er hatte recht. Es war etwas. Natalia war es nach ihrem Unfall nicht so gut ergangen. Nina war in einer besseren Lage.

Ich schloss die Augen und flehte Gott an, Nina eine Chance zu geben. Ich wusste, dass ich nicht ohne sie weiterleben konnte. Ich hatte keine Ahnung, was mit mir geschehen würde, wenn sie es nicht schaffen würde.

Ich schaute Duke an. Er war ein sehr guter Freund. Und der Einzige, der Artimus das Wasser reichen konnte. Artimus würde mich nicht gehen lassen, aber Duke würde es vielleicht tun. „Duke, wenn sie stirbt, lass mich einfach gehen, okay?"

## 29

## NINA

„Er wird es nicht schaffen", hörte ich eine Frau flüstern.
Meine Augen flatterten und dann öffnete ich sie, dabei hörte ich ein sehr langsames Piepen. Nur ein schwaches Licht erfüllte den kleinen Raum, in dem ich mich befand. Eine Wand war komplett aus Glas und ich konnte eine Frau in rosafarbenem Kittel auf der anderen Seite des Flurs sehen.

Sie schaute auf, als ein paar andere Leute, auch in Kitteln, sich in dem anderen Raum bewegten. Von dort kam das langsame Piepen.

Die Tür des Raumes, in dem ich mich befand, stand weit offen und war auch aus Glas. Ich bewegte den Arm. Oder versuchte es zumindest. Ich stoppte, als ich spürte, dass etwas daran zerrte.

Mein Kopf drehte sich langsam und ich sah, dass ich mit einigen dursichtigen Röhren verbunden war. Es schien, als wäre ich in einem Krankenhaus und anscheinend in schlechter Verfassung. Doch ich konnte mich nicht erinnern, was passiert war.

Als das Piepen von langsam zu einem konstanten Piep-Ton

wurde, wusste ich, dass die Person in dem anderen Zimmer gestorben war. Mein Gehirn war vernebelt, doch auch so fragte ich mich, ob Ashton bei mir gewesen war, als ich verletzt wurde.

Und dann fragte ich mich, ob er das in dem anderen Raum war. Fragte mich, ob es sein Herz war, das aufgehört hatte zu schlagen.

„Hilfe", krächzte ich. Doch niemand hörte mich.

„Wie spät ist es?", fragte eine der Frauen mit Kittel.

„Viertel nach zwei morgens ist der offizielle Todeszeitpunkt", sagte eine andere Frau in dem Raum. Ich konnte sie nicht sehen, da sie hinter dem Vorhang stand, der vor den Großteil der Glaswand gezogen worden war.

Ich konnte allerdings den Fuß des Krankenhausbetts sehen. In dem Bett war gerade jemand gestorben und ich lag hier und schaffte es nicht, herauszufinden, ob es Ashton war oder nicht.

Ich schloss die Augen und versuchte zu denken, dass es nicht er war. Ich würde es nicht ertragen, wenn er es war. Wenn ich ihn verloren hätte, wüsste ich nicht, was ich tun sollte. Ich hatte noch nie jemanden verloren, den ich so sehr wie ihn liebte, und ich wusste, dass ich nie wieder jemanden so lieben würde wie ihn.

Ich war sicher, dass mein Herz auch stehenbleiben würde, wenn es Ashton war, der leblos im Bett auf der anderen Seite des Flurs lag.

„Sie können das Altenheim anrufen und ihnen mitteilen, dass Mr. Sandstone nicht zurückkehren wird", sagte jemand leise.

Mr. Sandstone?

Meine Augen öffneten sich.

Es ist nicht Ashton!

Ich war überglücklich, dass die Dame einen Namen genannt hatte, den ich absolut nicht kannte. Dann fühlte ich mich furchtbar darüber, so glücklich zu sein, wenn jemand gerade gestorben war. So nah bei mir.

Gut, ich kannte Mr. Sandstone nicht wirklich. Wir waren uns geistig nicht nahe, aber physisch schon, wir lagen fast direkt nebeneinander. Ich musste mehr Ehrfurcht zeigen, dachte ich.

Wahrscheinlich schwebte er gerade davon und schaute uns alle an. Dabei dachte er wahrscheinlich, dass ich eine ziemlich herzlose Idiotin war, da ich so glücklich lächelte, obwohl er gerade gestorben war.

„Verzeihung, Mr. Sandstone. Ruhen Sie in Frieden", bot ich an.

Die Krankenschwestern begannen, den Raum zu verlassen, als einige Männer kamen, um sich um die Leiche zu kümmern. Und eine von ihnen entdeckte mich, wie ich sie anschaute. „Hallo, Nina." Sie winkte, um die Aufmerksamkeit einer anderen Person auf sich zu ziehen. „Schau an, wer aufgewacht ist."

Drei der Schwestern kamen in mein Zimmer. Eine von ihnen überprüfte die Geräte, während die anderen beiden mich breit anlächelten. Ich konnte ihre Nachnamen auf den Schildern an ihren Kitteln sehen.

Die Frau, die am nächsten bei mir stand, hatte den Namen Gonzales auf ihrem Schild. „Schwester Gonzales, mein Hals tut weh, er ist so trocken. Kann ich etwas zu trinken bekommen?"

Die andere Krankenschwester ging los. „Ich besorge ihr Wasser."

„Alles sieht gut aus", sagte die letzte Schwester.

Schwester Gonzales lehnte sich über mich und leuchtete mir mit einer kleinen Lampe in die Augen. „Normale Pupillenerweiterung. Naja, normal für ihre Dosis an Morphin." Sie legte die Hand auf meine Schulter und hielt zwei Finger hoch. „Können Sie mir sagen, wie viele Finger das sind?"

„Zwei", antwortete ich. „Kann mir jetzt jemand verraten, was mit mir passiert ist?"

Schwester Gonzales übernahm die Führung, die andere Krankenschwester entschuldigte sich, um nach den anderen Patienten zu schauen. Wer auch immer die anderen waren. „Jemand hat ein Auto auf einen Bürgersteig voller Menschen gefahren. Sie wurden von einem ziemlich großen Pickup angefahren."

„Verdammt." Ich war froh, als die andere Krankenschwester mit einem kleinen, pinken Becher in der Hand den Raum betrat.

„Bitte sehr", sagte Schwester Sloan, als sie mir das Getränk mit einem kleinen Strohhalm reichte. „Nehmen sie kleine Schlucke. Es ist eine Weile her, seit Flüssigkeit durch ihren Hals geflossen ist."

Ich nippte an meinem Wasser und musste mich davon abhalten, es herunterzuschütten. Mein Hals war knochentrocken. „Wie lang bin ich schon hier?", fragte ich, als ich mein Wasser getrunken hatte.

„Zwei Wochen", kam Schwester Gonzales' Antwort. „Der Unfall geschah vor zwei Wochen. Sie waren eine der Ersten, die eingeliefert wurden."

Ich war zwei Wochen lang weg gewesen und hatte es nicht einmal gewusst. Das Nächste, was mich beschäftigte, hatte nichts mit meinen Verletzungen zu tun. „Hat mich jemand besucht?"

„Ihre Familie", sagte Schwester Sloan, „und Ihre Kollegen auch." Sie lächelte mich an und ging ans Fußende meines Betts, um einen meiner Füße in die Hand zu nehmen und ihn zu massieren. „Sie wollten dieses Zimmer mit Blumen und Ballons füllen, doch das ist auf der Intensivstation nicht erlaubt. Sie dürfen einen Besucher auf einmal haben und nur fünf Minuten lang. Und das nur einmal pro Stunde, während einiger Stunden am Morgen und einigen am Nachmittag. Deshalb ist niemand bei Ihnen. Es liegt nicht daran, dass sich niemand um Sie kümmert. Es ist die Vorschrift in der Intensivstation dieses Krankenhauses."

„Ich bin also in schlechter Verfassung", schlussfolgerte ich, „aber ich fühle keinen Schmerz."

„Sie bekommen Morphin. Deshalb fühlen Sie keinen Schmerz", erklärte mir Schwester Gonzales, „doch wir verringern die Dosis stündlich. Wir wollten Sie aufwecken. Und etwa gegen Mittag werden wir das Morphin komplett absetzen."

Die andere Krankenschwester schaute mich an. „Und dann werden Sie sich etwas unwohl fühlen."

„Toll." Ich dachte darüber nach, was ich gerade gesagt hatte und wie es geklungen hatte. „Das war weinerlich. So sollte ich nicht sein. Ich sollte froh sein, dass ich wieder etwas fühlen kann. Ich sollte froh darüber sein, dass ich am Leben bin."

„Ja, das sollten Sie." Schwester Gonzales setzte sich in den großen Sessel neben meinem Bett. „Sie hatten einige ziemlich schwere innere Verletzungen und auch eine Hirnverletzung. Gott sei Dank war letztere nur klein. Doch Ihre Organe wurden ganz schön mitgenommen. Ihre Leber war gerissen. Ihre Nieren so stark verletzt, dass sie einige Tage lang nicht gearbeitet haben. Ihr Herz hat jedoch immer weiter geschlagen. Sie haben ein unglaublich starkes Herz, Liebes."

Und das Herz fühlte sich am Boden, als ich auf meine linke Hand schaute und feststellte, dass mein Verlobungsring weg war. Meiner Erinnerung nach hatte ich gerade erst einen Heiratsantrag bekommen. Ashton hatte einen großen Diamantring auf meinen Finger geschoben. Oder war es nur ein Traum gewesen, während ich weg war?

Ich musste sie nach ihm fragen. „Ist ein Mann zu Besuch gekommen?"

„Es sind mehrere gekommen", sagte Schwester Gonzales. „Viele Mitarbeiter des Senders, die Sie kurz grüßen wollten."

„Aber kein bestimmter Mann, der mich häufiger besucht hat als der Rest?", fragte ich und verlor die Hoffnung.

Ashton könnte mir den Ring selbst abgenommen haben. Er könnte ausgerastet sein wegen meiner Nahtoderfahrung. Er hätte sich sogar aus dem Staub gemacht haben können.

„Liebes, so wie wir Sie in den letzten Wochen bewacht haben, hatte niemand viel Zugang zu Ihnen", sagte sie mir. „Ihre Mutter ist die einzige Person, die wir alle mit Namen kennen. Sie ist die, die am häufigsten gekommen ist, nach Ihrem Zustand gefragt und diesen weitergegeben hat an alle die, die sich um Sie sorgten."

„Jetzt, wo ich wach bin, ist es möglich, dass ich längere Besuche haben kann?" Ich drückte die Daumen und hoffte, dass sie ja sagen würde.

Ihre Lippen zuckten an einer Seite nach oben. „Naja, massig viel Zeit nicht, aber die Besucherzeit wird auf fünfzehn Minuten steigen. Die Besucherzahl wird gleichbleiben, bis Sie auf ein normales Zimmer kommen."

„Wie lang werde ich hier sein?" Ich schaute zur Decke und fühlte mich etwas verzweifelt.

„Nun, das können wir noch nicht sagen, Nina." Sie schaute mich mit einem vagen Lächeln an. „Es geht Ihnen besser, doch bei inneren und Hirnverletzungen weiß man nie so genau, was kommt. Ich möchte Ihnen lieber noch keine genaue Zeitspanne sagen. Doch der Arzt, der sich um Sie kümmert, wird gegen sieben Uhr morgens vorbeikommen und ihnen vielleicht mehr Antworten geben können."

Mir fielen bereits Fragen ein, die ich ihm stellen musste. Doch die wichtigste Frage war, wo Ashton war. Und ich wusste, dass sie die Antwort darauf nicht hatte.

Die Krankenschwester stand auf und reichte mir die Fernbedienung für den Fernseher. „Sie können fernsehen, wenn Sie möchten. Der Knopf dort ruft uns, wenn Sie etwas brauchen. Zögern Sie nicht, ihn zu benutzen, wenn Sie etwas benötigen."

Ich zögerte einen Augenblick lang. „Sollte ich jemanden rufen, wenn ich zur Toilette muss?"

Sie lachte. „Sie verlassen dieses Bett nicht, meine Liebe. In der Hinsicht haben wir vorgesorgt. Entspannen Sie sich einfach. Schlafen Sie, passen Sie auf die Kanüle auf und lassen Sie Ihren Körper heilen, während Sie sich ausruhen. Betrachten Sie das hier wie den ultimativen Urlaub. Die Leute hier kümmern sich, damit Sie keinen Finger krümmen müssen, während Sie hier auf der Intensivstation liegen. Sie müssen sich nicht einmal waschen." Sie zwinkerte mir zu. „Sie bekommen die Fünf-Sterne-Behandlung, meine Dame."

Mit einem Winken verließ sie mich, und ich mochte sie bereits. „Hey, danke, dass Sie sich um mich kümmern, Schwester Gonzales."

„Danke, dass Sie eine solch großartige Patientin sind." Sie zwinkerte mir nochmals zu. „Wobei Sie bisher vor allem eine bewusstlose Patientin waren. Hoffen wir, dass Sie auch wach eine großartige Patientin sind."

„Ich werde mir Mühe geben." Ich schaute ihr hinterher und fühlte mich etwas komisch.

Jetzt war ich allein. Ausgerechnet in einem Krankenhaus. Ich hatte keine Ahnung, ob ich noch verlobt war oder nicht. Ich hatte keine Ahnung, ob ich überhaupt noch eine Beziehung mit Ashton hatte oder nicht. Ich katte von nichts eine Ahnung.

Was ich allerdings sicher wusste: Ashton würde nicht gut hiermit umgehen. Im schlimmsten Fall würde er es als ein Zeichen betrachten. Vielleicht glaubte er sogar, dass er verflucht war oder so.

Eine Verlobte starb durch einen Unfall und dann starb die andere beinah in einem Attentat. Wie hoch ist die Wahrscheinlichkeit, dass einem sowas passiert?

Ja, ich konnte mir ziemlich gut vorstellen, dass Ashton sich für verflucht hielt.

Er könnte den Ring von meinem Finger genommen und seinen Antrag zurückgezogen haben, weil er dachte, dass er so mein Leben retten würde. Und vielleicht hatte er das.

Ich lag da und dachte über Ashton nach, als ich hörte, wie eine der Krankenschwestern sagte: „Ja, sie ist einmal auf dem OP-Tisch gestorben und einmal da drüben im Bett. Wir mussten sie zweimal zurückbringen. Sie ist ein richtiges Wunder, diese Nina Kramer."

Oh, Scheiße!

Vielleicht ist Ashton verflucht!

## 30

## ASHTON

„Ihre Mutter hat mich heute Morgen angerufen", erzählte ich Artimus, als ich mich in seinem Büro setzte. „Sie ist wach."

Sein Gesicht verdüsterte sich. „Und du sitzt hier, weil ...?"

Ich hatte den Ring in meiner Tasche und spielte mit ihm, während ich darüber nachdachte, wieso ich im Büro meines Chefs saß anstatt im Wartezimmer der Intensivstation und auf meine fünf Minuten mit Nina wartete. „Ich weiß es nicht."

„Hast du Angst?", fragte er.

Ich schüttelte den Kopf. Ich wusste, dass es nicht Angst war, die mich nach dem freudigen Anruf ihrer Mutter heute Morgen vom Krankenhaus ferngehalten hatte. „Ich habe nicht wirklich Angst. Es ist eher wie ein Schleier des Zweifels."

Sein Blick verdüsterte sich weiter und er begann, sich die Stirn zu massieren. „Zweifel worüber?"

Das Verrückte war, dass ich so viel dafür gebetet hatte, dass es Nina besser ginge, und ich dachte, dass ich auf dem Weg zum Krankenhaus einen Kondensstreifen hinterlassen würde, sobald ich die Nachricht erhielt, dass sie aufgewacht ist. Ich dachte, ich würde zu ihr eilen und ihr den Verlobungsring direkt wieder auf ihren langen, schlanken Finger schieben. Ich würde ihre süßen Lippen küssen und ihr sagen, dass alles gut werden würde. Doch ich tat nichts dergleichen.

Ich zog die Hand mit ihrem Ring auf meinem kleinen Finger aus der Tasche und hielt sie hoch. „Artimus, denkst du, dass es so etwas wie Flüche gibt?"

„Nein", kam seine schroffe Antwort, „es gibt keine Flüche. Und was ist mit dem Ring, Ashton. Was denkst du?"

„Ich habe einen Ring an Natalias Finger gesteckt und weniger als ein Jahr später war sie tot." Ich bewegte den Ring, sodass das Licht den Diamanten glitzern ließ. „Vier Jahre später habe ich einen Ring an Ninas Finger gesteckt. Und nun vergeht nicht einmal ein Tag, bevor ein verdammter Terrorist sie beinahe tötet." Ich schaute in Artimus' Augen. „Ein gottverdammter Terrorist, Artimus. Wie wahrscheinlich ist das? Bitte, sag es mir. Ich muss es wissen."

„Erstens ist es heutzutage nicht mehr so ungewöhnlich, von einem Terroristen umgebracht zu werden." Er stand auf und ging zum Fenster, um herauszuschauen. „Selbst wenn ihr in eine Kleinstadt ziehen würdet, wäre das keine Garantie, dass euch nichts mehr passieren könnte."

„Was soll ich dann tun?" Ich musste es wissen. „Und wie kann ich mir sicher sein, dass es Nina gutgehen wird, wenn ich diesen Ring zurück auf ihren Finger stecke?"

Er drehte sich zu mir um, sein Gesicht schmerzhaft verzerrt. „Ashton, du lässt deine Vorstellung die Überhand gewinnen. Wenn du weiter so denkst, wirst du als einsamer Mann sterben. Willst du das?"

„Ich will nicht, dass jemand verletzt wird, nur weil sie mich liebt." Ich legte den Ring auf den Schreibtisch und das Deckenlicht brach sich darin. „Das sieht ziemlich mächtig aus, findest du nicht? Es ist fast so, als hätte der Ring Kräfte, die wir nicht verstehen."

Er kam mit langen Schritten zu mir, schnappte sich den Ring und knurrte: „Ashton Lange, du hörst jetzt sofort damit auf. Ich werde nicht zulassen, dass du dir das noch einmal antust. Beweg deinen Arsch, nimm diesen Ring und steck ihn wieder auf Ninas Finger. Heirate diese Frau, zieh Kinder mit ihr groß. Mache sie zu deiner Familie, Ashton. Und schlag dir diese idiotische Idee aus dem Kopf, Ashton. Unfälle passieren. So ist das halt." Er steckte mir den Ring in die Jackentasche und setzte sich wieder. „Und wann hast du zuletzt mit Dr. Patel gesprochen?"

„Gestern." Ich seufzte und fühlte das Gewicht des Rings in meiner Tasche. „Ehrlich, da habe ich mich noch nicht so gefühlt. Das kam erst jetzt."

„Dann lass es wieder verschwinden, genauso wie es gekommen ist." Er donnerte mit der Faust auf den Schreibtisch. „Du musst aufhören, so zu denken, und du musst endlich zu diesem Krankenhaus fahren und der Frau, die du liebst, dein Gesicht zeigen. Ich bin mir sicher, dass sie dich vermisst."

Ich zuckte mit den Achseln. „Sie hat geschlafen. Ich bin mir sicher, dass sie mich nicht vermisst hat. Vielleicht hatte sie sogar genug Zeit, um über mich hinwegzukommen – wer will mit einem Mann verlobt sein, dessen Verlobte immer sterben? Vielleicht ist es besser so."

„Beweg deinen Arsch zum Krankenhaus." Er stand auf und ging zur Tür. „Wenn du sie erst mal siehst. Wenn du mit ihr sprichst, wirst du aufhören mit diesem Unsinn." Er öffnete die Tür und zeigte hinaus. „Los!"

Ich stand langsam auf. Ich war nicht so Feuer und Flamme, wie er wollte, doch ich würde zu ihr gehen. Für die fünf Minuten, die sie mir geben würden. Doch ich war mir nicht sicher, ob ich ihr schon den Ring zurückgeben würde. Vielleicht würde ich das niemals tun.

Ich verließ das Büro mit Artimus brennendem Blick im Rücken und ging zum Aufzug. Ich nahm den Ring aus meiner

Jackentasche, steckte ihn in die Hosentasche und fuhr mit den Fingern daran entlang.

Mein Kopf war nicht klar, als ich ein Taxi zum Krankenhaus nahm. Meine Gedanken kamen und gingen, während ich auf den Boden starrte.

Bin ich wirklich verflucht?

Sollte ich Nina zu ihrem Besten in Ruhe lassen?

Sollte ich einfach den Rest meines Lebens allein sein?

Wäre das sicherer für alle?

Werde ich je über Nina hinwegkommen?

Ich seufzte tief, während ich darüber nachdachte. Seit dem Angriff hatte ich kaum geschlafen. Und selbst als ich darüber nachdachte, dass Schlafmangel zu Depressionen beitragen konnte, ignorierte ich die Tatsache.

Nina hatte die Wohnung bereits zu der ihren gemacht und ich spürte ihre Anwesenheit dort jeden Tag, selbst als sie bewusstlos im Krankenhaus lag und mit dem Tod kämpfte. Ihre Sachen lagen überall. Ich versuchte, mit ihrem Kissen zu kuscheln, um etwas schlafen zu können, doch das half mir nur dabei, ab und an wegzunicken.

Ich brauchte sie. Doch war ich es, der an ihrer Situation schuld war?

„Glauben Sie an Flüche?", fragte ich den Taxifahrer.

„Oh! Ja, natürlich. Sehr sogar", antwortete er mir und nickte heftig.

„Ich glaube, ich bin verflucht." Ich zog den Verlobungsring hervor und halt ihn hoch. „Ich glaube, wenn ich einer Frau einen Verlobungsring an den Finger stecke, bringe ich sie damit in große Gefahr."

Der Fahrer hielt an einer Ampel und legte den Kopf schief. „Also habe ich das richtig verstanden? Sie haben den gleichen Ring mehreren Frauen angesteckt und alle wurden verletzt?"

Ich betrachtete den Ring und schüttelte den Kopf. „Nein, es ist nicht derselbe Ring. Die Ringe sind unterschiedlich."

„Oh, also dann nicht", informierte er mich. „Das ist kein Fluch. Wenn es derselbe Ring gewesen wäre, würde ich sagen, dass es ein Fluch ist. Nicht derselbe Ring – kein Fluch."

Ich verzog das Gesicht, etwas verärgert über die Unterhaltung und wie schnell er meine Verfluchungstheorie abgetan hatte. „Vielleicht habe ich einfach nur Angst davor, eine weitere Partnerin zu verlieren, und suche deshalb nach Erklärungen wie Flüchen."

„Sehr wahrscheinlich, Sir." Seine dunklen Augen betrachteten mich im Rückspiegel. „Ich nehme also an, dass sie eine Liebe verloren haben und nun eine neue haben, die sie fürchten zu verlieren?"

Nickend bestätigte ich seinen Verdacht. „Ja."

„Mein Rat ist, diese Sorge beiseitezuschieben. Wenn wir die Sorge davor, dass etwas geschehen könnte, uns bremsen lassen, dann würden wir nie etwas tun. Oder jemanden lieben. Es besteht immer die Möglichkeit, dass etwas passieren kann. Oder die Möglichkeit, dass sie uns eines Tages nicht mehr lieben und uns verlassen." Er zwinkerte mir zu. „Wissen Sie, wieso wir es trotzdem tun, Sir?"

„Ich habe keine Ahnung." Ich schüttelte den Kopf und dachte, dass er mir absolut nicht weitergeholfen hatte.

„Wir tun es trotzdem, weil das Leben uns dazu ermutigt." Er nickte wieder und lächelte dabei. „Es geht nur ums Leben, Sir."

Meine Augen richteten sich wieder auf den Boden und ich hatte das dumpfe Gefühl, dass ich nicht wirklich verstand, wovon er sprach. Und so entdeckte ich etwas, was ich zuvor nicht gesehen hatte. Ein kleiner Schnipsel weißen Papiers. Wie der eines Glückskekses.

Als ich ihn aufhob, las ich: Letztendlich zählen nicht die Jahre in deinem Leben, sondern das Leben in deinen Jahren.

Mit dem Ring in der einen Hand und dem Papier mit den weisen Worten in der anderen dachte ich darüber nach, was diese Worte bedeuteten. Ich könnte ein langes Leben ohne Sorgen, Trauer und Verlust haben. Doch ich würde Partnerschaft aufgeben, eine Verbindung und der höchste Preis wäre die Liebe.

Ich müsste die Liebe aufgeben. Und ich müsste Nina meine Liebe wegnehmen.

So hatte ich es noch nie betrachtet.

Ich hatte vier Jahre lang ohne Liebe in meinem Leben gelebt. Diese Jahre erschienen mir nun so leer. Wollte ich weitere leere Jahre? Oder wollte ich Jahre, egal wie viele oder wenige, die voller Leben wären? Ein Leben, das Liebe, Glück und Nina einschloss?

Der Taxifahrer hielt vor dem Krankenhauseingang an und ich steckte den Verlobungsring auf meinen kleinen Finger. „Wissen Sie was?"

„Was, Sir?", fragte er mich und drehte sich zu mir um.

„Ich wähle das Leben. Haben Sie noch einen schönen Tag." Ich stieg aus dem Taxi und hörte dem Lachen des Mannes zu.

Er klang fröhlich, während er lachte und mir durch das offene Fenster hinterherrief: „Haben Sie noch ein schönes Leben, Sir."

„Ich denke, das werde ich." Ich ging hinein und grüßte jeden, der mir über den Weg lief. „Guten Morgen. Ist heute nicht ein schöner Tag?" Ich ging zum Wartezimmer der Intensivstation, wo ich eine Krankenschwester traf, auf deren Namensschild Gonzales stand. „Hallo. Guten Morgen, Schwester Gonzales. Ich weiß, ich bin fünf Minuten zu spät für die Besuchszeit, aber ich muss mein Mädchen sehen. Sie ist hier bei Ihnen und ich muss diesen kleinen Ring hier zurück an ihren Finger stecken." Ich wackelte mit meinem kleinen Finger, um ihr den Ring zu zeigen.

„Ah." Sie lächelte. „Sie müssen hier sein, um Nina Kramer zu sehen. Sie hat ihre Mutter nach Ihnen gefragt. Ich hatte keine Ahnung, dass Sie verlobt sind. Sie haben es gar nicht erwähnt."

„Ich war nicht ganz ich selbst. Aber jetzt, wo sie bei Bewusstsein und auf dem Weg der Besserung ist, fühle ich mich viel besser." Ich zwinkerte ihr noch einmal zu und wackelte mit dem kleinen Finger. „Also, denken Sie, dass Sie dieses eine Mal ein Auge zudrücken können? Ich bin mir sicher, dass es gut für ihre Heilung ist, diesen Ring zu tragen."

„Ich denke, da haben Sie recht." Sie trat hinter ihrer Station hervor und deutete an, dass ich ihr folgen solle. „Kommen Sie mit. Ich werde es als Therapeutenbesuch aufschreiben. Das bedeutet, dass Sie eine Stunde mit ihr haben. Diese Therapie braucht sie gerade nämlich auch."

Ich hatte ein Riesenglück gehabt, und ich würde es nutzen. „Vielen Dank. Sie sind eine Heilige."

„Das höre ich häufiger." Sie brachte mich direkt zu Nina. „Sie schläft, doch Sie können gerne ihre Hand nehmen. Vielleicht wacht sie für Sie auf." Sie zog den Vorhang zu, sodass der Großteil der Glaswand bedeckt war und wir etwas Privatsphäre hatten. „Ich komme in einer Stunde zurück und lasse Sie wissen, dass die Zeit um ist."

Mit einem Nicken drehte ich mich um, um Nina anzusehen. Die Schwellung an ihrem Kopf war verschwunden. Die Blutergüsse waren verheilt und die Schnitte nahezu verschwunden. Ich fuhr mit den Fingerspitzen über ihre Wangen und ihre Augen öffneten sich langsam. „Du", seufzte sie.

„Ja, ich bin's." Ich lehnte mich über sie und berührte ihre Lippen leicht mit den meinen. Die Welle, die über mich rollte, begrub mich fast. Doch ich blieb stark für sie. „Ich habe dich vermisst."

Ihre Augen glitzerten vor Tränen, die begannen, ihr Gesicht

hinunterzufließen. „Ich vermisse dich, seit ich aufgewacht bin. Ich wünschte, du hättest hier sein können."

„Ich auch." Ich nahm ihre Hand, die Blutergüsse hatte, wo die Kanülen in der Haut steckten. Ich streichelte vorsichtig mit dem Daumen über ihren Handrücken und versuchte, nicht zusammenzubrechen bei dem Gedanken an das, was sie durchgemacht hatte.

„Der Arzt war eben hier. Er hat gesagt, dass ich einen weiten Weg vor mir habe, dieser mich aber in Richtung Gesundheit führen wird. Anscheinend werde ich überleben." Sie lachte etwas, dann seufzte sie.

Ich nahm den Ring von meinem kleinen Finger und zeigte ihn ihr. „Anscheinend werde ich auch leben. Ein glückliches Leben mit dir, so lang es der Herr erlaubt." Ich schob den Ring zurück auf ihren Finger, dann küsste ich ihn. „Nur damit du es weißt, wir werden so schnell wie möglich heiraten, Schatz."

Sie begann zu schluchzen. „Ich liebe dich so sehr, du hast keine Ahnung."

Ich legte meine Arme vorsichtig um sie, hielt sie fest und flüsterte. „Ich liebe dich mehr, als du ahnst. Wir haben eine tolle Zukunft vor uns, Schatz. Von hier an ist alles ein Zuckerschlecken. Wir haben einander und mehr brauchen wir nicht."

Nina und ich hatten endlich unser Happy End gefunden, auch wenn es alles andere als einfach gewesen war. Wir wussten beide, dass es nicht immer einfach sein würde, aber zusammen würden wir es auch durch die schweren Zeiten schaffen.

**ENDE**

© **Copyright 2020 Michelle L. Verlag - Alle Rechte vorbehalten.**
Das Werk, einschließlich aller seiner Teile, ist urheberrechtlich geschützt. Jede Verwertung ist ohne Zustimmung des Verlages und des Autors unzulässig. Dies gilt insbesondere für die elektronische oder sonstige Vervielfältigung. Alle Rechte vorbehalten.
Der Autor behält alle Rechte, die nicht an den Verlag übertragen wurden.

❀ Erstellt mit Vellum

www.ingramcontent.com/pod-product-compliance
Lightning Source LLC
LaVergne TN
LVHW021700060526
838200LV00050B/2441